나는 몰 놈이다 19

글쓰는기계 게임 판타지 장편소설

초판 1쇄 찍은 날 | 2020년 8월 14일
초판 1쇄 펴낸 날 | 2020년 8월 21일

지은이 | 글쓰는기계
펴낸이 | 예경원

기획 | 위시북스
편집책임 | 이은송
편집 | 위시북스

펴낸곳 | 예원북스
등록번호 | 제396-2012-000132호
등록일자 | 2012. 7. 25
KFN | 제1-548호

주소 | 경기도 고양시 일산동구 호수로 646-24 위너스21Ⅱ빌딩 206A호 (우)10401
전화 | 031-819-9431 팩스 | 031-817-9432
E-mail | yewonbooks@naver.com

ⓒ글쓰는기계, 2019

ISBN 979-11-365-3456-9 04810
        979-11-6424-237-5 (Set)

Wish Books
나는 될놈이다
19 글쓰는기계 게임 판타지 장편소설
WISHBOOKS GAME FANTASY STORY

CONTENTS

나는 될 놈이다

CHAPTER 1

"……그런 이유로 가만히 있으려고 했는데 네가 산통을 깬 거다. 알겠냐?"

"그, 그렇지만 그냥 다 잡는 것도 방법 중 하나일 텐……."

"아. 시끄러."

장쓰안은 입을 다물었다. 반박할 분위기가 아니었던 것.

"자. 완성."

"……?"

"이 팻말을 목에 걸고 다녀라."

'다시는 함부로 선빵을 치지 않겠습니다'라고 쓰여 있는 팻말! 솜씨 좋게 만든 아이템이었지만 장쓰안은 질색했다.

"이게 무슨 아이템이냐!"

"쓸래? 갈래?"

"가다니, 어디를?"

"어디긴 어디야. 파티 밖이지."

"……쓰겠다."

"그래. 앞으로 행동 전에 한 번 더 생각하는 거 잊지 말고."

"그래. 제대로 봤군. 대족장 카라그가 깨어났다는 소문은 거의 확실하다고 봐야 해."

"그럴 수가!"

일행이 다음으로 도착한 마을은 다행히 멀쩡히 남아 있었다. 마을 사람들은 두렵다는 듯이 고개를 끄덕이며 말했다.

"소문을 들어보니 웬 수상쩍은 마법사가 오크들에게 찾아 갔다는 모양이야. 원래라면 오크들도 외부인은 다 거절하는 놈들인데, 워낙 대족장 카라그가 오랫동안 깨어나질 못했으니 그런 수를 쓴 것 같아."

"마법사?"

어떤 마법사인지는 몰라도 카라그를 깨어나게 했다는 점에서 별로 좋은 마법사 같지는 않았다.

"좋은 놈 같지 않은데…… 사디크 쪽 놈은 아니겠지?"

일단 수상하면 사디크부터 의심하고 보는 태현!

그러나 다른 사람들은 모두 고개를 저었다.

"그건 아닐 거 같아."

"왜?"

"주요 NPC들을 네가 다 박살 냈잖아……"

"그렇긴 하네."

태현도 납득할 만한 깔끔한 이유!

어쨌든 태현의 머릿속은 더 복잡해졌다.

'아키서스 퀘스트가 뜬 것도 카라그가 깨어난 것 때문에 뜬 것 같은데…… 이 두 개가 따로 있을 것 같지는 않아. 카라그가 깨어났다는 건 오크들이 이제 활발하게 활동한다는 뜻이고, 그렇다면 우르크 지역의 다른 세력들은 힘들 수밖에 없으니까. 그렇다면 어떡한다?'

대형 길드라면 인원을 데리고 와서 오크 부족들과 맞붙든가 영역을 늘리든가 했겠지만, 그건 태현의 방식이 아니었다.

"……오크 부족으로 잠입해 봐야겠다."

"네??"

"그건 좀 위험할 것 같습니다."

"맞아, 그건 좀 아닌 거 같다. 네가 아무리 변장을 잘해도 그렇지 오크로 변장은 무리라고."

다들 놀랐다. 태현이 다른 사람으로 위장하고 동에 번쩍 서에 번쩍하는 것으로 유명하긴 했지만, 다른 종족들의 진영에 숨어들어 가는 건 별개의 문제였다.

"아. 혹시 오크로 변신할 방법이라도 있는 건가? 변신 포션 있어?"

"아니. 애초에 오크인 척하고 들어갈 생각은 없었는데."

"그러면 뭐로 들어가려고?"

"수상쩍은 마법사가 들어가서 카라그를 깨웠다면서? 나도 못 할 게 뭐가 있겠어?"

"설마……."

"나도 충분히 수상쩍은 마법사가 될 수 있겠지. 가서 나도 능력 있으니까 들여보내 달라고 할 거야."

-주인님이라면 충분히 가능하실 겁니다!

대화를 듣던 장쓰안은 고개를 갸웃거렸다. 영 이해가 가지 않는 방식의 회의였던 것이다.

"……뭔 퀘스트를 저렇게 깨지?"

"뭐가?"

"퀘스트를 깨려면 일단 길드원들을 부르거나, 안 되면 글을 올려서 파티를 모집해서…… 그렇게 해야 하지 않나?"

퀘스트를 깨는 정석을 전혀 따르지 않는 태현! 그 모습은 장쓰안에게 신선한 충격이었다.

"뭐 김태현이야 원래 저렇게 깨왔으니까 그렇지."

"저랬다가 실패하면?"

"실패하면 좋은 거지. 김태현이 로그아웃 당하는 거 솔직히 좀 보고 싶…… 헉. 잠깐만! 그러면 나한테도 페널티 들어오잖아!"

케인은 그제야 직업 특성을 깨닫고 경악했다.

"야, 김태현! 안 돼! 다시 생각해 보자!"

그러나 이미 작업에 들어간 상태였다. 에랑스 왕국 마탑에서의 경험은 태현을 성장시켰다. ……딱히 마법 스킬이 성장한 건 아니고 강력한 마법사인 척하는 스킬이!

검은색 로브에, 얼굴도 뒤덮고 지팡이 하나만 들고 있는 태현의 모습은 그럴듯한 사악한 마법사였다.

'나 뭔가 꾸미고 있는 마법사'라고 전신에서 외치고 있는 것 같은 겉모습!

"이대로 오크들한테 가서 한번 접촉해 봐야지."

"거절할 수도 있어요."

"뭐, 거절당하면 돌아오고, 공격하면 도망치면 되지."

태현은 자신만만했다. 이 방법의 좋은 점은 실패했을 때 위험성이 적다는 것이었다. 얼굴이 바뀐 이상, 오크들이 태현의 정체를 알아볼 리는 없었으니까.

만약 들어가려고 했는데 거절당한다면? 그냥 돌아 나오면 됐다. 공격당한다면? 적당히 피하고 도망치면 됐다. 태현이 누군지는 모를 테니 엄청나게 쫓아오지는 않을 것이다.

'즉석에서 생각해 낸 것치고는 확실한 방법이야.'

태현은 만족하며 고개를 끄덕였다.

그러나 한 가지 경우를 생각하지 못하고 있었다. 바로, 이 방법이 엄청나게 성공했을 경우!

쑤닝은 정치 싸움을 벌이고 있었다. 오단 성 공방전. 공방전 이후로 길드 동맹 내에서는 세력이 나뉘어 '네가 잘못했다', '아니다 네가 잘못했다'로 치열하게 다퉜다. 아무래도 직접 지휘

한 사람들은 고개를 숙일 수밖에 없었다.

그에 비해 쑹닝처럼 뒤에 물러나 있던 사람들은 발언권이 세졌다.

"그러니까 내가 뭐라고 그랬냐! 김태현 얕보지 말라고 하지 않았냐! 나 비웃던 놈이 그러니까 아주 꼴 보기 좋다!"

쑹닝은 기회를 타 점점 그의 파벌을 불려 나갔다. 포섭하거나, 쫓아내거나……. 상대하는 길드원이 만만치 않을 때면, 쑹닝은 김태현을 떠올렸다.

'그놈에 비하면 별거 아니다!'

이제 어지간한 놈은 애송이로 보일 뿐!

그러던 쑹닝의 귀에 한 가지 소식이 들려왔다.

"쑹닝 님. 쑹닝 님. 이거 보셨습니까?"

"뭔데?"

"되게 웃기네요. 장쓰안이 망신당하는 영상입니다. 자식, 멋 있는 척은 혼자 다 하더니……."

〈이번 주의 가장 웃긴 판온 순간들〉이라는 인기 영상이었 다. 쑹닝은 엄격하고 진지하고 근엄한 태도로 동영상을 확인 했다. 그는 요즘 길드 동맹 내에서 카리스마적인 분위기를 굳 혀 나가고 있었던 것이다.

"풉!"

그러나 본능적으로 튀어나오는 웃음!

"웃기죠?"

"나, 나는 안 웃었어."

근엄한 태도를 유지하려고 했지만 이미 늦었다. 안 웃을 수가 없었던 것이다. 쑤닝은 급히 화제를 돌렸다.

"그런데 여기는 어디지? 장쓰안 그놈이 무슨 퀘스트를 깨는지 좀 궁금한데."

"글쎄요? 물어보시는 게 어떻겠습니까?"

"그놈이 얼마나 잘난 척을 하는지 아냐?"

"……."

"연락만 하면 잘난 척에, 게다가 대회 때 봤지? 내가 경고를 했는데도 무시했다가 그 꼴 당했잖아. 멍청한 놈. 그러면 정신을 좀 차려야지 그리고 나서도…… 됐다. 내가 말을 말지."

쑤닝은 질린다는 듯이 손을 흔들었다. 그래도 나름 인연이 있고, 태현이라는 적도 있어서 장쓰안을 도와주려고 했었다.

"여기가 어딘지 모르겠군…… 에랑스 왕국 근처는 아닌 거같은데."

"뭔가 되게 정글? 열대우림? 같은 곳이네요. 애들한테 물어볼까요? 아는 놈들 나올 수도 있을 테니까요."

"그게 좋겠군. ……잠깐만. 잠깐만."

"……?"

"그 영상 다시 좀 돌려봐."

무언가 위화감을 느낀 쑤닝은 다시 동영상을 돌려보았다.

장쓰안이 오크한테 맞고, 떨어져 나가고…….

"여기 신발 끝이 나오잖아. 영상에."

"그런데요?"

"……이 신발 끝 어디서 본 것 같은데?"

"쑤닝 님, 판온에 같은 신발이 몇 개인데 당연히 어디서 봤을 수밖에 없겠죠……. 비슷한 게 한둘이 아닌데요."

"그게 아니라!"

쑤닝은 날카롭게 반응했다. 그 모습에 길드원은 입을 다물었다.

"이 신발…… 어디서 봤더라…… 그래! 그 김태현 놈의 노예인 케인 놈의 신발이다!"

"노예요?"

길드원은 고개를 갸웃거렸다. 케인이라면 그 유명한 한국의 랭커 아닌가. 김태현과 우정으로 유명했지, 딱히 노예 같아 보이지는…….

"놈한테는 노예 아니면 적밖에 없어! 그런 놈이라고."

"아, 예."

쑤닝이 태현 이야기를 할 때면 한 시간 정도는 욕한다는 걸 알고 있었기에, 길드원은 대충 고개를 끄덕였다.

"잠깐만요, 쑤닝 님. 이게 케인의 신발이면 지금 장쓰안과 케인…… 그러니까 김태현이 같이 행동한다는 겁니까? 그게 말이 되나요?"

"확실히 그건 좀 말이 안 되긴 하는데……."

아무리 그래도 장쓰안 같은 자존심 덩어리가 그를 엿 먹인 태현과 같이 움직일 것 같지는 않았다.

"같은 신발 아닐까요, 역시?"

"……아니야! 느낌이 다르다고!"

'다른 사람들이 쑤닝 님이 김태현만 관련되면 약간 사람이 맞이 간 것처럼 행동한다던데, 진짜였군.'

길드원은 속으로 그렇게 생각했다. 그가 보기에 쑤닝은 약간 맞이 간 것 같았다.

"좋아. 장쓰안에게 연락해 봐야지."

-장쓰안.
-너도 날 놀리려고 연락한 거겠지! 끊어라, 이 개자식아!

"……이 자식이?"

쑤닝은 발끈했다. 친절하게 안부를 물으려고 한 그의 선의를 이렇게 무시해?

그러나 장쓰안도 나름 사정이 있었다. 올라간 동영상 때문에 사방에서 귓속말이 오고 있었던 것이다.

장쓰안 입장에서는 부끄러움으로 죽을 것 같은 상황!

오죽했으면 케인이 토닥거릴 정도였다. 물론 쑤닝이 그런 상황을 알 리 없었다.

"쑤닝 님. 애들 중에 여기가 어딘지 알겠다는 대답이 나왔습니다. 우르크 지역이라는데요."

"뭐? 우르크 지역? 우리도 지금 거기 가 있는 길드원 좀 있지 않나?"

"랭커 앨콧이 거기서 퀘스트 깨고 있죠."

"아, 그놈."

"앨콧 싫어하십니까?"

암살자 랭커 앨콧. 나름 유명한 플레이어였다.

"싫어하는 건 아니고, 오단 성 공방전 때 암살자라는 놈이 무섭다고 구석에만 처박혀 있었으니까 꼴사나워서 그렇지."

"김태현 무서워서가 아니라 상황을 보고 움직이려고 하셨다는데요."

"그걸 믿냐? 당연히 변명이지. 게다가 그놈은 판온 1 때도 김태현한테 당한 적 있는 놈이라고."

"헉, 정말이십니까?"

"이건 어디 가서 퍼뜨리고 다니지 마. 앨콧이 이거 말하면 엄청 화낼 테니까. 어쨌든 앨콧이 거기 있다 이건가…… 연락해서 장쓰안 보이면 좀 말해달라고 해줘."

설마 장쓰안이 태현과 같이 다닐까? 싶었지만 쑤닝은 겸손해졌다. 세상에는 정말 무슨 일이든지 일어날 수 있는 법이다. 예를 들어 김태현이 장쓰안의 어떤 약점을 쥐고 사악하게 협박해서……

'아니, 그런 게 있나? 장쓰안이 바보도 아니고……'

"야, 야. 기분 풀어."

"……"

"여기 올라가는 게 얼마나 명예인데. 남들은 여기 올라가고 싶어도 못 올라가."

"비웃는 거잖나!!"

"아니야, 이건 비웃는 것처럼 보여도 다 애정 섞인 웃음이라니까? 네가 자연스럽게 넘어가면 다들 더 좋아할걸? 솔직히 장쓰안, 넌 다 좋은데 너무 차갑고 도도하고 다가가기 힘든 이미지가 있었어."

"그, 그래? 그런가?"

"그래! 그게 네 약점이었던 거지. 원래 사람들은 너무 완벽하고 닿을 수 없는 사람보다는 적당히 빈틈 있고 인간적인 사람을 좋아하거든! 저기 김태현 봐라. 저렇게 성격이 더러운데도 인기는 많잖아."

"그렇군. 확실히……."

"그치? 그치? 이제 기분 풀고 같이 다니는 거다?"

"흥. 알겠다."

장쓰안이 기분을 풀자 케인은 안도의 한숨을 내쉬었다. 그걸 본 태현은 신기하다는 듯이 말했다.

"케인이 저렇게 말을 잘했나?"

"서당 개도 삼 년이면…… 앗. 이건 말하지 말아주세요."

"내가 뭐 하러 말하겠니. 자. 모두 계획은 다 기억하고 있겠지? 장쓰안. 너도 잘 기억하라고. 새 팻말 걸기 싫으면."

움찔!

장쓰안의 어깨가 올라갔다가 내려갔다. 그만큼 굴욕적이었던 것이다.

"선배님이 저 오크 부락에 가서서 사악한 마법사인 척하고 접근하시는 동안, 저희는 여기서 은신하고 기다리겠습니다. 맞지요?"

"그래. 만약의 상황 생기면 나와서 돕고, 근데 어지간하면 내가 알아서 빠져나올 거야."

여기가 오크 대족장의 본거지도 아니고, 태현이 위험할 일은 없어 보였다.

"그러면 간다!"

쾅쾅쾅!

태현은 자신 있게 오크 부락의 정문을 두드렸다. 정문이라고 해봤자 주변을 빙 둘러싼 조잡한 목책 사이의 문일 뿐이었다. 태현 정도의 노련한 플레이어는 이런 겉모습만 보고서 이 마을이 어느 정도의 마을일지 감을 잡을 수 있었다.

'이 정도면 만만하지.'

"취익, 어떤 놈이…… 누구냐!"

"칙! 침입자다! 공격을……."

"잠깐!"

태현은 지팡이로 바닥을 내리치며 크게 외쳤다.

"칙, 저 마법사가 우리보고 잠깐이라고 한 거냐? 우리가 왜 들어야 하는 거지?"

"나는 마법사다. 물론 오크 종족이 아니지. 그렇지만 나는 너희들에게 커다란 도움이 될 수 있다!"

"취익…… 도움?"

"칙, 무슨 도움? 두개골 깨는 데 지팡이로 도와준다는 건가?"

오크들은 고개를 갸웃거렸다. 웬 마법사가 나타나서 도와준다는 말이 이해가 가지 않았던 것이다.

"멍청한 놈들! 너희들한테도 주술사가 있을 텐데!"

"취익, 오크 주술사 있다. 우리 부락에는 없지만. 더 큰 부락에 있다."

"칙, 오크 주술사 강하다. 엄청나게 큰 힘 부린다."

"그래. 난 그런 오크 주술사보다 더 강한 마법사다."

"취이익, 정말인가?"

"그럼. 그럼. 너희, 대족장 소식은 들었냐?"

"칙, 대족장님, 깨어나셨다. 웬 마법사가 도와줬다고 들었다."

"그래. 위대한 대족장님을 깨운 마법사는 도움이 되냐, 안 되냐?"

"취익. 된다."

"그러면 나도?"

"취이익…… 된다?"

"그래. 그거지. 문 열어."

[고급 화술 스킬을 갖고 있습니다. 설득에 보너스를 ……]

[악명 스탯이 엄청나게 높습니다! 오크들이 당신을 호의적으로 대합니다.]

이제까지 해왔던 모든 것들. 그것들이 종합되어서······.

"취익! 저 사악하고 오싹한 기운! 틀림없다! 내가 대족장님을 깨운 마법사를 봐서 안다! 비슷한 마법사다!"

"칙! 그렇다면 강할 게 틀림없다! 우리한테 도움이 된다!"

우르르 달려 나온 오크들은 태현을 둘러싸고 수군거리더니 환영의 뜻으로 태현을 격하게 껴안았다.

'윽, 냄새가······.'

쓸데없이 생생한 판온 시스템!

그러는 와중에도 태현은 정보를 수집했다.

'나랑 비슷하다고? 그러면 역시 흑마법사인가?'

세상에 공짜란 없었다. 웬 마법사가 갑자기 나타나서 오크 대족장을 치료하고 깨웠다면, 그건 그 마법사가 선량해서라기보다는 수상한 꿍꿍이가 있어서일 가능성이 큰 것이다.

"좋아. 좋아. 그러면 여기서 좀 머물러도 되겠지?"

환영의 포옹이 끝나고, 태현은 안심하고 말했다.

확실하게 설득 성공한 상황. 이제 이 조그만 부락을 거점으로 다른 퀘스트들을 진행할 수 있었다.

"취익, 안 된다!"

"······응? 잘못 말한 거지?"

"칙. 아니다. 너 같은 마법사는 더 큰 곳으로 보내야 한다!

더 많은 오크들을 강하게 만들어야 한다!"

태현은 슬슬 깨닫기 시작했다. 뭔가 생각했던 것과 일이 다르게 돌아가고 있다!

"아, 아니. 난 일단 여기서 너희들을 도우면서 소박한 행복을 느껴보고 싶은데……."

"췩! 아니다! 큰 물고기는 큰 바다에서 뛰어놀아야 숨이 막히지 않는 법이다! 다른 오크들도 위대한 마법의 힘을 느껴야 한다!"

"너희들은 오크 주제에 뭐 이리 이타적이냐?"

"췩, 뭐라고?"

"아냐. 아무것도."

설마 오크 상대로 설득에 실패할 줄이야!

보아하니 오크들은 단단히 마음먹은 모양이었다. 태현 정도 되는 사악한 마법사라면 더 큰 부락에 보내야 한다고!

'여기는 뭐 오크 부족들끼리 경쟁을 안 하나? 젠장…….'

사실 여기 있는 오크 부락은 원래 커다란 오크 부족의 일원이었고, 그래서 그 부족에 태현을 데리고 가려고 하는 것이었지만……. 태현이 그걸 알 방법은 없었다.

"김태현이 너무 안 나오는데? 설마 무슨 일이 생겼나?"

"아무리 그래도 태현 님이 이런 곳에서……."

"훗, 세상일은 모르는 법이다. 내가 오크한테 맞아서 뒤로 넘어질 줄 누가 알았겠나?"

장쓰안이 은근슬쩍 끼어들어서 자기가 한 실수를 변호했지만 다들 무시했다.

"원래라면 바로 나와서 우리들을 들여보내 줘야 하는데……."

설득에 성공하면 태현의 조수라는 이름으로 그들을 부락 안으로 들여보낼 생각이었다. 그런데 태현이 나오질 않았다.

"췍! 마법사! 마법사! 마법사!"

"……?"

"취익! 더 크게! 위대한! 마법사! 사악한! 마법사!"

태현 일행은 눈을 깜박였다. 저 멀리 오크들의 부락에서 웬 거대하고 못생긴 가마가 나오고 있었다. 동물의 뼈로 만든 투박한 가마! 그리고 그 가마 위에는 태현이 시무룩한 얼굴로 앉아 있었다.

-어떻게 된 거야?!

-일이 너무…… 잘 풀려 가지고…….

태현은 입맛을 다시며 설명했다.

-그, 그래도 되는 거 맞아? 위험하지 않나? 지금이라도 튀는 게…….

-에이, 이미 벌인 판. 기회를 버리는 것도 아깝지. 이렇게 된 이상 그 큰 부족에 가서 거기서 자리 잡는다.

어떻게 보면 잘된 일이었다. 작은 부락이 아닌, 큰 부족의 마을은 아이템도 많고 NPC도 많고 뭐든 더 많을 테니까. 거기를 본거지로 삼는다면 일은 더 쉬워질 것이다.

태현의 계획을 들은 이다비가 고개를 갸웃거리며 말했다.

"그런데 방금도 부락에 들어가서 자리 잡으려다가 위로 보내진 거 아닌가요? 만약에 큰 부족의 마을로 갔는데 또 대단하다고 위로 보내지면 어떻게 되는 거예요?"

자리에 있던 일행의 얼굴이 굳었다.

"아, 짜증 나게⋯⋯."

"왜 그러십니까?"

"쑤닝, 이 자식은 지가 뭐라고 명령이야?"

암살자 랭커, 앨콧은 날카로운 목소리로 투덜거렸다. 주변에 있던 파티원들은 조심스러운 눈빛으로 앨콧을 쳐다보았다. 앨콧의 성격을 잘 알고 있었기 때문이었다.

성질 더러운 것으로 유명한 앨콧! 길드 내 위치도 높은데, 성질까지 더러우니 주변 사람들은 눈치를 볼 수밖에 없었다.

'왜 또 이러신대?'

'쑤닝 님이 귓속말 보냈나 봐.'

"저, 그래도 쑤닝 님이 지금 길드 동맹 안에서 무시하기 힘든 사람인데……."

"아, 그걸 누가 몰라? 너 지금 나 가르치냐?"

"아, 아닙니다."

"이 짜식이 말이야. 원하는 게 있으면 자기가 직접 와서 부탁을 해야지. 안 그래도 저번 퀘스트 애매하게 끝나서 기분 찜찜한데 얻다 대고 명령이야?"

다들 꿀 먹은 벙어리처럼 입을 다물었다. 괜히 말을 꺼냈다가 앨콧한테 화풀이를 당하면 손해였으니까.

"에이 씨, 진짜……."

앨콧은 계속 투덜거렸다. 안 그래도 길드 동맹 내에서 쑤닝이 점점 올라오는 게 마음에 들지 않았는데, 이렇게 직접 시키니 그게 더 확 와닿았다. 그렇다고 거절하기도 애매한 부탁이고…….

"변신 물약 마셔야 할 시간입니다."

"아, 벌써 시간이…… 내놔봐."

앨콧은 길드원이 내민 물약을 마셨다. 판온에는 맛있는 음식만 있는 게 아니었다. 맛없는 것들도 많았다.

지금 마시는 변신 물약도 그중 하나!

앨콧의 얼굴이 사정없이 찡그려졌다.

[오크 변신 물약을 마셨습니다. 효과가 지속됩니다.]

지금 앨콧과 길드원들은 우르크 지역에 와 있었다. 그것도 오크들의 마을에! 앨콧이 데리고 온 길드원들은 애초에 종족 오크를 고른 플레이어들이었다.

그렇지만 앨콧은 아니었기에 이렇게 계속 변신 물약을 마셔 줘야 했다. 그렇지 않으면 오크들이 당장 '취익! 저거 인간이다! 저거 죽여야 한다!'라고 달려들 테니까!

"이거 정말 더럽게 맛없네. 길드의 연금술사 애들은 뭐 이딴 포션을 만드냐? 맛도 좀 신경 써야 하는 거 아냐?"

"하, 하하…… 그러게요."

"너희들도 마셔."

"아니, 저희는 마실 필요 없는데요?"

"나 혼자 마시기 억울하잖아! 너희들도 마셔! 자!"

마치 억지로 술을 권하는 상사처럼, 앨콧은 오크 변신 포션을 길드원들에게 먹이려고 들었다.

"그, 그렇게 말하셔도…… 그렇게 마시기 싫으시면 그냥 다른 방법을 찾아볼까요?"

"그걸 말이라고! 다른 방법이 없으니까 이러는 거잖아!"

앨콧은 짜증 난다는 듯이 길드원들을 쳐다보았다.

"내가 몇 번을 말하냐. 어? 너희들은 왜 그렇게 생각이 없어! 여기 우르크 지역에 있는 오크 마을들은 오크 아니면 들어갈 수가 없다고. 그런데 무슨…….."

"칙! 위대한! 마법사! 만세! 취익!"

앨콧과 길드원들은 고개를 돌렸다. 저 멀리서 수상쩍은 가마를 타고 오는 수상쩍은 마법사가 있었다.

"또 마법사야?"

"여기 뭔가 수상하지 않습니까? 대족장 카라그를 치료하고 깨운 것도 마법사라고 하던데. 오크 주술사가 아니라."

"그렇긴 하지. 그렇지만 거기 신경 쓸 시간 없다. 카라그가 낫든 말든 우리는 우리가 해야 할 퀘스트나 하자고."

앨콧의 말에 길드원들은 서로 쳐다보았다.

'우리가 아니라 네 퀘스트잖아⋯⋯.'

'오크 종족이라고 지가 데리고 와놓고⋯⋯.'

물론 속으로만 삼키는 불평!

"그래서 보고는? 어떻게 되어가고 있냐?"

"최, 최선을 다해서 찾고 있습니다!"

앨콧이 찾고 있는 아이템은 우르크 지역에 있었다. 그렇지만 우르크 지역은 넓고, 사나운 몬스터부터 시작해서 적대적인 부족들이 엄청나게 많았다. 그런 이들과 일일이 싸워가면서 찾는 건 무리였다. 그래서 생각해낸 방법이 오크들을 이용하는 것이었다. 오크로 잠입해서 부족에 들어간 다음, 부족 내에서 위치를 올려 오크들을 부려먹는다!

'내가 생각했지만 정말 완벽한 계획이군.'

"취익! 마법사! 이분이 족장님이다. 인사드려라!"

태현은 앞의 의자에 앉아 있는 덩치 큰 오크를 쳐다보았다. 덩치 큰 오크는 못 믿겠다는 눈빛으로 쳐다보고 있었다.

"췩, 나는 마법사 따위는 믿지 않는다. 나는 전통적인 주술이 더 좋다."

"취익! 아닙니다, 족장님! 이 마법사의 실력은 주술사보다 더 뛰어납니다! 잘 이용하면 부족에 큰 도움이 될 겁니다!"

넓은 천막 안에서, 오크가 침을 튀기며 설득에 나섰다. 그러자 족장이 태현에게 시선을 돌렸다.

"췩, 마법사, 넌 뭘 할 수 있지?"

"……그러게?"

"취익, 뭐라고?"

"아무것도 아닙니다. 하하. 뭔가 보여 드리죠."

태현은 그제야 뭘 보여줄지 생각해 놓지 않았다는 걸 깨달았다. 만약 보여준다면, 확실하게 오크들에게 도움이 되는 것이나 엄청나게 강한 충격을 주는 걸 보여줘야 했다.

유령 언데드 소환 같은 건 임팩트가 적었고, 역시 이럴 때 가장 좋은 건…….

'행운 전환 쓰고 어둠의 화살을 써야겠군.'

파괴적이고 사악한 마법의 위력만큼 오크들에게 확실하게 와닿는 것도 없을 것이다.

[행운이 힘으로 전환됩니다.]

"……우기기."

[다시 굴립니다. 행운이 힘으로 전환됩니다.]

'저주받았나?'

"칙, 왜 그러지?"

등에서 땀이 났지만 태현은 당황하지 않고 바로 움직였다. 한 번 한 일, 두 번은 못 하겠는가!

"하하, 하하하! 자 보십시오. 이것이 진정한 흑마법의 힘!"

태현은 말과 함께 땅바닥을 주먹으로 후려갈겼다.

"어둠의 화살!"

쿠르르르르르릉!

마치 지진이라도 일어난 것 같은 굉장한 효과였다. 주변의 땅이 울리며 소리를 만들어냈다.

"취이익! 이게 무슨!"

"칙! 굉장하다!"

[오크들이 믿을 수 없는 광경을 목격했습니다. 부족 내 당신의 평가가 오릅니다. 명성이 오릅니다.]

"취익! 저건 말도 안 됩니다!"

"칙! 족장님! 저놈은 무슨 속임수를 쓰고 있는 겁니다!"

족장 왼쪽에 있던 오크 전사들은 감탄했지만, 오른쪽에 있던 오크 주술사들은 태현을 수상쩍게 여겼다.

"칙! 족장님. 저 마법은 흑마법사들이 쓰는 간단한 화살 마법인데, 어떻게 저런 위력이 나온단 말입니까! 저놈이 속임수를 쓰고 있는 게 분명합니다!"

-주인님. 저놈 상당히 예리합니다.

-그래. 나도 보고 있어.

-주인님이 악마에게 영혼을 판 것까지 눈치채다니…….

-……흑흑아. 오크들한테 바쳐지고 싶니?

흑흑이의 입을 다물게 하고, 태현은 오크 주술사들을 마주보았다. 이런 말싸움이야말로 태현의 장기! 고급 화술 스킬을 가진 태현을 이길 오크 주술사들이 여기 있을 것 같지는 않았다. 기껏해야 마법이나 높겠지 화술까지 올렸겠는가!

"하하! 오크 주술사들의 수준이 이 정도인가!"

"췩! 뭐라고?"

"취익! 건방지다!"

"내가 못 할 말을 했나! 내 마법의 위력이 높다고 속임수라고 하다니. 그냥 너희들의 실력이 낮다고 인정하지 그러냐! 저위대하시고 강력하신 대족장님의 부상을 치료한 게 누구지? 오크 주술사들이냐, 아니면 마법사냐!"

"취익……!"

태현의 말에 오크 주술사들은 분한 듯이 입을 다물었다. 할말이 없었던 것이다.

[말싸움에서 승리했습니다. 화술 스킬이 오릅니다. 오크 주술사들 내에서 당신의 평가가 내려갑니다.]

"췍, 주술사들은 마법사를 질투하는 일은 그만두도록. 명예롭지 않은 일이다, 춰익."

족장까지 태현의 편을 들어줬다. 그러나 오크 주술사들은 끈질겼다.

"춰익, 족장님, 정체 모를 외부인은 하나면 족합니다. 췍, 저 마법사가 강력한 마법을 쓸 수 있다지만 그게 부족에게 얼마나 도움이 되겠습니까!"

"췍! 맞습니다! 대족장님의 부상을 치료한 것처럼 부족에게 도움이 되지 않는다면 데리고 있을 필요가 없습니다!"

주술사들의 항의에 족장은 내키지 않는 얼굴로 대답했다.

"췍, 저 마법의 위력만으로 충분하지 않나?"

"춰익! 저 마법이 강하다고 해봤자 사악한 힘! 저 정도는 저희도 힘을 모으면 낼 수 있습니다, 췍!"

"췍! 부족에 도움이 되야 합니다!"

〈오크들 사이에서 인정받기-줄락 마을 퀘스트〉

줄락 마을의 오크 족장과 전사들은 당신의 사악함과 힘에 매료되었다. 그렇지만 현명한 오크 주술사들은 당신의 수상쩍음을 눈치채고 결사반대에 나섰다.

그들을 설득하기 위해서는 단순히 강력한 마법뿐만이 아닌, 오크 부족에게 도움이 된다는 걸 보여줘야 한다.

보상: ?, ??, 줄락 마을 내 공적치 포인트, 줄락 마을 내 평가 상승.

쓸 수 있는 마법이 적은 태현에게는 곤란한 퀘스트! 태현은 어떻게든 피해보려고 애를 썼다.

"이 정도 마법이면 됐지. 뭘 더 바라는 거냐? 질투가 추하지 않나!"

"췩! 부족에 도움이 된다는 것만 보여주면 된다! 우리는 질투 안 한다!"

"취익! 우리는 부족 전사들을 강하게 만들고 무기에 주술을 걸 수 있다! 너도 그런 걸 보여줘라!"

힘으로 안 되자 오크 주술사들은 다른 부분에서 공격해 오고 있었다. 망설이던 태현은 멈칫했다.

'잠깐, 부족 전사들을 강하게 만들고, 무기를 강하게 만들기만 하면 되는 거잖아?'

생각해 보니 별로 어렵지 않았다. 태현이 마법 스킬은 부족해도 다른 스킬들은 많지 않은가!

"좋다! 보여주지!"

방법이 떠오르자 태현에게 여유가 돌아왔다. 그러자 이 상황에서 어떻게 더 뜯어먹어야 잘 뜯어먹었다고 소문이 날까 하는 생각이 들었다.

"족장님. 제 마법을 펼치기 위해서는 준비가 필요합니다. 준비를 마치기 위한 도움을 요청합니다!"

"췩! 혼자서 해야……."

"취익! 시끄럽다. 주술사들! 너희들은 명예도 모르나!"

오크 주술사들이 방해하려고 했지만, 이것까지 봐줄 수는 없다고 봤는지 족장이 화를 냈다.

"칙. 마법사. 원하는 만큼 전사들을 데리고 가서 명령해도 좋다! 나도 그 결과를 보고 싶다, 취익!"

'좋았어.'

태현은 올라가는 입가를 애써 참았다. 이제 오크 전사들을 이끌고, 마법에 쓸 재료를 모은다는 핑계로 우르크 지역을 돌아다니면 됐다. 그러는 와중에 다른 부족들 위치도 찾고 아키서스를 믿게 할 방법도 찾으면……!

'완벽하군.'

"저놈 좋군."

"칙, 너, 와라, 마법사, 도와라."

"저놈도 좋은데?"

"취익, 너도 와라."

태현이 손가락으로 오크 전사를 가리키면, 족장이 붙여준 오크 부관이 오크들을 불러냈다. 신이 나서 닥치는 대로 오크들을 불러냈다. 퀘스트 덕분에 공적치 포인트를 안 쓰고도 이렇게 오크들을 부려먹을 수 있는 기회가 온 것이다.

쓸 수 있을 때 꽉꽉 쓴다!

"저놈도 좋아 보이는데?"

"……취익, 저 늙은이가?"

바닥에 드러누워서 쉬고 있는 비쩍 마른 오크 노인까지 지목하자, 오크 부관은 황당하다는 듯이 태현을 쳐다보았다.

"늙을수록 강해지고 지혜로워지는 거야. 데리고 가자."

"취익…… 마법사의 생각은 잘 모르겠다. 알겠다."

-주인님. 주인님.

-너 한마디만 더 하면 저기 오크 가게에 연금술 재료로 팔아버린다.

-주인이여. 주인이여.

-왜, 용용아?

명백한 차별대우! 흑흑이는 속으로 태현을 욕했다.

-저 오크, 오크가 아니다.

'응?'

태현은 순간 무슨 소리인가 했다. 그렇지만 경험 많은 플레이어답게 바로 알아차렸다.

-변장하고 있다고?

-그렇다.

-주인님. 저도 그 소리를 하려고 했는데…….

태현은 다시 한번 흑흑이를 무시했다.

'지금 상황에서 오크 종족이 아닌 놈이 오크로 변장하고 있다면…… 플레이어잖아?'

수상쩍게도, 변장한 오크는 진짜 오크 몇 명과 떠들고 있었다. 만약 오크 종족이 아닌 플레이어와 오크 종족인 플레이어가 파티를 맺고 여기 들어온 거라면 설명이 됐다.

태현은 그들을 가리키며 말했다.

"저놈들은 쓸 만한 놈들인가?"

"췩, 들어온 지 얼마 안 된 신참 놈들이다. 실력은 보장할 수 없다."

'역시 플레이어 맞군.'

태현은 그 말에 확신했다. 종족을 변장하고, 수상쩍게 자기들끼리 모여서 떠들고, 들어온 지 얼마 안 됐다는데 장비는 다른 오크 전사들과 다르게 좋은 걸 끼고 있었다.

플레이어가 확실!

'뭐 하는 놈들인지는 모르겠지만. 뭐, 써먹기는 좋겠는데?'

태현의 눈에 플레이어는 그저 더 좋은 노동력으로 보일 뿐이었다. 같은 레벨의 플레이어와 NPC가 붙으면 플레이어가 아무래도 더 강했다.

어지간히 못 하는 플레이어가 아니고서야…….

"저놈들도 데리고 가지."

"췩, 마법사의 생각은 정말 잘 모르겠다."

"원래 마법사는 그런 거야."

"췩, 그런가? 마법사는 어렵군."

태현 덕분에 오크 부관은 마법사에 대해 왜곡된 지식을 갖게 되었다.

"아, 그리고 여기 있는 오크들만 시키는 건 미안해서 그런데……."

오크 부관은 무슨 소리를 하냐는 듯이 태현을 쳐다보았다.

비쩍 마른 오크 노인까지 동원하고서 무슨 소리?

그러나 태현은 당당했다. 〈얼굴 두께〉 스탯이 있다면 이미 10,000을 넘겼을 태현!

"내가 데리고 온 시종들도 시키려고 하는데, 혹시 도와줄 수 있나?"

"칙, 어떻게?"

"여기 돌아다니면서 다른 오크들하고 부딪히면 싸움이 날 테니까, 오해가 생기지 않도록 해줬으면 좋겠는데."

"취익. 알겠다. 이 징표들을 받아가라."

뼈로 만든 오크 징표:
우르크 지역의 오크 부족들이 사용하는 징표다. 이 징표를 갖고 있으면 오크 부족의 전사들이 공격하지 않는다.

어딘가 냄새나는 것 같은 징표들! 그래도 태현은 일단 받아서 챙겼다.

'부려먹을 놈들 많으니까, 케인이나 이다비는 이거 주고서 따로 부족들 찾으라고 해야겠다.'

"칙, 너희, 영광으로 알아라. 마법사가 너희를 지목했다."

"……?"

"뭐?"

"아니, 왜?"

당황한 듯한 오크 플레이어들의 반응. 태현은 그들을 빤히 쳐다보았다.

'내가 플레이어인지는 모르나 보군. 하긴, 이런 겉모습을 하고 있으니⋯⋯.'

태현의 겉모습은 얼굴은 보이지 않지만 사악해 보이는 마법사 NPC 그 자체였다. 다른 플레이어들이 눈치를 못 채도 이상한 건 아니었다.

"쿼익! 새로 들어온 전사들이 일을 가리다니! 명령을 거역할 건가! 췍!"

"아, 아뇨. 그게 아니라⋯⋯."

"에이, 우리 부관님 왜 이러실까."

오크 부관이 화를 내자 플레이어들은 부관을 달래려고 애를 썼다. 기껏 마을 안에 들어오는 걸 허락받았는데 밉보여서 쫓겨나고 싶지는 않았다.

"췍, 마법사 명령을 잘 따라라."

"알겠습니다!"

앨콧과 길드원들은 일단 고개를 끄덕였다. 저 마법사의 정체가 뭔지는 모르겠지만, 지금 중요한 건 그게 아니었다.

대충 퀘스트만 깨고 나머지 시간에 다시 찾아보자!

태현이 출발하자, 오크 전사들과 플레이어들이 뒤를 쫓아 우르르 몰려왔다.

태현은 굳이 입을 열지 않고 조용히 기다렸다. 가만히 있으면 플레이어들은 알아서 떠들게 되어 있었다.

"아, 진짜 앨콧은 성질 너무 더럽다니까."

"또 너한테 지×이야?"

"어. 완전 찍힌 거 같아. 그냥 길드 나갈까?"

"나갔다가 보복이라도 당하면 어쩌려고."

"그, 최강지존무쌍 길드 들어갈까 생각 중인데. 거기 오크 플레이어 많다잖아."

판온 종족은 선택 자유지만, 인간이나 엘프, 드워프를 많이 고르는 편이었다. 오크는 보통…… 고르는 사람이 적었다. 그런 면에서 길마부터 간부까지 전부 다 오크 아저씨들인 최강 지존무쌍 길드는 특이한 편!

"야, 거기 소문이 안 좋다던데……."

"억지로 개그 시킨다고? 야, 차라리 그게 낫지!"

'이놈들 설마 길드 동맹인가?'

태현은 슬슬 의심이 가기 시작했다. 뭐 하는 놈들인가 그냥 들어보려고 했는데, 대화가 영 수상하지 않은가.

-야, 야. 앨콧이 누구더라?

-앨콧이요? 길드 동맹 쪽 랭커잖아요. 태현 님도 한 번 만난 적 있을 텐데요? 그때 태현 님 잡으러 온 랭커 중에 있었는데…….

-응? 아, 그랬나.

이다비는 새삼스럽게 놀라지 않았다. 태현이 안중 밖에 있는 사람을 기억 안 하는 게 어제오늘 일인가.

-그런데 그건 왜요?
-여기 길드 동맹 애들 와 있는데? 앨콧이라는 놈도 있나 봐.

이다비는 깜짝 놀랐다. 그 모습에 옆에 있던 일행들도 놀랐다.
"뭐야, 뭐야?"
"무슨 일입니까?"
"여기 근처에 길드 동맹 길드원들 와 있다나 봐요."
케인과 정수혁은 얼굴을 굳혔다. 이미 둘은 길드 동맹에게
찍힌 상황. 만나서 좋을 게 없었다.
"이런…… 김태현도 없는데!"
"흠, 흠흠. 흠흠흠."
장쓰안은 헛기침을 했다. 아까까지는 상황이 어떻게 돌아가
는지 몰라 어리벙벙하게 있었다. 그러다가 태현에게 오크 징표
받고 '야, 너희들은 방해 안 되게 저 멀리 가서 다른 부족들 퀘
스트 좀 깨고 있어. 특히 장쓰안 넌 사고 치지 말고'란 말을 들
었고. 굴욕 그 자체!
그런데 지금 보니 상황이 재밌게 흘러가고 있었다. 길드 동
맹과 이 일행이 사이가 안 좋은 건 장쓰안도 알았다.
즉, 이대로 가면…… 활약할 기회가 온다!
"어떡하지?"
"지금 전력이 좀 그런데. 그나마 케인 씨밖에 없잖아요."

"맞아요, 케인 씨밖에 없어요."

케인은 복잡한 기분이었다. 말이야 맞는 말인데 뭔가 욕먹는 기분!

"화력이야 수혁이도 있고, 저도 기본은 할 수 있으니 어느 정도는 되겠지만 너무 조합이 안 맞지 않나요?"

굴러들어온 돌, 김세형이 조심스럽게 손을 들고 의견을 말했다. 태현과 같이 다니면서 비상식에 적응해 버린 일행과 달리, 김세형은 아직 멀쩡한 정신을 갖고 있었다.

그가 보기에 태현 일행의 조합은 괴상하기 그지없었다.

밸런스라고는 찾아볼 수 없는 조합! 보통 탱커, 딜러, 힐러로 구성되는 파티인데 태현 파티는……. 그래도 케인이 탱커 역할을 한다지만, 힐러는 없고 딜러만 있는 극단적인 구성이었다.

"맞는 말이긴 해요. 마법사가 둘이나 있으니 딜은 괜찮은데, 태현 님이 빠져서 근접 딜러가 없으니……."

사실 태현 파티가 잘 굴러가는 데에는 태현의 역할이 컸다. 빠르게 적을 녹여 버리는 폭딜과, 〈아키서스의 화신〉이라는 전설 직업의 스킬로 다양한 상황을 커버해주는 능력이 있었기에 파티가 굴러갈 수 있었던 것이다.

"흠, 흠흠. 크흐흠! 커험!"

장쓰안은 점점 크게 기침을 했다. 기침의 뜻은 간단했다.

너희, 지금 랭커인 근접 딜러를 잊고 있지 않니?

그러나 다른 사람들은 정말로 눈치채지 못하고 있었다.

"근접 딜러가 없으니 싸우는 방식을 좀 바꿔야 할지도 모르겠네요. 발을 묶은 다음에……."

"쿨럭쿨럭! 커허허헉!"

이제 거의 발악 수준의 기침!

"왜 그래, 장쓰안? 너 뭐 잘못 마셨냐?"

친절한 케인이 장쓰안을 보며 물었다. 그사이 이다비는 태현에게 다시 귓속말을 들었다.

"아, 괜찮겠네요. 어차피 그 사람들은 태현 님이 부리고 있다는데요?"

"어떻게??"

기침하던 장쓰안도 기침을 멈추고 물어볼 정도로 이해가 안 가는 상황!

"흐음……."

"……?"

"저기 저 절벽 위에 약초 보이지?"

"……보이는데요."

"따와."

"……아니, 저, 저 위에 있는 걸요?"

"아, 마법을 써야 할 거 아니야! 너희 오크들을 위해 하는 일인데 이렇게 나오다니, 오크 부관한테 그대로 전해……."

"아, 아닙니다! 하겠습니다!"

약초는 가파른 절벽 위에 아슬아슬하게 매달려 있었다. 길드원들은 투덜거리며 탈것을 꺼내려고 들었다.

"잠깐."

"……?"

"이 주변은 비행형 몬스터가 많다는 것도 모르나? 타고 가면 당연히 들키지."

"취익, 맞다. 이 오크들 바보다."

"칙, 맞다 맞다."

다른 오크 전사들까지 태현의 말에 동의했다. 오크들한테 바보라고 놀림 받는 것만큼 굴욕적인 일도 드물었다.

"그, 그러면 어떻게?"

"기어서 올라가야지."

"저 개×× 소×× 말×××……!"

"아니, 이게 뭐 하는 짓이냐고!!"

길드원들과 오크 전사들이 절벽을 기어 올라가는 동안, 태현은 느긋하게 지도를 펼쳐 보았다. 오크 부족에게서 얻어낸 근방의 지도였다.

길드원들을 저렇게 굴리는 데에는 이유가 있었다. 첫 번째로 저 절벽 위에 있는 약초들은 실제로 구하기 힘든 아이템이었다. 두 번째로 지도를 보고 고민하려면 근처에 플레이어들이 없는 게 아무래도 편했다. 세 번째로 원래 태현은 적들을 엿 먹이는 걸 좋아했다.

'재밌잖아?'

"흐으음……."

태현이 지금 찾고 있는 건 〈옛 땅굴 고블린 부족〉의 위치였다. 마법 특화 부족인 원시 인간 부족은 정수혁이 한 번 아키서스 퀘스트를 깬 적이 있으니, 다른 일행을 보냈다. 가서 그들을 도와주고 안전하게 만들기만 해도 될 테니까.

그렇지만 〈붉은 바다 무법자 부족〉과 〈옛 땅굴 고블린 부족〉은 태현이 직접 나설 필요가 있었다.

'역시 〈옛 땅굴 고블린 부족〉이 좋겠지?'

아직 한 번 만나본 적도 없었지만, 태현은 자신이 있었다.

고블린 종족의 특징, 기계공학! 기계공학에 능숙한 종족이 바로 고블린! 태현이 갖고 있는 기계공학 관련 칭호들은 드워프나 고블린을 상대할 때 친밀도를 상승시켜 줬다.

그런 칭호가 한둘이 아니었으니…….

"헉, 헉헉…… 갖고 왔습니다."

재료만 갖고 왔는데도 길드원들의 HP는 10% 이상 닳아 있었다. 절벽을 기어 올라가는 건 만만한 일이 아니었던 것이다. 도중에 떨어지고, 부딪히고…….

"좋다. 훌륭하다."

"감, 감사합니다?"

"그러면 다음 장소로 가자. 아직 챙겨야 할 게 많거든."

길드원들은 슬슬 앨콧이 싫은지 저 사악해 보이는 마법사가 싫은지 헷갈리기 시작했다.

"쉴 시간 없다, 더 빠르게!"

깡, 까깡, 까까깡-

다음으로 길드원들이 하게 된 일은 곡괭이질이었다.

"……뭔가 이상하지 않냐? 마법사가 왜 이런 걸……? 이건 대장장이잖아……?"

"마법사도 시약으로 광석이나 보석 쓰잖아."

"아니, 아무리 그래도 그렇지 이렇게 철을 많이 챙기나?"

"거기, 무슨 불만이라도 있나?"

"없, 없습니다."

타타탓-

멀리서 누군가가 다가오는 소리에, 자리에 있던 사람들은 모두 고개를 돌렸다.

"취익! 마법사님의 노예다!"

"칙! 모두 인사를…… 억! 칙! 왜 때리나!"

픽!

태현은 손을 멈춘 오크를 지팡이로 때리고서, 냉정하게 말했다.

"손 멈추지 마라."

[오크 부족 사이에서 당신의 악명이 오릅니다.]

'특이하게 생겼는데?'

오크들이 마법사의 노예라고 말한 상대는 특이한 생김새를 갖고 있었다. 인간이나 오크 종족은 아닌 것 같고…….

-악마다!

-악마입니다, 저거!

'응?'

선신이든, 악신이든. 용용이와 흑흑이는 둘 다 신수였다. 당연히 악마의 존재에는 민감할 수밖에 없었다. 고성능 악마 레이더나 마찬가지! 그런 둘이 동시에 소리쳤으니 상대방의 정체는 악마가 확실했다.

'못생기긴 했는데 악마였다고? 흠, 난 뭐 잘못 먹은 놈인 줄 알았는데.'

태현의 머리가 빠르게 굴러갔다.

대족장 카라그를 치료한 마법사. 그 마법사의 노예가 악마였다. 그렇다면 그 마법사도?

'악마랑…… 엄청 연관이 깊을 가능성이 높겠군…….'

태현은 갑자기 입맛이 썼다. 상대 마법사가 악마와 관련이 높다면, 태현과 사이가 좋아질 가능성이 적었다.

왜냐하면…….

'원한을 진 악마들이 워낙 많으니…….'

-주인님. 정체가 들키면 악마들이 주인님을 찢어 죽이려고 할 겁니다. 더 구체적으로 말하면 일단 사지를…….

-굳이 할 필요 없는 자세한 묘사 고맙다. 흑흑아. 죽기 전에 널 꼭 방패로 써주마.

-……흑흑, 그냥 말씀드린 겁니다.

태현이 신수들과 대화하는 동안, 마법사의 노예는 가까이 다가와서 입을 열었다.

"어느 놈이 그 마법사냐!"

태현은 대답 대신 지팡이로 상대를 후려갈겼다.

퍽!

[치명타가 터졌습니다! 어마어마한 힘으로 상대방을 후려갈겼습니다. 상태 이상 <기절>에 걸립니다. 악마를 기절시켰습니다. 명성이 오릅니다. 신성이 오릅니다.]

[이 소식이 전해질 경우 주인이 분노할 수 있습니다.]

'아차. 행운 전환……!'

태현은 아차 싶었다. 그냥 별생각 없이 때리고서 말하려고 했는데, 힘 스탯을 착각하고 있었던 것이다.

쿵-

마법사의 노예는 그대로 쓰러졌다. 근처에 있던 오크들과 플레이어들은 경악했다. 갑자기 뭔 짓?

그리고 플레이어들은 한 가지 더 놀랐다.

"야, 방금 뭔 마법이었냐?"

"몰라. 저 마법사 진짜 고렙인가 보다. 하긴, 대족장도 치료하고 하는데 레벨이 낮을 리는 없겠지만……."

눈에 보이지도 않을 정도로 빠르고 강력한 마법!

물론 그런 건 없었다. 길드원들은 태현과 카라그를 치료한 마법사가 같은 부류라고 생각하고 있었다. 플레이어인 걸 모르니 당연한 일이었다.

그러는 동안 태현은 고민했다. 일단 저 노예가 기절해서 정신을 못 차리고 있기는 한데, 어떻게 한다?

대답은 간단했다.

"묶어라."

"췩, 뭐라고?"

"취익, 마법사님의 노예를 묶다니! 말도 안 된다!"

태현은 자애로운 눈빛으로 오크들을 훑어보았다. 물론 오크들에게는 전혀 그렇게 느껴지지 않았다.

"봐라. 이 노예가 지금 얻어맞고 기절했지."

"췩. 그렇다."

"만약 이 노예가 깨어나서 마법사한테 돌아가면 뭐라고 하겠냐?"

"취익, 네가 기절시켰다고……."

"아니지. 너희들도 같이 했다고 하겠지."

물귀신 작전! 단순하지만 효과적이었다.

[오크들을 협박합니다. 고급 화술 스킬을……]

"췩! 우리는 아무것도 안 했다!"

"물론 그렇겠지. 네 머릿속에서만 말이야."

"췩익! 정말로 아무것도 안 했단 말이다!"

시끄러워지자 계속 곡괭이질을 하고 있던 길드원들이 고개를 돌렸다. 뭔 대화를 하고 있는 거야?

물론 태현은 가차 없이 대응했다.

"손 멈추지 마라!"

"네……."

"……시××."

그리고 다시 오크들에게 고개를 돌렸다. 오크들은 세상에서 가장 억울한 표정을 짓고 있었다.

"결정해라. 묶을래, 아니면 자비롭게 풀어준 다음 저놈이 가서 고자질하는 걸 지켜볼래? 참고로 후자를 택하면 너희들도 나랑 같이 간다."

"췩…… 묶는다! 묶는다!"

후다닥!

결국 꺾인 오크들은 우르르 달려들어 마법사의 노예를 묶기 시작했다.

"더 강하게 묶어. 재갈도 물리고. 흠. 이것도 나쁘지 않겠는데?"

태현은 예전에 〈성수 제작〉으로 만들어놨던 성수를 꺼냈다. 그런 다음 악마 위에 뿌렸다.

치이이익!

기절한 악마가 무의식적으로 발버둥 치는 게 보였다.

"칙, 취익……! 정말 무섭다, 마법사!"

"칙, 기절한 놈을 고문하고 있다!"

[오크 부족 내에서 당신의 악명이 최대치에 달합니다. 어린 오크들은 당신이 눈빛만 보내도 무서워서 도망칠 겁니다.]

태현은 신경 쓰지 않았다. 악마 종족을 상대할 때에는 언제나 조심해야 했다. 할 수 있는 건 다 하자!

"크아악! 이게 무슨……."

성수를 계속 뿌려대자 악마는 정신을 차렸다. 그리고 자신이 묶인 걸 깨달았다.

"새로 나타난 마법사 놈! 네놈이 미친 게 분명하…… 푸하악! 크악! 멈춰라!"

태현은 대답 대신 성수를 부었다. 성수 제작 스킬이 있다 보니, 성수를 쓰는데 아낄 필요가 없었다.

"멈추라……."

촥촥!

"멈춰……."

촥촥촥!

"멈춰주세요. 부탁드립니다."

"오냐."

[악마를 굴복시켰습니다. 신성이 오릅니다.]

태현은 그제야 성수 세례를 멈췄다. 마법사의 노예, 악마는 한층 조심스러워진 태도로 입을 열었다.

"저, 다름이 아니라⋯⋯ 저희 주인님께서 새로 나타나신 그쪽 때문에 화가 나셨습니다. 웬 같잖은 놈이 나타났냐고⋯⋯ 크헉! 크아악! 제가 한 말 아닙니다!"

"네 주인은 뭐 하는 놈이냐?"

"저희 주인님은 위대하신 분입니다."

척-

태현이 성수 병을 들어 올리자 악마는 급하게 설명을 덧붙이기 시작했다.

"뭐, 뭐가 궁금하신지 물어보시면 대답하겠습니다!"

"네 주인 노리는 게 뭔지, 잘하는 게 뭔지, 약점이 뭔지, 갖고 있는 장비가 뭔지, 다 말해봐."

"저, 저희 주인님께서는 악마를 부리시는 마법사로⋯⋯."

마법사의 노예가 설명을 시작했다.

'마법사는 악마 소환을 전문으로 하는 마법사다.'

'뭘 노리는지, 약점이 뭔지는 모른다.'

"저는 그냥 소환되어서 계약으로 부려 먹히는 착한 악마입니다! 살려주세요!"

아무래도 마법사한테 계약으로 부려지고 있다 보니 약점 같은 건 알지 못했지만, 나름 도움이 되는 정보였다.

'악마 소환하는 NPC 중에서 멀쩡한 놈이 드문데. 대족장을

회복시킨 것도 호의는 아니겠군.'

오크 부족들을 이용해서 뭔가 하려는 게 분명했다. 태현도 오크 부족들을 이용하고 있으니 뭐라고 할 수는 없겠지만…….

"저, 다 말했으니 풀어주시는 게……."

"하하. 좀 더 같이 다니자고. 야! 얘 좀 들고 다녀라."

"칙, 그냥 죽이면 확실하지 않나?"

태현의 협박이 워낙 잘 통해서인지, 오크들은 악마를 죽이고 싶어했다. 죽은 자는 말이 없으니까!

"생명은 소중한 법이지. 들고 다녀."

"취익, 마법사 하는 말 이해 안 간다."

태현은 그대로 〈옛 땅굴 고블린 부족〉이 있다고 알려진 장소로 이동했다. 물론 그 과정 중에 계속해서 재료를 모았고, 길드원들의 불만은 터지기 직전이었다.

길드원들이 그러거나 말거나 태현은 고블린 부족의 흔적을 찾아 헤맸다.

'땅굴 고블린이니까 지하에 있겠지?'

이 주변 어딘가에 입구가 있을 것이다. 수풀들과 사람 키를 가볍게 넘기는 정글 지형이라, 찾기 힘들어 보였지만 태현에게는 〈신의 예지〉 스킬이 있었다.

[고급 기계공학 스킬을 갖고 있습니다. 고블린들이 숨겨놓은 통로의 입구를 발견했습니다.]

[함정을 발견했습니다.]

[함정을 발견……]

[명성, 기계공학 스킬이 오릅니다.]

'이런 미친……'

태현은 경악했다. 함정을 얼마나 많이 설치했으면 발견하는 것만으로도 스킬이 오른단 말인가?

"췩, 마법사, 뭐 하나?"

"여기로 들어가야겠다."

"췩?"

오크들은 고개를 갸웃거렸다. 나무 밑을 가리키며 들어가야겠다고 하니 무슨 소린가 싶었던 것이다.

"췩, 누굴 죽여서 묻겠다는 건가?"

"히익! 살려주십쇼!"

아직까지 묶여 있던 악마가 자기 이야기를 하는 줄 알고 기겁했다.

"죽이겠다는 게 아니라…… 여기로 들어가야겠다고. 땅굴 고블린들이 여기 있다."

"췩! 그게 정말인가!"

"춰이익! 놈들을 죽이자!"

"아니, 안 죽일 건데?"

오크들은 시무룩해져서 고개를 숙였다. 원수인 고블린들을 두고 잡지 못한다니!

그러는 동안, 오크로 변장한 앨콧은 수상쩍다는 눈빛으로 태현을 쳐다보고 있었다.

"야, 뭔가 이상하지 않냐?"

"네. 이상하네요."

"……뭐가 이상한데?"

"그, 그게……."

"이 새끼들이 진짜……! 대충 말할래?!"

앨콧이 하도 성질이 더러우니, 대충 동의했다가 걸린 길드원!

"저 마법사 놈 말이야. 진짜 NPC 맞냐?"

"NPC잖아요. 저게 플레이어라고요?"

"어떤 플레이어가 저럽니까?"

"우리도 지금 변장하고 우르크 들어와 있잖아. 저놈도 변장하고 들어올 수 있겠지."

다른 길드원들은 하도 부려먹어서 다른 생각을 할 여유가 없었다. 그렇지만 앨콧은 달랐다. 다른 길드원들이 대신 일을 해준 덕분에, 태현이 떠드는 걸 조금씩 엿들을 수 있었던 것이다. 그리고 느낀 건, 아무래도 수상하다는 것이었다.

하는 말이 아무리 봐도 NPC가 하는 말 같지가 않았다!

"설마……."

"그러면 지금 우리가 플레이어 놈이 시키는 걸 하고 있었다고요?"

길드원들은 웅성거리다가, 깨닫고는 분노하기 시작했다. 지금까지 얼마나 고생했는데, 그게 다른 플레이어 놈 때문이었다고!

"……죽여 버리죠!"

"내가 저놈 담가 버린다!"

제일 고생 많이 한 길드원들의 분노는 하늘을 찔렀다. 그러나 앨콧은 그들을 말렸다.

"잠깐만. 아직 확실하지가 않잖아. 이 자식들아. 참아. 너희들은 왜 이렇게 인내심이 없냐? 응?"

'그야 넌 일 거의 안 했잖아……'

곡괭이를 들고 절벽 위로 기어올라 보석 원석을 캐온 사람만이 이 분노를 알았다.

"조금만 더 보면 확실하게 알 수 있겠지."

'눈치챘나?'

길드원들은 나름 구석에서 대화한다고 했지만, 태현의 눈을 피할 수는 없었다. 뭔가 수상쩍은 분위기! 은근슬쩍 태현을 탐색하는 것 같은 길드원들의 눈빛!

'의심하는 거 보니 거의 눈치챘군. 그러면……'

"거기 너. 여기를 파라."

"……알겠습니다."

길드원은 망설이다가 삽을 들고 땅을 파기 시작했다.

일단은 따라준다!

'만약 네가 플레이어인 게 확인만 되면……'

'넌 죽었어!'

'리스폰 포인트까지 따라가서 계속 죽여주마!'

이를 박박 갈며 길드원들은 땅을 팠다.

그리고…….

"응?"

태현과 오크들은 슬슬 뒤로 물러서서 거리를 벌렸다. 그걸 본 길드원들은 의아해했다. 왜 저러지?

[고블린이 설치한 <땅에 심은 폭탄 덫>이 작동됩니다.]

[<폭탄과 연계된 화살 덫>이 작동됩니다.]

[<화염 구름 폭탄 덫>이 작동됩……]

어지럽게 뜨는 메시지창. 그걸 본 길드원들의 입이 떡 벌어졌다. 이건……!

콰콰콰콰콰콰콰콰콰콰콰쾅!

"와, 화력 봐."

주변 지형들이 다 날아갈 정도의 화력! 태현은 휘파람을 불며 감탄했다. 기계공학 스킬을 파는 사람으로서 이런 함정을 보면 감탄이 나왔다. 얼마나 재료를 많이 넣고 만들었길래 이런 결과가 나온단 말인가. 집념 그 자체!

"너, 너……!"

폭발로 길드원 몇 명이 로그아웃당했지만, 그렇다고 다 끝나지는 않았다. 앨콧과 몇 명은 좀 떨어져 있었기에 살 수 있었던 것이다.

"너 이 새끼, 너 플레이어지?!"

"응."

태연하게 대답하는 태현. 너무 당당하게 인정하는 바람에 길드원들은 한순간 반응이 늦었다.

"인, 인정한 거냐?"

"인정이고 뭐고 내가 플레이어 아니라고 한 적 있었냐?"

빠드득!

태현은 딱히 '나 플레이어 아니라 NPC인데?'라고 한 적이 없었다. 말이야 맞는 말이었다. 두들겨 맞는 말!

"이…… 새끼가…… 그러니까 알고 우리를 그렇게 부려먹었다 이거지?"

"부려먹다니. 말이 좀 심하다. 난 너희들이 도와준다고 해서 받아들인 건데."

"닥쳐!"

"하기 싫으면 싫다고 말하면 됐잖아? 왜 말을 안 했냐?"

말을 하면 퀘스트가 실패하고 마을 내에서 평판이 깎이니 못한 것이었다. 물론 태현도 그걸 잘 알고 있었다.

"너 우리가 누군지는 알고 있냐?"

"'너 내가 누군지 알아?'하는 놈들 중에 멀쩡한 놈들 본 기억이 드문데. 글쎄. 누구냐? 〈임모크오구호〉 길드?"

태현의 말에 길드원들은 순간 멈칫했다.

"거긴 뭐 하는 길드야?"

"거꾸로 읽어봐."

"······죽여 버린다!!"

안 그래도 열 받았는데 계속 도발을 하는 태현!

길드원은 무기를 뽑고 덤벼들었다.

"저놈들 막아라."

"취익! 뭐 하는 거냐 너희!"

"췩! 반란이냐!"

"닥쳐! 이 멍청한 오크들아!"

"너희들 때문에 우리는 쓸데없이 고생만 했잖아!!"

이제 앨콧이고 퀘스트고 뭐고 상관없었다. 저놈은 확실하게 잡고 가야겠다!

앞을 가로막는 오크들. 그러나 그래 봤자 길드원들에 비하면 레벨이 낮았다. 여기 있는 길드원들은 전원이 고렙 플레이어였다.

-무기 밀치기!
-충격의 함성!

"공간 나왔다! 들어가!"

"이야. 잘하네."

길드원들은 정석에 따라 행동하고 있었다. 레벨 높은 마법사를 상대할 때의 정석. 시간을 끌지 말고, 최대한 빨리 마법사한테 붙어서 근접전으로 간다! 아무리 레벨 높은 마법사라도 마법사인 이상 근접전은 약할 수밖에 없었다.

"오크 잡느라 시간 낭비하지 말고 전부 다 모여! 저놈부터 조지면 돼!"

"마법 쓸 시간 주지 마!"

"여, 여러분! 응원하겠습니다! 저도 좀 풀어주세요!"

묶여 있던 악마는 싸움이 일어나자 입을 놀리기 시작했다. 무슨 상황인지는 모르겠는데 자기들끼리 싸우는 상황, 잘하면 풀려날 수 있을지도?

그러나 아무도 악마한테는 관심을 가져주지 않았다.

노리는 건 오직 태현!

"크아앗!"

가장 먼저 도착한 길드원 한 명이 태현에게 공격을 꽂아 넣었다. 그리고……

-반격의 원!

[정확하게 들어갔습니다! 힘 스탯이 어마어마하게 높습니다. 상대의 무기가 파괴됩니다. 상대가 상태 이상 <기절>에 걸립니다.]

[상대의 갑옷이……]

"커허헉!"

대형 몬스터한테 맞은 것처럼, 덤벼들었던 길드원이 멀리 날아갔다. 그 믿을 수 없는 모습에 다른 길드원들이 일순 멈췄다. 눈 뒤집혀서 덤벼드는 사람들도 멈추게 만들 정도로 충격적이었던 것이다.

"지팡이로⋯⋯?"

"무슨⋯⋯ 말도 안 돼⋯⋯!"

길드원들의 눈에는 태현이 지팡이로 길드원 한 명을 저렇게 만든 것으로 보였던 것이다. 저런 마법사는 없었다!

"저, 저거 마법사 맞아? 마법사로 위장한 전사 아냐?"

"그럴지도⋯⋯ 생각해 보니까 저놈 마법 안 썼잖아!"

"아냐! 마법사의 노예를 제압할 때 썼잖아!"

"그, 그런가?"

사실 마법사의 노예를 제압할 때도 힘으로 때려눕힌 거지만, 길드원들은 거기까지 상상하지는 못했다. 태현의 겉모습이 너무 마법사 같았던 것이다.

[<행운 전환>이 끝납니다.]

'아. 끝났군.'

마침 타이밍 좋게 행운 전환 스킬이 끝났다. 태현은 피식 웃으며 지팡이를 앞으로 들었다.

-어둠의 화살, 어둠의 화살, 어둠의 화살, 어둠의 화살!

쉬쉬쉬쉭!

마법사 아닌가 고민하고 있었는데, 태현이 마법을 쓰니 길드원들은 당황했다.

"피해!"

접근해야 하나, 말아야 하나?

정석대로만 행동하던 길드원들은 이런 혼란스러운 상황에 빠지자 손발이 안 맞기 시작했다. 한 명은 덤비고, 한 명은 일단 거리를 벌리려고 하는 엇박자!

휙!

태현은 지팡이를 집어 던졌다. 덤벼들던 길드원은 깜짝 놀라 피했다. 또 무슨 수작인가 싶었던 것이다.

물론 그런 건 없었다.

쾅!

태현은 머스킷을 꺼내 한 방 쏘았다. 피하느라 움직임이 멎은 길드원은 그대로 맞고 비틀거렸다.

툭-

그러자 바로 들어오는 다음 공격! 태현이 던진 폭탄이 길드원 앞으로 굴러들어왔다. 치명타에 스턴 상태에 걸린 길드원은 피하지도 못했다.

콰아앙!

태현이 너무 손쉽게 길드원을 잡아버리자, 거리를 벌리던 길드원은 그대로 굳어버렸다. 게다가 심지어 방금 건 마법도, 근접전도 아니었다.

"뭐, 뭐야, 대체……?"

그러나 태현은 대답하지 않았다. 대신 〈아키서스의 저주〉를 사용했다.

[아키서스의 저주를 겁니다. 해제하기 전까지는 저주가 풀리지 않으며, 지속적으로 행운 스탯이 소모됩니다.]

거리를 벌리던 길드원에게 건 저주가 아니었다. 태현이 저주를 건 것은, 뒤에서 접근하던 앨콧한테였다.

전투가 시작되자, 앨콧은 바로 은신을 사용했다. 겁을 먹어서가 아니었다. 원래 암살자 직업은 이런 식으로 싸웠다. 은신 후 상대방의 뒤를 잡아서 연계 스킬로 폭딜!

주변은 폭발의 여파와 오크 전사들 대 길드원들로 시끄럽고 혼란스러웠다. 이런 상황일수록 암살자는 편해졌다.

앨콧은 의기양양하게 접근했다. 상대가 랭커 마법사라고 해도 상관없었다. 암살자와 마법사가 붙으면 암살자가 훨씬 유리했다. 일단 근접 거리로 붙기 전까지 막기 힘든 것이다.

붙는 순간 마법사는 죽었다고 봐야 했다. 그런데…….

픽!

마법사가 지팡이를 휘둘러 길드원을 날려 버렸다.

은신 상태에 있던 앨콧은 경악했다. 뭔 놈의 마법사가 저런 식으로 싸운단 말인가.

'저거 마법사 아닌가? 아니지. 판온에는 직업이 많으니까……
혹시 마법 전사인가?'

판온 직업은 워낙 많다 보니, 마법을 쓰면서 근접전을 벌이려
는 마법 전사 같은 직업도 있었다. 마법 전사 계열 직업은 안 좋
기로 소문이 났고, 유명한 플레이어도 없는 직업이었는데…….

'어떻게 된 거지?'

일단 앨콧은 멈췄다. 어떻게 보면 신중하고, 어떻게 보면 겁
많은 모습이었다. 그렇지만 이런 성격 덕분에 암살자 플레이어
로 잘나갈 수 있었다. 뭔가 위험하다 싶으면 멈춘다!

'은신은 안 들킨 것 같고…… 좋아. 상황 좀 보면서 스킬 준
비한 다음 한 번에 꽂아 넣어야겠군.'

상대가 마법 전사 계열이라면, 만만하게 보고 덤빌 수는 없
었다. 만반의 준비를 하고 덤벼야 했다.

'일단 움직이지 못하게 연계 스킬 준비하고, 독 좀 발라서 대
미지도 올리고……'

암살자가 모습을 드러내고 스킬 연계를 퍼부어 폭딜을 넣었
는데 끝내지 못한다면? 암살자가 역으로 위험해졌다.

그렇기에 앨콧은 완벽하게 준비를 했다. 그사이 다른 길드
원들은 덤비다가 머스킷-폭탄 콤보로 쓰러지고…….

'대체 뭐 하는 놈인지 모르겠지만, 지금이다!'

앨콧은 눈을 빛내며 뛰어들었다. 태현이 떠드는 사이, 등이
완전히 비어 있었던 것이다.

'잡았……'

-아키서스의 저주!

순간 태현이 빙글 돌더니 스킬을 사용했다. 앨콧은 똑똑히
볼 수 있었다. 입가에 걸린 비웃음을.

CHAPTER 2

[아키서스의 저주에 걸렸습니다. 해제 불가능한 저주입니다.]

그 짧은 시간 사이에, 앨콧의 머릿속에는 수십 가지의 생각이 지나갔다.

'아키서스? 어디서 엄청 많이 들어본 이름인데? 아키서스의 저주면 무슨 저주지? 왜 설명 메시지창이 안 뜨는 거지?'

답은 곧바로 나왔다.

[<3단 도약> 스킬이 실패합니다. 잠시 동안 이동할 수 없습니다. <바람을 가르는 칼날> 스킬이 실패합니다. 무기의 내구도가 하락합니다.]

[저주에 걸린 상태입니다. 무기의 내구도가 추가적으로 다시 하락합니다. 무기에 발라진 독을 다루는 데에 실패합니다. 중독……]

저주 자체는 아무런 공격 능력이 없었지만, 그 저주에 걸리고 나서 일어나는 일들이 끔찍했다. 불운의 종합 세트!

'스킬 실패라니, 초보자 때도 안 했던 실패를……!'

앨콧은 독 다루는 데에 실패해서 중독됐다는 메시지창을 처음 봤다. 이런 건 보통 〈이번 주의 가장 웃긴 판온 순간들〉에 나오는 놈들이나 하는 줄 알았는데!

[저주로 인해 은신이 풀립니다.]

'……아차!'

은신이 풀렸다는 걸 보자 정신이 돌아왔다. 그러나 태현은 덤비지 않았다.

"야, 밟아라."

우르르 몰려오는 오크 전사들!

"잠, 잠깐……!"

앨콧은 반격하려고 했지만, 워낙 많은 스킬들이 실패한 덕분에 페널티가 장난이 아니었다. 움직이는 거 자체가 불가능한 상황!

퍽, 퍼퍼퍼퍽, 퍼퍼퍼퍽!

둔탁한 소리가 울려 퍼지고, 앨콧은 넘어져서 오크 전사들한테 두들겨 맞기 시작했다.

[오크 변신 물약의 효과가 사라집니다. 변신이 풀립니다.]

"안, 안 돼!"

"취익? 취익! 이거 인간이다!"

"칙! 인간 놈이 속이고 있었다! 그래서 배신한 거였다!"

분노한 오크들은 괴성을 내질렀다. 태현은 박수를 치며 그들을 부추겼다.

"그래. 잘 알겠지? 내가 배신자들을 찾아내려고 이런 짓을 한 거야."

"취익, 마법사의 계략은 너무 깊고 무섭다!"

"칙! 맞다!"

멀리서 혼자 살아남은 길드원은 이러지도 못하고, 저러지도 못하고 있다가 태현과 눈이 마주쳤다.

까닥까닥-

태현은 손가락으로 이리 오라고 신호를 보냈다. 길드원은 조심스럽게 다가왔다.

"저, 그……."

퍽! 퍼퍽! 퍼퍼퍽!

"아까 뭐라고 했더라?"

"그, 그게…… 아까는 너무 화가 나서…… 아시다시피 일을 너무 심하게 했잖습니까?"

매우 공손해진 태도!

"일을 너무 심하게 하다니. 그게 나 좋으려고 한 거냐? 너희들

좋으라고 한 거잖아. 그거 하면서 힘 스탯 올랐어, 안 올랐어?"

세상에 뭐 이런 새끼가 다 있나. 길드원은 그렇게 생각했지만 입 밖으로 내뱉지는 않았다. 이미 앨콧을 상대하면서 경험했던 것이다.

"올랐…… 습니다."

"그러면 감사해야지. 어디서 성질을 부리면서 PK질이야? 응? 리스폰 포인트까지 따라가서 죽이려고 했지?"

"그, 그런 소리는 안 했던 것 같은데……."

퍽! 퍼퍽!

"안 했어도 속으로 생각했을 거 아니야!"

'……우리 귓속말을 엿들었나?'

길드원은 당황한 표정을 지었다. 태현이 어떻게 알아차린 건지 알 수가 없었다.

퍼퍼퍽!

"뭐 이렇게 오래 걸려? 아직도 안 죽었냐?"

앨콧이 암살자여도, 랭커다 보니 장비가 워낙 좋았다.

덕분에 오크 전사들이 계속 두들겨 패는데도 아직 안 죽고 두들겨 맞고 있었다.

"칙! 이놈, 너무 단단하다!"

"취익! 불을 지르자! 움직이지 못하니 불 지르기 쉬울 거다!"

"안 돼, 미친놈들아! 멈춰! 죽인다!"

앨콧이 발버둥 쳤지만 오크들은 냉정했다. 태현은 시큰둥하게 말했다.

"야. 빨리 좀 잡아. 스탯 깎이잖아."

"칙, 알겠다!"

할 수 있는 건 대화밖에 없었다. 앨콧은 두들겨 맞으면서 말했다.

"협상, 협상하자!"

"그래. 협상 좋지. 난 원하는 걸 얻고, 넌 못 얻고. 좋은 협상 아니냐?"

앨콧은 순간 멈칫했다. 이거 어디서 많이 들어본⋯⋯.

"김, 김, 김, 김태현!!"

거의 비명과 비슷한 목소리였다. 앨콧은 아까 저주가 걸렸을 때보다 더 당황하고 겁먹은 태도로 비명을 질렀다.

그런 앨콧의 태도에 길드원이 더 놀랐다. 생전 처음 보는 겁먹은 모습!

"이 자식은 어떻게 안 거지? 아까 저주를 걸 때도 눈치 못 채더니⋯⋯."

태현은 신기해했다. 〈아키서스의 저주〉를 걸렸을 때에는 눈치 못 채던 놈이 왜 갑자기?

"야, 어떻게 안 거냐?"

"아, 아니. 네 스킬 보고⋯⋯."

"그런 거 치고 너무 늦었는데?"

"아, 아니야. 진짜로⋯⋯ 진짜로 네 스킬 보고 안 거야."

"너, 근데 왜 내 눈을 피하냐?"

앨콧은 고양이 앞에 선 쥐처럼 태현의 눈을 피하고 있었다.

그걸 본 길드원은 다급하게 소리쳤다.

"앨콧 님! 지금입니다! 지금이 기회예요!"

"……."

"지금 바로 공격을 꽂아 넣으면 됩니다!"

앨콧이 겁먹었다는 건 생각지도 못한 채, 거리가 가까워진 상황만 보고 외치는 길드원! 확실히 지금 의지만 있으면 기습하기 좋은 상황이긴 했다. 대화를 하느라 오크들은 물러서 있었고, 태현은 가까이 있었으니까.

암살자 직업인 만큼, 폭딜을 한 번 제대로 넣으면 상황을 바꿀 수 있었다. 그렇지만 앨콧은 움직일 수 없었다.

판온 1때부터 지독하게 당한 기억 때문이었다.

"푸하핫! 어디서 웬 듣도 보도 못한 대장장이가 던전에 들어와 가지고…… 불쌍하니까 갖고 놀지는 않아주지. 그냥 죽어라…… 컥!? 아니, 여기에 왜 함정이?!"

"이 대장장이 자식…… 너 때문에 받은 사망 페널티를 복구하느라 한 달이 넘게 걸렸다. 죽어…… 어, 어? 함정은 없었는데? 몸, 몸에 폭탄을 장착하고 있었다고?"

"이번에는 반드시…… 으아아악! 여기에 왜 함정이 있는 건데!"

"김, 김태현. 난 딱히 너와 싸우려고 온 게 아니라 다른 목적 때문에 온 거니까…… 서로 좋게좋게 넘어가자고. 너도 나하고 싸우면 피해가 클…… 야, 망치 내려! 망치 내리라니까! 폭탄 그만 던져 미친놈아!"

"으아아아악 김태현이다!! 김태현이다!! 김태현이다!! 아, 아니구나. 그냥 대장장이군. 이 자식…… 죽어라! 어디서 기분 나쁘게 대장장이가 돌아다니는…… 헉, 왜 폭탄을 주렁주렁 매달고 있는…… 김태현이 판 함정이었냐?! 끄아악!"

처음에는 만만하게 보고, 그다음에는 당했다는 사실에 분노하고 원한을 품었지만, 계속 패배하고 패배하자 앨콧의 생각도 점점 바뀌었다.

'만나면 죽인다!'

'만나면 이번에야말로 죽인다!'

'……만나면 그냥 피해야지. 더러워서 피한다!'

'……만나면 도망가야 한다! 더 이상 죽으면 진짜 위험하다!'

'아니, 저 미친 ××는 내가 덤비지도 않았는데 왜 먼저 공격하는 건데 ××!'

억울한 일이었다. 그가 더 이상 공격할 의사가 없는데도 불구하고, 태현은 앨콧만 보면 닥치는 대로 공격을 퍼부었다.

물론 태현 입장에서는 앨콧이 어떤 생각을 하는지 알 수 없으니, 대충 적 같아 보이면 먼저 선공을 갈기고 보는 것이었지만……. 덕분에 앨콧은 태현만 보면 겁에 질리게 되었다.

'도, 도저히 덤빌 수가 없어……!'

태현이 바로 앞에 있는데 덤빌 생각이 들지 않았다. 뭘 하더라도 손바닥 위에서 놀아날 것 같은 기분이었다. 태현이 판 함정에 지독하게 걸렸던 기억 때문!

"앨콧 님!!"

길드원의 애달픈 목소리!

"저건 뭐 하는 바보냐?"

태현은 어이가 없다는 듯이 말했다. 기습을 하라고 할 거면 귓속말로 말해야지, 급하다고 저렇게 말하면…….

"그래서, 덤빌 거냐?"

"아, 아니."

"앨콧 님?!"

-닥쳐, 좀!!

눈치 없는 길드원에게 분노하는 앨콧이었다.

"어, 근데 너 어디서 본 거 같다?"

"기, 기분 탓이겠지."

"그런가?"

태현은 고개를 갸웃거렸다. 얼굴이 뭔가 예전에 어디서 본 것 같은 기분이었던 것이다.

"이상하다? 예전이면 판온 1인데……."

"아! 저번에 길드 동맹에서 김태현 잡으라고 불렀었잖아. 그때 다른 랭커들이랑 갔으니까 봤었겠지!"

필사적으로 과거를 부정하려는 앨콧! 만약 태현이 판온 1 때 일을 떠올리면 대화고 뭐고 그냥 로그아웃을 시킬 것 같았다.

"그랬나?"

"그래, 그래!"

"근데 그렇다는 건 저번에도 나 잡으려고 온 놈이었다는 거잖아? 뭘 그렇게 당당하게 말하는 거야?"

"아차!"

앨콧은 깨닫고 당황했다. 이건 이거대로 위험했다.

"아, 아니. 그건 위에서 시켜서 어쩔 수 없이 얼굴만 내밀었던 거고…… 생각해 봐. 내가 그때 너한테 직접적으로 공격을 넣거나 했냐?"

"사실 거기 모였던 랭커들 기억을 안 하고 있어서…… 기억할 필요가 없는 놈들은 기억 안 하는 성격이거든."

굴욕적이었지만 앨콧은 한 줄기 희망을 발견했다.

"그렇지? 난 원래 평화주의자라고."

'미치셨나?'

멀리서 듣던 길드원은 기겁했지만 앨콧의 사납게 부라리는 눈빛에 입을 다물었다.

"아까 나를 기습하려던 건 뭐였는데?"

"그, 그건…… 내가 데리고 있던 길드원들이 하도 성질을 내니까 나도 말릴 수가 없었다고. 그놈들 성격이 얼마나 더러운

데. 나는 무서워서……."

"레벨은 네가 더 높지 않나? 랭커라면서."

"꼭 레벨 높다고 사람을 잘 다룰 수 있는 건 아니잖아!"

사람은 궁지에 몰리면 없었던 능력도 생겨난다는 말이 있었
다. 지금 앨콧이 그랬다. 태현에 대한 두려움과 로그아웃을 피
하겠다는 일념으로 깨어난 능력! 최대한 비굴하게 엎드리기!

"제발 봐줘라! 네가 하는 퀘스트도 열심히 도와줄게! 나는 나
쁘지 않아! 나쁜 건 나 같은 사람을 억지로 싸우라고 하는 길드
동맹이야! 아까 로그아웃당한 길드원 놈들이 나쁜 거라고!"

필사의 떠넘기기! 길드원들 대부분이 로그아웃 당한 걸 이
용해 책임을 떠넘기는 앨콧이었다. 태현은 잠깐 고민하더니
고개를 끄덕였다.

"뭐, 괜찮겠지."

"정말로?!"

"뭐야. 왜 놀라는 거지?"

"아, 아니. 기뻐서 그래!"

태현이 받아주자 못 믿겠다는 듯이 놀라는 앨콧! 판온 1 때
였다면 안 받아주고 그냥 죽이는 게 보통이었을 텐데……?

"앨콧 님……."

"닥쳐."

"아니, 그래도 지금 상황을……."

"닥치라니까."

앨콧은 '물으면 죽인다'는 표정을 지었다. 길드원은 당황했지만 그 모습에 더 이상 묻지 못했다.

대체 방금 있었던 일은 뭐였지?

'내가 꿈꾼 건가?'

지금 앨콧과 길드원은 앞장서서 땅굴 속을 걸어가고 있었다. 그 뒤는 칙칙거리는 오크들과 태현이 따라가는 상태!

"저, 앨콧 님……."

"너 내가 한 말 못 들었냐?"

"아, 아니요. 그게 아니라…… 이거 보고해야 하지 않나요? 여기 김태현 있다고."

"네가 해라."

"네?"

"네가 하라고. 난 하기 싫으니까."

"……그런! 그런 거군요!"

"……?"

"김태현한테 당했다고 하면 우리 체면도 말이 아니고, 지금 우리와 상관이 없는 다른 길드원들도 몰려와서 문제도 더 커질 테니까! 그거 때문에 숨기는 거군요. 로그아웃당한 길드원들은 김태현을 상대했다는 걸 모를 테니까 얼버무리기도 쉽고요! 그 마법사는 우리가 알아서 다 처리했다, 앞으로 남은 퀘스트는 우리가 알아서 하겠다, 이렇게 말하면 리스폰 되고 나서 군이 다시 오지 않을 테니까요!"

"……바로 그거다."

앨콧은 놀랐다. 이 길드원이 이렇게 똑똑했단 말인가?

물론 앨콧의 이유는 저런 복잡한 현실적 이유가 아닌, 그냥 두려워서였다. 가슴 속 깊숙이 박힌, 이성적으로 설명할 수 없는 두려움 때문!

"취익, 저 첩자 놈들을 왜 살려둬야 하는지 모르겠다."

"칙, 마법사 생각은 이해할 수가 없다."

오크들은 불만스러운 목소리로 투덜거렸다. 태현이 설득하기는 했지만, 이미 앨콧의 정체는 드러난 상태였다.

태현의 설득만 아니었어도 당장 공격했을 것!

"그래……! 저 마법사 놈의 말을 듣지 말라고. 저놈은 너희를 이용해 먹는 거야! 자, 날 풀어주면 내가 주인님에게 돌아가 잘 말해주도록 하지!"

"칙, 마법사. 이 악마가 또 떠든다."

"패."

"칙. 알겠다."

퍽퍽퍽퍽퍽!

오크들은 이런 면에서 좋았다. 일단 패라면 왜 패야 하는지 고민하지 않고 패는 단순함! 아까부터 입을 놀려서 탈출하려고 한 악마였지만, 그런 건 아무나 하는 게 아니었다.

"컥, 잘못했습니다!"

"칙. 잘못했다고 하는데?"

"잘못을 알고 있다니 잘됐군. 더 패라."

"췤. 알겠다!"

퍼퍼퍼퍼퍼퍽!

"앨콧 님. 뒤에서 무슨 소리가 들리는데요?"

"돌아보지 마라. 봐서 좋을 거 없으니까."

앨콧은 안 들리는 척하려고 애썼다. 뒤를 돌아보면 태현과 마주칠 것 같았다.

틱-

[고블린식 침입 경비 장치를 건드렸습니다.]

빼애애애애애앵-

귀를 찢는 듯한 굉음이 땅굴 안에 울려 퍼지기 시작했다.

"뭐, 뭐야?! 아무것도 안 나왔는데?!"

앨콧은 당황했다. 암살자 직업은 도적만큼은 못해도 함정이나 은신을 파악하는 스킬이 어느 정도는 있었다.

그게 랭커인 앨콧이라면 어지간한 함정은 다 발견할 수 있을 정도! 그런데도 발견하지 못하다니!

-침입자다!

-전투 준비! 전투 준비!

땅굴 어딘가에서 고블린들이 외치는 소리가 들려왔다. 그리고…….

쿠르릉!

땅굴 통로 벽에서 불쑥불쑥 튀어나오는 무언가! 대포였다.

-오크 놈들이 잘도 들어왔구나! 죽어라!

"김, 김태현! 어떻게 하면 되지?"

"흠, 설득을 해야 하는데 지금은 무리겠군. 일단 공격을 막아봐."

"……잠깐, 내가?"

"네가 가장 레벨이 높잖아. 힘내봐. 오크들, 방패 앞으로! 공격에 대비해라!"

"아니, 난 딜러라고!"

"날아오는 포탄을 잘 공격해 봐."

태현은 그렇게 말하고 앨콧에게 관심을 껐다. 그리고 오크들에게 명령을 내렸다. 오크들은 놀랐지만 착실하게 움직였다. 태현의 스킬 덕분이었다.

[고급 전술 스킬을 갖고 있습니다. 부하들이 당황하지 않습니다. <뛰어난 지휘관에 대한 믿음> 스킬을 갖고 있습니다. 부하들의 사기가 올라갑니다. <직감과 행운의 지휘> 스킬을 갖고 있습니다. 가장 알맞은 지휘를 조언받을 수 있습니다.]

"오른쪽 뒤로!"

"췍! 고블린 대포 무섭다!"

-이 오크 놈들! 우리 위치를 어떻게 찾아냈는지는 모르겠지만 여기가 너희 무덤이 될 것이다.

"야, 야……."

앨콧은 뒤로 튀려다가 멈칫했다. 태현의 싸늘한 눈빛을 마주한 것이다. 그 눈빛은 이렇게 말하고 있었다.

뒤로 오면 죽는다.

"……핫!"

앨콧은 고개를 돌려 앞으로 뛰쳐나갔다. 동시에 대포가 발사됐다.

콰콰쾅!

-고양이의 눈, 전투 기계 발동, 냉혹한 손끝, 혈류 급가속, 암살자의 혼…….

있는 스킬을 닥치는 대로 쏟아붓는 앨콧!

이런 다급한 상황에서 실수하지 않고 스킬들을 사용할 수 있다는 건 앨콧의 실력이 뛰어나다는 걸 의미했다.

물론 지금 그게 중요한 건 아니었지만.

쾅! 콰콰쾅!

[고블린 대포에 직격당했습니다. 상태 이상 <스턴>에 빠집니다! <혈류 급가속> 스킬로 <스턴> 상태에 저항하는 데 성공합니다.]
[고블린 대포알을 무기로 박살 냈습니다. 무기의 내구도가 크게 하락합니다!]

"억! 컥! 크헉!"

몇 개는 잘라내고 몇 개는 몸으로 맞아내고, 앨콧은 재빨리 포션을 따서 입에 부었다. 앨콧이 앞에서 시선을 끌어준 덕분에 뒤의 오크들은 비교적 편하게 막아낼 수 있었다.

쿵! 쿠쿵!

"척, 마법사. 마법으로 대포 막아주면 안 되나?"

"하하, 그럴 수 있지만 그러면 너희의 방패 스킬이 늘지 않잖아? 다 해봐야 느는 거지."

"척, 그렇군!"

[오크들을 설득하는 데 성공합니다.]

물론 못 하는 것이었지만, 오크들은 순진하게 태현의 말을 믿고 고개를 끄덕였다.

슈우우-

포격이 멈추고, 잠시 땅굴 통로 안이 조용해졌다.

-다시 준비! 다시 준비해!

높고 갈라진 고블린들의 목소리! 앨콧은 놀라서 외쳤다.

"김태현! 이건 진짜 위험해! 진짜 위험하다고! 방법 있는 거 맞겠지?"

"고블린! 대화를 하러 왔다!"

"……설마 그게 방법이냐?"

앨콧은 입을 다물지 못했다. 지금 숨어서 대포를 쏴대는 고블린들이 저 말 하나 듣고 멈출 리가…….

'김태현도 이제 맛이 갔나?'

──……화약 냄새가 진하게 나는 인간이군! 뭐냐! 뭔 말을 하려고 온 거냐!

앨콧이 경악하는 사이, 땅굴 벽에서 고블린 하나가 툭 튀어나왔다. 가죽옷에 주렁주렁 폭탄을 매달고 있는 고블린!

[고급 기계공학 스킬로 고블린들이 당신에게 호의를……]

우르르 뜨는 메시지창들. 이 정도면 거의 첫눈에 반한 것이나 다름없었다. 실제로 나타난 고블린은 태현을 힐끗힐끗 쳐다보면서 신경 쓰인다는 표정을 짓고 있었다.

-흐, 흠! 말해보라고! 잘 말하면 들어주지 못할 것도 없으니까!

자리에 있던 사람들은 모두 당황스러워했다.

'뭘 했는데 고블린이 저런 태도지? 직업 특성인가?'

'아니, 저렇게 보여도 여기 고블린 부족들이 호락호락한 놈들이 아닌데…… 조심하세요. 협상 실패할 겁니다.'

길드원은 소곤거리듯이 앨콧에게 말했다. 앨콧은 고개를 끄덕였다. 고블린이 뭘 잘못 먹었길래 저러는지는 알 수 없었지만, 일단 한 가지는 확실했다. 우르크 지역의 부족들은 다 까다로운 놈들이라는 것을!

왜 앨콧과 길드 동맹의 길드원들이 오크 부락에 찾아왔겠는가? 그나마 말이 통하는 게 오크 부락이었기 때문!

원시 인간 부족은 찾아갔더니 '히히. 마법 발싸! 아키서스 만세!' 하면서 쫓아내고, 고블린 부족은 '침입자다! 침입자! 대포 발싸!' 하면서 쫓아내고⋯⋯. 우르크 지역 남쪽 바다에 있는 해적 부족들은 더 말할 것도 없었다. 그나마 오크 부락들은 같은 오크 종족이기만 하면 의외로 선선히 들여보내 줬다. 물론 거기서 또 퀘스트를 깨며 공적치 포인트를 올려야 무슨 도움이라도 받을 수 있었지만.

어쨌든 앨콧과 길드원은 긴장한 얼굴로 주변을 두리번거렸다.

-다음 공격이 시작되면 무조건 도망친다!

김태현이고 뭐고 이대로 있다가는 정말 총알받이로 죽게 생긴 것이다.

'김태현만 제치면 다른 놈들은 별거 없으니까, 뒤도 돌아보지 않고 도망치면⋯⋯ 김태현도 고블린 상대해야 하니까 안 쫓아오겠지? 제발 쫓아오지 마라! 징그러운 놈아!'

앨콧은 필사적으로 도주 경로를 짜고 있었다. 그걸 본 길드원은 감탄했다.

'역시 앨콧 님. 싸울 생각으로 가득하군! 아까 대포도 그렇고, 공격이 시작되면 그사이 공격하려는 게 분명해!'

둘이 다른 생각을 하는 동안, 태현은 입을 열었다.

"내가 오크들을 데리고 온 게 수상해 보이겠지만 오해다! 이 오크들은 그냥 내 심부름을 도와주는 놈들이고, 나는 너희들과 협상하기 위해서 왔다."

-무슨 협상? 우리한테서 뭘 원하는 거냐?

"너희들이 아키서스를 믿기를 원한다."

-너는 뭘 줄 수 있고?

"어, 그건 딱히 생각 안 해봤는데. 뭘 원하는데?"

듣고 있던 앨콧은 무심코 소리쳤다.

"미쳤냐, 김태현!!"

"너 아까 심한 말 못 하고 성격 약해서 다른 길드원들 못 다룬다고 하지 않았냐? 지금 보니까 말 잘하는 거 같다?"

"아, 아니. 그게 아니라…… 지금 설득을 하려면 제대로 해야지! 그딴 설득에 넘어가는 NPC가 어디 있어!"

-설득력 있는 제안이군, 인간. 거절할 수가 없겠어!

-들어와라, 들어와!

앨콧은 눈을 깜박였다. 지금 상황이 도저히 믿기지 않았던 것이다.

"……버그인가? 버그지?"

"현실도피 하지 마라."

-그래서 인간, 자기소개 좀 해봐라.

땅굴 통로 안으로 안내받은 태현 일행. 다른 일행들은 머스킷을 든 고블린들이 눈을 부라리며 감시하고 있었지만, 태현은 아니었다. 화기애애한 태도로 태현을 둘러싼 고블린들!

-자, 자. 자기소개 하기 전에 이 음료도 마셔라. 목이 마르겠군.

-저런, 음료만 마시면 쓰나. 배도 고플 텐데 이것도 먹어봐!

[<땅굴 고블린들의 건강 음료>를 마셨습니다. 체력이 영구적으로 1 오릅니다.]

[<땅굴 고블린들의 건강식>을 먹었습니다. 체력이 영구적으로 1 오릅니다.]

-잘 먹네, 잘 먹어! 더 먹으라고!

"아니. 별로……."

-츄라이 츄라이!

억지로 음식을 계속 갖고 오는 고블린들! 옆에서 보고 있던 길드원은 갑자기 할머니 생각이 났다. 매번 볼 때마다 '넌 어떻게 이렇게 삐쩍 말랐냐'고 하시며 배가 터질 때까지 음식을 갖고 왔던 할머니!

'잠깐. 지금 왜 이게 떠오른 거지?'

덕분에 태현은 포만감 메시지창까지 보고 나서야 자기소개를 시작할 수 있었다.

"나는 김태현인데……."

-이름부터 고귀하군!

-아주 좋은 뜻이 담긴 이름이 분명해. 저 얼굴을 봐. 아주 사악하고 폭탄 잘 터뜨릴 거 같이 생긴 얼굴이잖아!

"백작 작위를 갖고 있고……."

-핏줄도 고귀해!

-폭탄 터뜨린 이야기도 해줘!

태현이 무슨 말만 하면 까르륵 웃으며 반응을 보여주는 고블린들! 아이돌을 만난 아이돌 팬 같은 반응이었다.

[<옛 땅굴 고블린 부족> 내 당신의 평판이 최고치에 도달합니다. 고블린들이 당신을 완전히 친구로 받아들입니다.]

태현도 당황할 정도로 빠른 진행! 이렇게 쉬운 퀘스트는 살다 살다 처음 하는 기분이었다.

태현은 살짝 고민하다가 말을 꺼내봤다.

"저기, 아키서스 믿을 생각 있나?"

-그게 뭐지?

"신인데. 믿으면 폭탄 터뜨릴 때 도움 좀 될 거야."

-우리의 친구 김태현 백작이 믿으라고 한다면 믿어야지!

-맞아 맞아!

[<옛 땅굴 고블린 부족>이 아키서스를 믿기 시작합니다.]

[아키서스 교단의 영향력이 오릅니다. 다른 교단들이 아키서스 교단을 점점 더 신경 쓰고 있습니다.]

[신성 스탯이 오릅니다.]

[카르바노그가 서운해합니다.]

'이렇게 쉽게 해결되…… 응?'

태현은 순간 메시지창을 잘못 봤나 했다.

'카르바노그가 서운해합니다.'

물론 제대로 본 거 맞았다.

'아니, 왜 자꾸 나오는 거야?!'

그러는 사이, 고블린들은 계속해서 말을 걸어왔다.

-김태현 백작. 우리가 지금 거대한 붉은 독수리의 깃털이 필요한데…….

〈거대한 붉은 독수리의 깃털-옛 땅굴 고블린 부족 퀘스트〉

옛 땅굴 고블린 부족들은…….

-김태현 백작! 새로 대포를 만들려고 하는데…….

〈가장 크고 아름다운 대포를 위해-옛 땅굴 고블린 부족 퀘스트〉

옛 땅굴 고블린 부족들은…….

하도 높은 친밀도와 평판 덕분에, 고블린들은 태현에게 우르르 몰려와 부탁하려고 들었다. 이미 원하는 걸 얻은 상황이기에 얼굴에 철판을 깔고 다 거절해도 되긴 했다.

그렇지만 태현은 그러지 않았다. 든든한 일꾼들이 있었으니까.

"물론 다 해줘야지!"

-역시 김태현 백작이야! 세상을 불태울 남자지!

"쟤네들이!"

"……응?"

구석에서 고블린들 눈총을 받고 있던 길드원과 앨콧은 고개를 갸웃거렸다. 방금 그들을 부른 거 같았는데?

"야, 오크들 데리고 나가서 여기 있는 퀘스트들 다 해와."

앨콧은 울컥했지만, 태현의 얼굴을 다시 한번 보고 나니 분노 조절이 절로 됐다.

-앨콧 님. 김태현이 말하는 거 보니까, 우리들만 밖으로 보낼 거 같은데…… 그때 도망치면 되는 거 아닙니까?

길드원의 말은 맞는 말이었다. 논리적으로 맞는 말이었지만……. 앨콧은 그럴 수가 없었다. 뼈 속 깊숙이 각인된 공포!

-헉, 앨콧 님. 역시……! 김태현을 죽이기 전까지는 그냥 갈 수 없다는 겁니까?

둘이 그렇게 떠드는 동안, 태현은 부드러운 목소리로 말했다.

"이 퀘스트들을 다 해오면……."

앨콧은 태현의 뒷말에 뭐가 나올지 떠올렸다.

'다 해오면? 죽이지 않는다? 아이템을 덜 뺏겠다? 살려준다?'

뭐가 나와도 이상하지 않은 선택지들!

그러나 태현의 대답은 예상을 뛰어넘었다.

"풀어주지."

"!?!?"

"왜, 싫어?"

"아, 아니! 좋지! 엄청 좋지!"

-앨콧 님?

-너 닥치고 있어! 끼어들면 너부터 죽일 거야!

길드원의 입을 다물게 하고, 앨콧은 눈을 빛내며 태현을 쳐다보았다.

"정말 풀어주는 거지?"

"그래, 그래. 열심히 했으니까 이것만 다 하면 가서 네 퀘스트 해라."

"열심히 하겠어! 가자!"

"아니, 앨콧 님……."

"가자고, 이 자식아!"

둘은 신이 나서 오크들을 데리고 밖으로 나가 버렸다. 그걸 본 태현은 만족스러운 얼굴로 고개를 끄덕였다.

'귀찮은 일들을 떠넘길 수 있어서 잘 됐군.'

케인이 있었다면 '정말 풀어줄 거야?'라고 물어봤을 것이다. 물론 태현의 대답은 '그래'였다.

'저놈이 뭐 하는 놈인지는 몰라도 착한 놈 같지는 않고…….'

태현 같은 사람이 앨콧의 정체를 눈치 못 챌 리 없었다. 딱 봐도 다른 길드원들이 설설 기는데, 평화주의자는 무슨…….

태현을 공격하려던 건 앨콧이 지시한 게 맞았다.

'근데 진짜 〈아키서스의 저주〉 한 방 맞았다고 저렇게 겁에 질리나? 이해가 안 가는군.'

다른 건 다 파악했지만, 왜 앨콧이 태현만 마주 보면 벌벌 떠는지는 태현도 짐작이 가지 않았다.

'길드 동맹 내에 나에 관한 무서운 소문이 퍼졌나?'

어쨌든 앨콧이 어떤 놈인지와 상관없이, 태현은 앨콧을 풀어줄 생각이었다. 물론 친절하고 관대한 마음으로 풀어주는 건 아니었다.

'원래 이런 건 길게 봐야지.'

태현이 약속을 어기고 앨콧을 공격한다면? 길드 동맹 내에 '김태현한테 당했다! 역시 그 자식은 절대로 봐주지 않는 사악한 놈이야!'라고 소문이 퍼질 것이다.

그렇지만 태현이 앨콧을 그냥 풀어준다면? 길드 동맹 내에는 '어? 김태현한테 항복하니까 목숨은 살려주네?'라고 소문이 퍼질 것이다. 이런 것들이 쌓이면 나중에 길드 동맹과 맞붙었을 때 도망치거나 항복하는 놈들이 늘어날 것이고, 그만큼 태현은 편해졌다.

'길드 동맹 쪽에 소식은 아까 전해졌을 거고, 분명 몇 놈은 찾아올 텐데…… 미리 대비해 놔야겠군.'

"저기, 여기 함정들 좀 봐도 되나?"

-물론이지 김태현 백작!

태현이 고블린들의 아이템을 보고 싶어 하자, 고블린들은 신이 나서 태현을 잡아끌었다. 그러나 태현은 한 가지 놓치고 있었다. 겁먹은 앨콧이 길드 동맹 쪽에 소식 자체를 전달하지 않았다는 것을!

설마 아무리 겁을 먹어도 그렇지, 귓속말 하나면 보낼 수 있는데 그걸 말하지 않으리라고는 생각지 못했던 것이다.

"이놈은 왜 돌아오지 않는 거지?"

-…….

"됐다. 그깟 하찮은 놈은 없어도 되니까."

어두침침한 방 안. 대족장 카라그가 쉬고 있는 침실이었다. 그 침실에 마법사가 한 명 서 있었다. 마법사가 소환한 악마들은 고개를 푹 숙이고 마법사를 감히 쳐다보지 못했다.

"내 계획은 거의 성공했다. 너희들도 알고 있겠지."

-예! 주인님!

"많은 악마들이 이 대륙으로 넘어오고 싶어 하지. 그렇지만 난 그놈들이 좋아할 짓을 하고 싶지 않다. 내가 원하는 건 나한테 충실하게 복종할 악마! 불리한 계약이라도 받아들일 악마다."

-…….

"그런 악마를 불러내고 찾아와라. 이미 여기 오크들은 내 손아귀에 들어왔다. 힘! 강력한 힘! 힘만 있으면 된다. 조금만 더 있으면 내 왕국을 세울 수 있다!"

-주인님. 강력한 악마는 보통 불리한 계약을 받아들이지 않습니다만, 받아들일 가능성이 높은 악마가 하나 있습니다.

"오. 그게 누구냐?"

-대륙으로 소환되었다가 인간에게 퇴치당한 덕분에 힘이 약해진, 에다오르라는 악마입니다.

"에다오르! 그 악마가 계약을 받아들일 수 있다고?"

-가능성은 높다고 생각합니다. 에다오르의 상황은 별로 좋지 않으니 말입니다!

"좋다. 에다오르를 불러내겠다. 오크들을 데리고 오도록!"

악마술사 몬로소. 지금 흉계를 꾸미고 있는 마법사 NPC의 이름이었다. 진심으로 악마를 믿거나 숭배하는 다른 악마술사와 달리, 몬로소는 악마를 그저 부릴 수 있는 수단으로 생각했다. 대륙을 지배하기 위한 수단!

우르크 지역의 오크들에게 접근한 것도 부하들을 모으기 위한 방법이었다. 크게 다친 대족장을 일으켜 세우면 그만큼 그의 위치가 올라갈 테니까.

물론 대족장을 깨운 건 멀쩡한 방법이 아니었다.

봉인된 고대 악마의 피:
마시게 될 경우 어떤 일이 일어날지 알 수 없는, 흉악한 고대 악마의 피다. 제정신이 달린 사람이라면 마시지 않을 것이다.

악마의 피를 먹여서 부상을 회복시킨 것이다. 덕분에 대족장 카라그는 정신을 차리고서도 움직이지 못하고, 몬로소의 손아귀에서 놀아나고 있었다.

"에다오르를 소환하려면 보통 제물로는 안 되겠지. 오크들을 얼마나 제물로 바쳐야 하나……."

-주인님. 그래도 보내신 악마를 확인해야 하지 않겠습니까? 너무 오랫동안 돌아오지 않아서 걱정됩니다.

"알겠다. 혹시 모르니 다른 오크들을 보내서 확인하도록 하지. 새로 나타난 마법사의 정체가 수상하기도 하니 말이다. 설마 마탑에서 보낸 마법사는 아니겠지?"

마탑에서 보내지는 않았지만 마탑 출신이기는 했다.

-마탑 출신 마법사와 원한이 있으십니까?

"그놈들은 사사건건 이런 일들을 방해하는 놈들이다. 내가 그놈들에게 얼마나 많은 원한이…… 아니다. 어차피 이제는 그놈들이 와봤자 할 수 있는 게 없겠지. 여기 오크들은 이미 내 손 안에 있고, 곧 있으면 더 강력한 악마들도 부릴 수 있게 될 테니까!"

"헉, 이런 폭탄이! 가져가도 되나?"

-물론이지. 가져가도 된다!

[<고블린 세 명이 만든 1+1+1 폭탄>을 얻었습니다.]

"이 마차 신기하게 생겼는데, 어떻게 만드는 거지?"
-물론 알려줘야지!

[<고블린 특제 강철 마차>의 제작법을 얻었습니다. 고급 대장
장이 기술 스킬, 고급 기계공학 스킬을 갖고 있습니다. <고블린 특
제 강철 마차>를 바로 만들 수 있습니다.]

다른 대장장이들이 봤다면 부러워서 피눈물을 흘렸을 것이
다. 이런 아이템 제작법은 쉽게 얻을 수 있는 게 아니었던 것이
다. 자기가 처음부터 엄청난 시행착오를 겪고 만들거나, 아니
면 제작법을 갖고 있는 NPC한테 가서 퀘스트를 깨야 했다. 그
런데 태현은 말 한마디로 얻어내고 있었으니…….
-김태현 백작. 여기에 아키서스 신전을 지으려고 하는데 어
떻게 생각하나?
"어디에 짓든 짓기만 하면 좋…… 잠깐, 여기는 좀 아니지
않나?"
흉흉하게 생긴 폭탄들. 그 폭탄들을 쌓아놓은 창고 옆을 가
리키는 고블린들!
-어째서? 여기가 가장 좋은 장소잖아?
"……왜?"
고블린들의 사고방식은 단순했다.

폭탄이 많이 있는 곳=가장 좋은 곳. 친밀도가 워낙 높아 이런 친절을 베풀어주는 것이다. 물론 태현에게는 불길하게 느껴질 뿐이었다.

-아키서스 신전이 폭발에 휘말려 날아갑니다. 신성 스탯이 대폭락합니다!

같은 메시지창이 눈앞에 아른아른!

"아, 아니. 그래도…… 나 같이 오늘 처음 온 사람이 저렇게 좋은 자리를 쓰면 좀 미안하잖아. 신전은 좀 더 안 좋은 곳에 놔도……."

-아니다! 김태현 백작! 오늘 처음 봤지만 우리는 알 수 있다!

"뭘?"

-그대는 본질적으로 고블린이다!

"……그, 그래. 고맙다."

넌 고블린 같은 놈이야! 칭찬이긴 한데 기분 미묘한 칭찬!

-그러니 여기에 설치하겠다.

"그래……."

장소가 찜찜하긴 해도, 기본적으로 고블린들은 뛰어난 대장장이들이었다. 드워프와는 방향성이 다를 뿐. 덕분에 신전 건물을 짓느라 고생하지 않아도 됐다.

뚝딱뚝딱!

[고블린 풍 아키서스 신전이 건설되고 있습니다.]

[카르바노그가 서운해합니다.]

[고블린들 중 아키서스의 사제 역할을 맡을 고블린들을 골라 주십시오. 그들은 다른 고블린들에게 아키서스의 신앙을 전파할 것입니다.]

"음…… 폭탄 가장 잘 다루는 고블린들 손 좀 들어봐."

고블린들이 손을 들었다. 태현은 고개를 끄덕이며 말했다.

"너희들이 사제다."

귀찮아서 대충 고른 태현!

[고블린들 중에서 아키서스의 사제를 고르는 방법을 정했습니다. 앞으로 고블린들은 기계공학 스킬이 높은 고블린들을 사제로 뽑을 것입니다.]

태현이 신경 쓰고 있는 건 우르크의 오크 부족들이었다. 아마 무조건 싸워야 할 상대! 그 많은 숫자를 상대하기 위해서는 동맹을 최대한 많이 늘려놓는 게 좋았다.

고블린들의 이런 기계공학 스킬들은 오크들도 무서워했다. 불안정하고 괴상하지만, 제대로 터지면 효과 하나는 확실한 스킬!

[<고블린 특제 강철 골렘>을 발견했습니다. 기계공학 스킬이 오릅니다.]

[<고블린 특제 개틀링 석궁>을 발견했습니다. 기계공학 스킬이 오릅니다.]

[<고블린의 대마력 로켓>을 발견했습니다. 기계공학 스킬이 오릅니다.]

[칭호: 신기술의 탐구자를 얻었습니다.]

칭호: 신기술의 탐구자
새로운 제작법을 얻을 때 추가 보너스.

'대장장이의 천국이군.'

그냥 안을 걸어 다니면서 구경만 해도 스킬이 오르는 마법! 태현은 영지에 있는 가브리엘과 다른 대장장이들을 데리고 올까 생각했다. 그들도 여기를 구경하면 많은 도움이 될 것이다. 잘 어울릴 것 같기도 하고…….

오싹!

순간 태현은 등골이 오싹해지는 걸 느꼈다. 왠지 모르게, 이들을 만나게 해서는 안 될 것 같은 느낌이 들었던 것이다.

"흑흑, 다 해냈다."

"앨콧 씨, 근데 진짜 그냥 가는 겁니까?"

"아 좀 닥치라니…… 잠깐, 너 나한테 앨콧 님이라고 하지 않았냐?"

"원래 씨라고 했던 거 같은데요."

추한 모습으로 인해 사라진 존경심! 원래라면 불같이 화를 냈겠지만, 앨콧은 그러지 않았다. 너무 행복했던 것이다.

'풀려났다…… 풀려났다고!'

온갖 잡 퀘스트를 다 끝내고 돌아가자, 태현은 정말로 선선히 보내줬다. 믿지 못하고 몇 번이고 되물었던 앨콧!

'살아남은 자가 강한 거다. 즉 내가 강한 거다!'

"자. 이제 김태현한테서 살아남았으니……."

"살아남았다고요?"

"아, 아니. 갈라졌으니까…… 내 퀘스트로 돌아가자고."

"오크 부락은 이제 못 돌아가잖습니까."

변장이 들통 난 덕분에 오크 부락 내 평판은 엄청나게 하락한 상태였다. 가봤자 좋은 꼴을 못 볼 게 분명했다.

"어쩔 수 없지. 다른 부족이라도 찾아서 도움을 받을 수밖에."

"그냥 다른 퀘스트 깨면 안 될까요?"

"너 이 자식. 왜 이렇게 투덜대는 거야?"

파스스-

떠나려던 둘 앞에, 갑자기 파티 하나가 튀어나왔다. 장쓰안이 포함된, 케인 일행이었다.

"길 잃은 거 맞죠?"

"아, 아니라니까!"

"길 잃은 거 맞는 것 같은데……."

"아니라니까! 제대로 가고 있어! 여기가 분명…… 어?"

가장 먼저 서로를 눈치챈 건 장쓰안과 앨콧이었다.

"장쓰안!"

"앨콧!"

"정말로 여기 있었다고?!"

앨콧의 말을 들은 이다비는 고개를 갸웃거렸다. 무언가 이상하다는 걸 깨달은 것이다.

"정말로 여기 있었다니. 이미 알고 있었던 것 같은데. 어떻게 알고 있었던 거죠?"

이다비의 말에 케인은 장쓰안을 의심하듯이 쳐다보았다.

"너 이 자식…… 설마 떠벌리고 다닌 거냐?"

"아, 아니다. 내가 왜 그런 짓을 하나! 나는 그런 서투른 짓은 하지 않는다!"

사실 원인을 굳이 따져보면 이다비 때문이었지만, 이 자리에 있는 사람들이 알 방법이 없었다.

'그보다 지금 앨콧이 문제인데.'

'길드 동맹 랭커지?'

'역시 싸움 붙으려나? 그래도 우리는 랭커가 두 명이니 유리하겠지. 저쪽이 지원 부르기 전에 빠르게 끝내고 가자고.'

빠르게 의사를 교환하는 케인 일행. 케인은 바로 쇠사슬을 쓸 준비를 했다. 일단 끌고 보자! 그 낌새를 앨콧이 눈치 못 챌 리 없었다.

"잠깐!"

"……?"

"나는 너희와 싸울 생각이 없다!"

"……??"

"뭐 잘못 먹었나, 앨콧?"

장쓰안은 이해가 가지 않아서 물었다. 앨콧이라면 호전적이기로 유명한 랭커 아닌가. 게다가 암살자 직업이니, 여기서 치고 빠지기로 싸운다면 숫자가 불리해도 해볼 만한 싸움일 텐데?

"흥, 너희 같은 놈들이 내 생각을 알 리가 없지! 나는 이만 가겠다!"

후다닥!

앨콧은 빠르게 도망쳤다. 장쓰안과 케인은 굳이 쫓지 않았다. 함정일 수도 있었으니까.

"왜 도망간 거지?"

"두 분을 보고 도망간 거 아닐까요?"

"그, 그런가? 헤헤……."

"크흐흠. 크흠."

케인과 장쓰안은 멋쩍은 얼굴로 기분 좋음을 숨겼다. 케인이야 원래 이런 칭찬에 굶주려 있는 사람이지만, 장쓰안은 아니었다. 그런데도 이런 반응이라는 건……. 이번 퀘스트에서 정말 힘들었던 게 분명했다.

"그런데 김태현은 지금 잘하고 있으려나?"

"아무리 선배님이라고 해도 고블린 부족은 힘드실 겁니다."

정수혁이 진지하게 걱정하는 목소리로 말했다.

"오크 부족은 오크 종족이면 일단 들어갈 수 있고, 원시 인간 부족은 뛰어난 마법을 보여주면 들어갈 수 있는데, 고블린들은 일단 공격부터 하고 보는 놈들입니다."

"그래?"

"하지만 선배님이라면! 분명 뭔가 해결책을 내실 거라고! 저는 믿고 있습니다!"

"그, 그래."

별생각 없이 물었다가 뜨거운 찬양을 듣게 된 케인은 미묘한 표정을 지었다.

"〈붉은 바다 무법자 부족〉도 퀘스트를 깨긴 해야 하는데. 얘네는 어떻게 해야 하려나."

"해적 부족이니까 악명이 높은 사람이 접근하기 쉽습니다."

"악명이 가장 높은 건……."

다들 고개를 끄덕였다.

"김태현이겠지."

"역시 태현 님이겠죠?"

"김태현 선배님이……."

서로 스탯 확인을 안 해도 드는 확신! 태현보다 악명 스탯이 높을 사람이 있을 것 같지는 않았다.

"으음…… 폭탄들을 다 갖고 가서 오크들 마을 밑에 설치한

다음 날려 버리면…… 아냐, 기회는 한 번밖에 없을 텐데 그걸로는 약해. 더 강한 거 없나?"

"무슨 혼잣말을 그렇게 하십니까?"

"아. 고민 좀 하고 있었어요."

김 매니저는 태현이 고민 좀 하고 있었다는 말에 가슴을 탕치며 말했다.

"고민이 있으면 저한테 상담하셔도 좋습니다. 이래 봬도 연예계에서 구른 지 십 년이 넘은 사람입니다."

"아, 딱히 방송 고민은 아니었는데요."

태현이 나갈 방송에 대해 긴장한 줄 알았는데, 아니라는 말에 김 매니저는 당황했다.

"그러면 무슨 고민입니까?"

"폭탄을 어디에 설치해야 가장 효과적일지……."

끼이이이익-

김 매니저는 기겁해서 브레이크를 밟았다.

"예?!"

"오크들을 상대해야 하거든요."

"아…… 판온 이야기였군요……."

김 매니저는 안도의 한숨을 내쉬었다.

"판온은 참 대단한 게임 같습니다. 남녀노소 다 같이 즐기는 게임이 흔하지 않잖습니까."

"그렇죠."

"저번에 대표님 따라갔다가 만난 피디분이 있는데, 그분이 판온을 어찌나 좋아하시던지……."

흠칫! 태현은 순간 흠칫 몸을 떨었다. 〈혼자 사는 인간들〉의 PD가 떠올랐던 것이다. 판온을 같이하자고 장문의 문자를 보내오던 그 사람! 이세연에게 화살을 돌린 것도 이제 더 이상 통하지 않았던 것이다.

"대표님 조카분도 판온에서 그렇게 잘 나가시고."

'대표님 조카? 아, 이세연.'

"참 여러모로 재밌는 게임입니다. 그렇죠?"

"그렇죠. 이세연은 따로 오는 거죠?"

"아, 오늘은 좀 피곤하다고 하셔서 가는 길에 들러서 태우고 갈 생각입니다. 같이 타고 가서도 괜찮으시죠?"

"하하. 물론 괜찮죠."

태현은 괜찮았다. 이세연도 괜찮다고 할 것이다.

물론 김 매니저에게도 괜찮을지는 알 수 없었다.

30분 후. 김 매니저는 식은땀을 흘리고 있었다. 나름 연예계에서 잔뼈가 굵은 그였지만, 이렇게 살벌한 분위기는 처음!

'이, 이게 무슨?!'

공격을 먼저 시작한 것은 이세연이었다.

'와, 평소에도 그렇게 메이크업 하고 다니는 게 어때? 엄청 선량해 보이는데?'

태현을 상대로 선공을 양보하는 것은 바보나 하는 짓. 이세연은 가차 없이 선공을 가했다. 그러나 태현은 냉정했다.

'난 원래 선량해서. 그러고 보니 장쓰안이 너 욕하더라. 대회에서 비겁한 수 쓴다고.'

'네가 하자고 한 거잖아!'

'왜 그러세요, 팀장님? 팀장님이 책임을 지셔야죠. 그게 팀장이라는 자리 아닙니까.'

'말은 더럽게 안 들어놓고……!'

'이, 이세연 씨가 원래 저런 성격이었나?'

김 매니저는 당황함을 감출 수가 없었다. 평소의 이세연과 이미지가 달라도 너무 달랐던 것이다. 평소의 이세연의 이미지? 쿨하고, 냉정하고, 흔들리지 않고, 언제 어디에서나 프로답고, 모든 면에서 완벽하고……. 그런데 지금의 모습은?

'유…… 유치해!'

태현이야 원래 좀 저런 성격이긴 했어도, 이세연까지 저럴 줄은 몰랐다. 순간 태현은 고개를 갸웃거렸다.

"잠깐, 누가 날 욕한 기분이 들었는데."

김 매니저는 흠칫 몸을 떨었다. 이런 부분에서는 짐승 수준의 예리함을 보여주는 태현!

"그런 사람이 한둘이겠어?"

"그렇지."

"케인 씨 아닐까?"

"그럴 가능성이 있긴 하지. 요즘 좀 많이 부려먹고 있긴 하거든."

"또 누구를 부려먹고 있는데?"

"일단 케인이랑……."

이세연은 태현의 말에 고개를 끄덕였다. 그리고 음료수를 꺼내 목을 적셨다. 급하게 달려오느라 목이 말랐다.

"이다비도 있고."

"아. 이다비 씨. 그 사람 성격 참 좋더라. 네 친구들 중에서 가장 착한 거 같아."

"하하. 그건 네 착각일걸."

"……?"

"그리고 수혁이랑, 호ㄱ…… 아니, 수혁이 친구랑, 장쓰안 정도인가."

"그래, 그래…… 응?"

이세연은 방금 그녀가 잘못 들었나 싶었다.

"누구라고?"

"수혁이 몰라? 신컨으로 한 번 유명해졌었……."

"아니, 그 사람 말고! 뒤에! 뒤에 명백히 이상한 사람이 있었잖아!"

"수혁이 친구?"

"장쓰안!!"

"아! 장쓰안. 응, 와서 화해했어."

"쿨럭, 쿨럭!"

이세연은 마시던 음료수를 잘못 삼키고 사레가 들려서 콜

록댔다. 태현은 이세연의 등을 두드리면서 걱정된다는 듯이 말했다.

"쯧쯧. 목이 말라도 그렇지 좀 천천히 마셔야지. 왜 이렇게 급하게 마셔?"

"급…… 급하게 마셔서 이런 거 아니거든……?"

이세연은 어이가 없다는 얼굴로 태현을 쳐다보았다.

"대체 장쓰안과 어떻게 화해했는데?"

"네가 다 시켰다고 했는데."

"……"

"농담이야."

"그런 얼굴로 농담하지 마……."

"뭐, 진심을 털어놓고 이야기하니까 이해해 주던데. 왜 다른 놈들은 이러지 못하는지 모르겠어. 판온 1때부터 쫓아오는 놈들이 많아서 골치 아프다니까."

"네가 한 짓을 생각해 보라고 하고 싶은데…… 어차피 안 듣 겠지. 그보다 어떻게 협박한 거야?"

태현이 화해했다는 말은 조금도 믿지 않는 이세연이었다.

"이야, 두 분을 이렇게 만날 수 있다니! 정말 영광입니다!"

"판온 파티는 같이 안 할 겁니다. 아니, 이세연이 대신해 줄 거예요."

"네? 그게 무슨 소리죠?"

〈켠김에 끝까지〉를 맡은 PD는 고개를 갸웃거렸다. 그 모습에 태현은 안도했다.

'판온 같이 해달라고 쫓아다니지는 않겠군.'

"하하, 아무것도 아닙니다."

"이렇게 두 분을 모시게 되어서 정말로, 정말로 기쁩니다. 제가 또 두 분 팬이거든요."

사근사근하고 친절해 보이는 PD의 모습. 그러나 이세연의 표정은 좋아 보이지 않았다.

"방심하지 마. 저 사람 장난 아니니까."

"응? 뭐야, 이상한 사람인가?"

"아니, 이상한 사람은 아닌데…… 방송 들어가면 절대 타협 없는 사람이거든."

방송 프로그램 〈켠김에 끝까지〉의 컨셉은 간단했다. 초대받은 사람에게 게임을 하나 골라서 던져주고, 그 게임을 클리어할 때까지 집에 보내주지 않는다! 보통 어느 정도 타협이 있게 마련인데, 이 프로그램은 정말로 집에 보내주지 않았다. 그런 끈질김이 방송의 인기 요소 중 하나였다.

"뭐 깨고 나가면 되지."

"아, 예. 그러시겠죠."

"두 분 사이가 참 좋으시네요? 하긴, 같이 팀으로 활동하셨을 정도니……"

"아닌데요?"

"아닌데요."

"앗, 예. 죄송합니다."

둘이 정색하고 말하자 PD는 당황해서 고개를 숙였다.

'무, 무서워!'

세트장을 준비하고, MC가 간단하게 소개를 하며 분위기를 띄워 올리는 동안, PD는 태현에게 말을 걸었다. 이세연이야 방송의 프로였지만 태현은 출연한 방송이 많지 않았다.

긴장이 될 수밖에 없을 것이다.

'이동팔 대표님이 잘 봐달라고 했으니 신경을 써줘야지. 게다가 그 김태현이잖아!'

국내 프로게이머 중 인기와 인지도만으로 따지면 1위를 다투는 게 태현이었다. 그런 태현이 방송에 나와준다면 그로서는 더할 나위 없이 좋았다.

'마음 같아서는 고정 계약을 맺고서 프로그램을 하나 더 만들고 싶을 정도지만, 그건 김태현 선수가 싫어하니 어쩔 수 없지.'

PD가 보기에 태현의 이름을 하나 넣은 프로그램을 진행해도 괜찮을 것 같았다. 다른 프로게이머 중에는 게임만 잘하지 방송 센스는 영 없는 사람들이 많았지만, 태현은 아니었다. 타고난 재능!

간단한 대화만 해도 분위기를 재밌게 만드는 사람이 있는데, 그게 태현이었다.

"너무 긴장하실 필요 없습니다. 간단하게 게임만 하시면 되니까요. 다른 방송보다 훨씬 편한 게 이 방송이죠!"

물론 아니었다. 평균 시청률도 높고, 고정 시청자도 많은 〈켠 김에 끝까지〉였지만, 연예인 중 출연을 피하는 사람들이 많은 데에는 이유가 있었다. 정말 깨기 전까지는 안 내보내 주는 엄격함!

'집에 가고 싶어요! 집에 가게 해주세요!'

'흑흑, 다시는 게임 같은 거 안 할 거야!'

이렇게 괴로워하는 모습이 방송의 재미 중 하나! 즉, 출연자들이 괴로워하면 괴로워할수록 방송은 재밌어지는 것이다.

'후후…… 김태현 선수! 원한은 없지만 최대한 괴로워해 주시죠……! 이걸 위해 불렀으니까!'

PD는 김태현과 이세연이 게임을 깨지 못하고 괴로워하는 모습을 상상했다. 상상만 해도 시청률이 팍팍 뛸 것 같은 아름다운 모습!

그러나 그는 아직 알지 못했다. 김태현과 이세연이 어느 정도의 선수인지를. 그리고 그 둘을 붙여 놓으면 둘이 얼마나 경쟁심이 폭발하는지!

"그러고 보니 두 분은 같은 팀으로 출전하셨는데, 두 분 중 어느 분이 더 게임을 잘하시나요?"

MC는 정말 별생각 없이 한 질문이었다. 그러나 대답은 동시에 튀어나왔다.

"저죠."

"전데요?"

"……."

파지직!

순간 이세연과 태현 사이에 불꽃이 튀었다. MC는 분명 본 것 같은 기분이 들었다.

'뭐, 뭐지?'

"하하. 이번 대회 MVP가 누구였는지 보면 누가 가장 잘했는지 나오지 않을까요?"

"대회 MVP는 팀에서 가장 활약하기 좋은 선수한테 유리하잖아요? 그보다는 좀 더 객관적인 결과로 봐야 하지 않을까요? 예를 들자면 판온 1에서 1:1 결과 같은 거?"

"판온 1이 언제 때 일인데 아직까지 그걸 들고 오시다니. 자랑할 게 그거밖에 없으신가요? 하하."

방송이라고 나름 서로 존대하지만, 눈빛은 서로 잡아먹을 것 같았다. MC는 당황한 눈빛으로 구원 요청을 보냈다.

'어, 어떻게 하죠? 일단 멈추게 하고 다시 찍을까요? 이러다 싸우면…….'

'아냐! 계속 찍어! 이런 걸 원했어!'

전혀 예상치 못한 상황이었지만 PD는 신이 났다. 딱 봐도 재밌는 상황 아닌가. 경쟁심 넘치는 두 선수!

'요즘은 이런 케미 터지는 캐릭터들이 유행이지!'

그냥 나와서 '하하 아니에요, 이세연 선수가 더 잘해요,' '무슨 소리에요, 김태현 선수가 더 잘하죠. 까르륵' 이렇게 말한다면 재미가 없었을 것이다. 겸손한 이미지야 관리가 됐겠지만 사람들이 원하는 건 그런 게 아니었다.

"자, 그, 그러면 두 분 다 게임 시작하시죠!"

그러나 MC는 더 이상 견디지 못하고 말을 돌렸다. 둘의 대화를 가까이서 보면 정말 살벌하게 느껴졌던 것이다.

"이 게임 해보신 적 있으십니까?"

"아뇨."

"안 해봤어요."

게임 〈항아리 오르기 2〉. 항아리 안에 들어간 남자가 막대기 하나만을 이용해 지형지물을 올라가는 단순한 게임이었다. 이런 단순한 게임이 왜 이번 방송에 골라졌냐면……

'더럽게 어렵기 때문이지!'

PD는 속으로 주먹을 불끈 쥐었다. 전작 〈항아리 오르기〉도 까다로운 조작법과 쓸데없이 짜증 나는 물리 엔진으로 엄청난 난이도를 자랑하는 게임이었다. 게다가 도중에 떨어지면 올라왔던 지형지물 밑으로 추락해, 다시 처음부터 해야 하는 구조까지! 그런데 〈항아리 오르기 2〉는 더 난이도를 올리고 함정까지 추가했다.

나름 게임 좀 한다는 사람들도 평균 클리어까지 24시간이 넘게 걸리고, 이 게임만 판 사람들이 기록을 세우기 위해서 계속 도전을 하고 있었지만 3시간 밑으로 진입을 못 하고 있었다.

'이미 확인은 끝내났지. 둘 다 이 게임을 해본 적이 없다는 것을.'

처음 하는 둘이라면 아무리 못해도 12시간은 넘게 걸릴 것이다. 이것도 둘을 엄청나게 고평가해 준 것!

"음…… 특이한 게임이네. 올라가는데 웬 함정?"

"윽, 함정은 싫은데."

"왜?"

"어떤 사람이 게임에서 몸에 함정을 설치하고 다녀서 아닐까?"

"저런, 그런 사람이 있어?"

각자 컴퓨터 하나씩을 잡고 게임에 도전하는 상황. 그런데도 쉬지 않고 입은 떠들고 있었다. 보는 사람들이 더 조마조마할 정도!

'집중 안 하냐?!'

그러나 그런 생각들은 둘을 몰라서 하는 이야기였다. 둘은 떠들면서도 언제나 집중력을 유지할 수 있는 사람들이었다.

"이거 근데 진짜 깨면 집에 가도 되나요?"

"네? 물론이죠. 저희는 한 입으로 두말하지 않습니다."

PD는 가슴을 탕탕 치며 말했다. 그 모습에 태현은 잘됐다는 듯이 휘파람을 불었다.

"그러면 사양하지 않고 빠르게 끝내고 집에 가겠습니다. 원망하지 마세요."

"하하. 물론이죠!"

PD는 말과 동시에 손짓했다.

'이 장면 자막으로 넣어!'

나중에 태현이 고통받으면 고통받을수록, 방금 한 말이 웃기게 보일 것이다.

타타타탁-

"어…… 어?"

PD는 눈을 의심했다. 방금까지 초반 부분에서 머뭇거리며 잘 움직이지도 못하던 태현이, 갑자기 빠르게 앞으로 튀어나가기 시작한 것이다. 믿을 수 없는 컨트롤!

'아, 아니…… 그래도 게임을 하나도 모르니 도중에 있는 지형이나 함정에 걸릴 수밖에 없지! 하나만 걸려도 다시 처음으로 돌아오는 경우가 많은 이 게임이다. 저렇게 빠른 건 예상 밖이었지만 오히려 더 쉽게 걸릴지도……'

"아. 함정이군."

PD는 분명히 보았다. 태현이 함정이 나오기도 전에 반응하고 피한 것을!

"방, 방금 어떻게 하신 거죠?"

"뭐가요?"

태현은 PD의 질문에 멈추지도 않고 계속 움직였다.

"방금 함정…… 알고 계셨던 겁니까?"

"아뇨."

"근데 어떻게 피하신 거죠?"

"아. 여기 함정 작동되기 전에 지형이 살짝 변하더라고요.

그거 보고 피했죠."

아무리 봐도 그런 변화는 없었다.

'눈에 뭐 초고속 카메라라도 달고 다니는 거야?!'

PD를 당황하게 한 건 태현뿐만이 아니었다. 이세연도 무시무시한 속도로 따라붙고 있었다.

'이쪽은 또 뭐야?!'

"이세연 씨는 어떻게 함정을 피하신 겁니까?!"

"김태현 화면 보고 나온 함정 외웠는데요."

"야, 치사하게!"

태현은 순간 존댓말을 하는 걸 잊고 이세연에게 항의했다. 그러나 이세연은 뻔뻔했다. 태현을 상대할 때면 이상하게 두꺼워지는 얼굴 두께!

"어머, 무슨 소리시죠? 이것도 전략 중 하나 아닌가요? 수단과 방법을 안 가리시는 분이 설마 이건 안 된다고 하실 생각? 억울하시면…… 아시죠?"

태현의 입가가 씰룩거렸다. 오랜만에 당한 일격!

"하, 하하…… 뭐 그렇게 해보던가. 그 전략에는 치명적인 약점이 있으니까."

"무슨 약점입니까?"

듣고 있던 PD가 궁금해져서 물었다.

"나보다 느릴 수밖에 없다는 약점이죠!"

"……이, 이거 딱히 두 분 중 누가 먼저 깨야 하는 건 아닌데……?"

당연한 의문이었지만, 둘 다 귓등으로도 듣지 않았다. 점점 불타오르는 둘!

파파파파파팍-

이세연을 견제하기 위해서라면 태현은 그냥 속도만 늦춰도 됐다. 그러면 이세연은 함정을 보고 외울 수 없을 테니까.

그렇지만 태현은 그렇게 하지 않았다.

'이세연을 상대하면서 그런 쪼잔한 짓을 할 필요가 있나. 전력으로 간다!'

정공법! 어차피 한 타임 따라오는 게 늦을 수밖에 없다면 유리한 건 태현이었다. 스스로에 대한 강한 믿음. 태현의 눈빛에서 불꽃이 타오르는 것 같았다.

이렇게 되자 초조한 건 PD였다.

"PD님. PD님. 지금 한 시간도 안 됐는데 김태현 벌써 후반부예요! 이러다가 한 시간 안팎으로 깨겠는데요?!"

"알, 알고 있어."

스태프의 말에 PD는 초조한 목소리로 대답했다.

'어떻게 한다? 어떻게 하지?'

고민하던 PD는 결심을 굳혔다. 그는 언제나 약속을 지키는 사람이었다.

'그렇지만 방해하지 않겠다는 말을 한 적은 없었잖아!'

이 게임은 한순간의 방심과 실수가 치명적인 결과를 불러왔다. 게임 끝나기 직전까지 올라갔어도 실수하면 밑으로 떨어져서 처음부터 다시 시작해야 하는 구조!

'한 번만, 한 번만 노리면 된다!'

"커험험, 여러분. 열심히 하시는데 마실 거라도?"

은근슬쩍 말 걸기. 게임에 집중하려는 사람들은 이런 방해 공작을 제일 싫어했다. 집중을 깨뜨리기 때문이었다.

"커피? 녹차? 콜라? 사이다?"

치사하게 계속 종류를 늘어놓으며 분위기를 산만하게 만들려는 PD! 그걸 본 스태프들은 떨떠름한 표정을 지었다.

'저렇게까지 해야 하나?'

'PD의 자리는 정말 무섭구나.'

"와, 음료도 줘요? 이세연이 엄청 겁줘서 걱정했는데, 이 프로그램 생각보다 되게 친절하네요?"

'너만 그런 거야!'

자리에 있던 사람들이 모두 동시에 생각했다. 다른 사람들은 와서 피눈물을 흘리는데 혼자 결말을 향해 달려가고 있었다. 원래 이런 음료도 출연자가 뭐라도 해야 주는 서비스!

"그래서 뭐 마시겠어요, 김태현 선수? 하하, 서비스니까 신경 쓰지 마시고…… 콜라? 커피? 역시 콜라인가? 아니면 사이다가 더 낫나?"

"전 아이스 아메리카노 뜨겁게요."

"아이스 아메리카노 뜨겁…… 응?"

이세연은 어이없다는 듯이 태현을 타박했다.

"이상한 거 주문하지 마."

"네? 무슨 소리시죠 이세연 씨? 이런 날씨에 커피 차갑게 먹으면 배탈 나니까 한 소린데요?"

계속 떠드는데도 흔들림 없는 둘. PD는 산만하게 만드는 방해 작전은 실패했다는 걸 깨달았다.

'다른 방법!'

노골적이면 들킬 테니, 은근하게 신경 쓰이는 방법으로……

"내가 들고 갈 테니까 쟁반 줘봐."

PD는 음료를 받아 앞으로 천천히 걸어가기 시작했다. 노리는 건 지금 성적이 가장 좋은 태현.

'슬쩍, 슬쩍 툭 치는 거다. 그것만으로 신경이 흐트러질 수 있어! 결정적인 순간을 노려서……!'

그 순간 태현이 몸을 빙글 돌렸다. 그러자 정확히 PD의 급소를 가격하는 태현의 팔꿈치!

퍽!

"커헉!"

"아, 죄송합니다. 뒤에서 살기가 느껴져서. 뒤에 있는 줄 몰랐네요. 다가오지 마세요. 제가 게임 할 때는 정신이 팔려서 이런 거 신경 못 쓰거든요."

"어억…… 넵……"

자기가 잘못한 거라 뭐라고 말도 못 하고, PD는 비틀거리며 음료를 내려놓았다. 그리고 물러섰다.

"괜, 괜찮으세요?"

"나, 나는 괜찮으니까…… 어떻게든…… 방해를 해봐!"

PD가 누워서 쉬는 동안 다른 스태프가 나섰다.

"여러분! 말씀드리는 걸 잊었는데, 찬스가 있어요!"

"바로 깨고 집에 갈 찬스 말입니까?"

"……그게 아니라, 친구를 불러서 도움을 받을 수도 있고 그런 찬스인데…… 친구 부르시면 음식도 시켜 드릴게요!"

"전 배 안 고파서 됐습니다."

"저도 괜찮아요."

'크윽!'

보통 여기서 오래 게임을 하다 보면 배가 고파서 이런 찬스에 매달리게 마련이었다. 그렇지만 둘은 아니었다.

딱 봐도 금세 나갈 것 같은 분위기!

"찬스 쓰셔야죠! 안 쓰면 아깝잖아요!"

"근데 전 친구가 없어서."

태현의 말에 이세연까지 포함된 모든 사람들이 태현을 빤히 쳐다보았다.

"어…… 이세연 씨는 친구 아닌가요?"

"이세연은 친구가 아니라……."

태현의 말에 이세연은 살짝 상처받은 표정을 지었다.

'와, 너무하네. 판온 1 때부터 알아왔으면 나름 오래 알아온 거 아니야? 대회 때 누가 도와줬는데…….'

"라이벌이나 숙적에 가깝죠."

"……뭘 좀 아네!"

탁탁!

태현은 갑자기 기분 좋아진 얼굴로 그의 어깨를 두드리는 이세연을 보고 의아해했다. 쟤는 왜 갑자기 저러지?

"앗. 그런 거였군!"

"……??"

"기분 좋아진 척을 하면서 내 어깨를 쳐서 방해할 생각이었군?"

"이런 개……."

누워 있던 PD는 귀를 의심했다. 잘못 들은 거겠지?

"네 방해 공작에는 당하지 않는다, 이세연. 그 방해 공작은 이미 내가 생각했던 거거든."

"그런 걸 생각했었어……?"

이세연은 어이없다는 듯이 말했지만 이미 확신한 태현은 자신만만하게 외쳤다.

"그런 공격은 통하지 않는다, 이세연! 그리고 난 이미…… 끝냈지!"

타타탁- 탁!

태현은 말과 함께 마지막 점프를 했다. 그러자 화면 속 캐릭터가 위로 솟구치며 엔딩 크레딧이 나오기 시작했다.

클리어!

"1, 1시간 12분……!"

스태프들은 경악한 목소리로 외쳤다. 처음 시도하는 게임에서 세계 기록을 세우다니! 게임 잘한다, 잘한다 말은 들었어도 이 정도일 줄은 상상도 못 했다. 그리고 아직 충격에서 회복하지 못하고 있던 PD는 누워 있는 상태로 흐느끼기 시작했다.

"크흑흑…… 이젠 정말 끝이야……!"

"PD님! 아직 기회가 있어요! 정신 차리세요!"

"김태현과 이세연을 불러놓고 한 시간 만에 끝내다니…… 이건 시말서로도 모자라…… 나라는 사람이 이런 실수를 하다니……."

끙끙 앓는 소리를 내는 PD. 스태프들은 그를 달래기 위해 애썼다.

"아직 이세연 씨가 있어요! 이세연 씨만 남아 있으면 방송 분량 뽑을 수 있다구요!"

"맞아요! 그걸로도 재밌게 만들 수 있어요!"

"그, 그런가?"

PD는 살짝 기운을 회복했다. 그러나 그때 이세연이 말했다.

"클리어!"

1시간 15분! 태현의 플레이를 거의 따라가면서 완벽하게 맵을 숙지한 이세연이었다. 시간 차이가 거의 없을 수밖에 없었다.

"크허어억!"

"PD님!!"

기운을 회복하려던 PD는 다시 쓰러졌다. 그러거나 말거나 태현은 휘파람을 불며 외투를 걸쳐 입었다.

"그럼 이제 가도 되죠?"

"잠, 잠깐……."

"다음에 뵈요! 언제 뵐지는 모르겠지만!"

탁-

"……?"

태현은 세트장을 나가려다가 멈칫했다. 이세연이 일어나지 않았던 것이다.

"넌 왜 안 나가?"

"응? 다시 해서 기록 세우려고."

"……치사하지 않냐?!"

"어머, 무슨 소리세요? 기록 세우기 위해서 다시 도전하는 건 흔한 일이지 않나요?"

이대로 나가면 태현이 이긴 게 된다. 이세연은 남아서 태현의 기록을 깰 게 분명했다. 그리고 이세연은 충분히 가능했다.

'이미 맵은 다 파악하고 있겠지.'

태현은 이세연의 능력을 믿었다. 첫 번째 시도였으니까 태현 뒤에서 따라왔지, 이제는 동등하게 따라붙을 것이다. 어지간하면 기록은 깨진다!

"좋아. 그렇게 나온다 이거지?"

태현도 다시 자리에 앉았다. 이세연은 그걸 보고 혀를 찼다.

"왜 안 가?"

"하하, 무슨 소리시죠? 전 이 게임이 재밌어서 더 해보려고 하는 건데요?"

파지직! 둘 사이에 다시 튀는 불꽃. 그걸 본 스태프들이 PD에게 말했다.

"PD님, 상황이 이상하게 흘러가는데요?"

벌떡!

그러자 시체처럼 누워 있던 PD가 몸을 일으켜 세웠다.

"역시 난 둘을 믿고 있었어!"

엎치락뒤치락. 태현이 앞서가다가, 다시 이세연이 기록을 깨고, 또 태현이 기록을 깨고……

'우리 지금 〈켠김에 끝까지〉 찍는 거야, 아니면 〈세계 기네스 도전〉 찍는 거야?'

'몰라, 재밌다니까 그냥 찍는 거지.'

처음에 스태프들은 방송이 연장되는 것에 기뻐했다. 일단은 분량이 보장되지 않겠는가. 그러나 그들은 아직 둘의 무서움을 깨닫지 못하고 있었다.

"으하암……"

"언제까지 하는 거야?"

"지금 김태현이 13초 앞선 상태야."

"또? 아까는 이세연이었잖아."

"그냥 적당히 하고 가자…… 이제 분량도 다 뽑았는데……"

"PD님. PD님이 말 좀 걸어보세요."

"뭐라고?"

"이제 그만해도 되지 않겠냐고……"

PD는 '좀 더 찍으면 안 돼?'라고 말하려다가 멈칫했다. 스태프들의 눈망울이 너무 애처로웠던 것이다.

우리도 퇴근 좀 합시다! 집에 가족이 있는데!

"……알겠어. 말하면 되잖아!"

PD는 아쉽다는 듯이 말하며 자리에서 일어섰다. 그는 아직

체력이 있었고, 더 찍어도 괜찮을 것 같았기 때문이었다.

"저기, 이세연 선수. 슬슬 그만해야 하지 않……."

"잠깐만요. 이 기록만 깨고요."

"아니, 스태프들도 퇴근을 해야 해서……."

"이 프로그램 원래 깰 때까지 다 못 가는 거 아니었어요? 이
정도는 괜찮은 줄 알았는데요."

"게임 깨셨잖습니까!"

"기록 1위를 깨야 진정한 의미로 깬 거죠."

"……."

"퇴근하셔도 괜찮아요. 전 이 기록 깨고 갈 거니까요."

'이런 사람이었나?!'

평소에 전혀 보여주지 않던 이세연의 낯선 모습. PD는 방향
을 바꿔 태현을 노렸다.

"김태현 선수, 집에 가실 생각 없으십니까?"

"이세연 먼저 일어나면 가죠."

먼저 갔다가 이세연이 기록 1위 찍는 건 못 보겠다!

"먼저들 퇴근하시면 되지 않아요?"

"아니, 그래도 여기 세트장이 있는데…… 저희들만 갈 수는……."

'제발 좀 집에 가라!'

'이틀째 다 되어가잖아!'

스태프들은 마음속으로 외쳤다.

타탁, 타타탁-

또 하루가 지났다.

"김태현 선수, 이세연 선수."

"말하세요. 듣고 있습니다."

"지금 집중 중이니까 조용히 좀 해주실래요?"

퀭한 눈빛의 PD. 그러나 둘은 PD를 거들떠보지도 않았다.

털썩-

"제가 잘못했습니다! 제발 퇴근 좀 합시다!"

결국 무릎을 꿇는 PD! 그걸 본 스태프들은 눈시울을 붉혔다.

"이세연, 지금 털썩 소리 났는데 뭐야? 무슨 일이야?"

"몰라. 네가 봐. 이거 깨느라 바빠."

시선도 안 돌리는 둘!

"아 진짜! 그만 좀 하라고요! 집에 좀 갑시다!!"

PD는 울컥해서 컴퓨터의 전원을 뽑아버렸다.

"정말 훌륭해! 최고 시청률을 찍을 줄이야. 둘을 데려오면 찍을 수 있다고 괜히 호언장담한 게 아니었어!"

"하, 하하…… 감사합니다……."

"자네, 그런데 이상하게 피곤해 보이는데?"

"괜, 괜찮습니다."

"이번 방송에는 자네 역할도 컸어. 난 보면서 감탄했다니까? 어쩌면 저렇게 약방의 감초처럼 탁탁 들어갈까? 연기자 해도 되겠어!"

'연기가 아니었으니까요…….'

PD는 고개를 절레절레 저었다.

방송이 나가고 나서, 반응은 정말 뜨거웠다. 최고 시청률을 큰 폭으로 갱신!

방송국 내에서도 화제가 될 정도로 큰 기록이었다. 그만큼 사람들의 이목을 잡아끄는 방송이었던 것이다. 게임에 관심 좀 있는 사람들, 이세연이라는 이름을 아는 사람들…… 그런 사람들이 우르르 몰려와 시청자층이 되어주었다. 좋은 결과였다. 좋은 결과였지만…….

'다시는 하고 싶지 않아!'

PD는 몸을 부르르 떨었다. 처음이었다. 방송하면서 그렇게 프로답지 못하게 굴었던 것은! 이대로 가면 영원히 퇴근하지 못하고 세트장에 머물러 있어야 할지도 모른다는 위기감이 들었던 것이다.

-저희 프로그램에도 잘 말해서 둘을 출연시킬 수 없을까요?
-둘 케미가 너무 좋네요. 기사 보셨죠? 이쯤 되면 둘만 나오면 대박은 보장된 거나 다름없어요. 잘 부탁드립니다!

다른 프로그램 PD가 소개 좀 해달라고 말을 걸어왔지만, 그런 생각은 전혀 들지 않았다.

'추천했다가 나중에 멱살 잡히는 건 아니겠지?'

"왜 그렇게 멍하게 있나?"

"예? 아무것도 아닙니다."

"어쨌든 고생 많았어. 축하하네. 다음에도 혹시 다시 출연시킬 생각 없나? 정말 반응 좋을 것 같은데."

은근하게 말하는 국장의 태도. 노골적으로 제시하는 건 아니었지만 의도는 뻔하게 보였다.

어떻게든 한 번 더 출연시켜 줘!

국장의 마음은 이해가 갔다. 이렇게 화제가 됐으니 방송국 입장에서는 황금알을 낳는 거위로 보일 테니까. PD도 뻣뻣한 사람이 아니었다. 적당히 아부하고 적당히 처세하는 직장인! 이럴 때 대답은 정해져 있었다.

"절대 안 됩니다!"

날아갈 것 같은 상쾌한 미소!

그 정도로 PD는 둘과 다시 만나고 싶지 않았다.

CHAPTER 3

"크흠, 크흠, 아들아. 여기 앉아보렴."

"……? 아버지, 길드 동맹이랑 싸우는 거면 안 도와드립니다. 알아서 하십쇼."

"이 자식이……!"

물론 도와달라고 부른 건 아니었지만, 저렇게 선부터 긋는 얄미운 모습이 김태산의 성질을 건드렸다.

"그런 거 아니야, 인마!"

"그러면 뭡니까?"

"크흠, 그러니까…… 그게 말이야……."

새삼스레 말하려고 하니 민망해지는 이 기분. 김태산은 주변을 두리번거렸다. 아내, 윤희가 곁에 있다면 일이 귀찮아질 것이다. 다행히 윤희는 뉴스나 신문에 별 관심이 없어서 아직 모르고 있었지만…….

"······너, 개랑 사귀냐?"

"푸흡!"

이번에는 태현이 뿜을 차례였다. 김태산의 말에 이렇게 당황한 건 오랜만인 것 같았다.

"사귀는구나? 맞지? 자식······."

김태산은 태현의 태도를 오해하고서 씩 웃었다. 저 누가 낳은 건지 궁금할 정도로 사악하고 냉정하고 빈틈없는 녀석도 자기 연애는 부끄러워하는구나!

"제가 누구랑 사귄다고요?"

"뭘 모르는 척이야? 네가 그런 거 뜰 사람이 누가 있겠어?"

"어······."

아무리 생각해도 떠오르질 않았다. 태현은 고개를 갸웃거렸다.

"없는데요?"

"이세연! 이세연 말하는 거잖아! 왜 귀찮게 모르는 척을 하고 그래!"

퍽퍽!

김태산은 태현의 등을 퍽퍽 두드리며 말했다. 정작 듣는 태현보다 말하는 김태산이 더 쑥스러워하는 모습이었다.

"아버지, 진짜 아프거든요?"

"그러니까 시치미를 떼지 말았어야지. 언제부터 사귀었냐? 판온 1에서 졌을 때부터?"

"그게 무슨 개 풀 뜯어 먹는······ 어떤 놈이 그런 헛소리를 해요?"

"여기 기사들이?"

김태산은 말과 함께 인터넷에 올라온 기사들을 가리켰다.

〈김태현, 이세연과 불꽃 케미- 컨김에 끝까지에서 세계 기록 세워〉
〈프로게이머 열풍 다시 부나? 김태현-이세연 최고 시청률 돌파〉
〈불꽃 튀는 김태현-이세연 커플, 인연은 판온 1 때부터?〉

"……정 변호사님 번호가 어디 있더라."

"야, 야! 원래 연예계 기사가 그런 거지 왜 고소를 하려고 그래!"

"명예훼손에 허위사실 유포하면 고소해야 하는 거 아닙니까?"

"허위사실이야 그렇다 쳐도 명예가 뭐가 훼손됐냐! 훼손되어도 이세연 명예가 훼손됐겠지!"

"아버지 제 아버지 맞습니까?"

"나도 가끔 네가 내 아들이 맞나 하는 생각이 들긴 한다."

김태산과 태현은 잠시 서로 노려보았다.

그리고 다시 눈빛을 풀었다.

"그런데 진짜 아니야?"

"제가 사귀고 있었으면 제가 알고 있지 않았을까요?"

"녀석, 논리적이군. 어쨌든 이것도 기회라고, 이걸 이용해서 잘 해보는 게 어때? 이세연 그 애도 네가 마냥 싫은 것 같지는 않던데."

김태산은 은근한 눈빛을 보내며 팔꿈치로 태현의 옆구리를 찌르려 들었다. 태현은 재빨리 피했다. 저건 정말로 아팠기 때문이었다.

"이세연이 절 싫어하지 않는다니. 아버지가 많이 늙으신 것 같습니다. 노안이……"

"인마! 내가 너보다 연애에 대해서는 더 잘 알아!"

"대체 어떤 이유로요?"

"너, 결혼 해봤어?"

세상에서 가장 유치한 말싸움! 안 그래도 이세연과 유치하게 말싸움하며 방송한 지 얼마나 됐다고, 김태산과 이렇게 말싸움을 하게 될 줄이야. 물론 태현은 이렇게 유치하게 싸우는 것에 대해서 어떤 부끄러움도 없었다.

"어머니 말로는 아버지가 연애 때 상당히 많이 부끄러운 짓을 하셨다고……"

"……사, 사랑은 원래 부끄러운 거야."

"좀 심하게 부끄러우셨던 것 같은데……"

태현은 의심 가득한 눈빛을 김태산에게 보냈다. 많이 찔렸는지 김태산은 차마 마주 보지 못했다.

"어쨌든 이세연 정도면 너한테 감지덕지지! 학벌도 좋아, 집안도 좋아, 성격도 좋아."

"학벌은 저도 좋고, 집안도 저도 좋고, 성격도 저도 좋고……"

"……성격이라니 넌 양심이 없냐?"

"애초에 이세연 성격 별로 안 좋거든요? 걔가 얼마나 뒤끝이 심한데. 그보다 아버지는 이세연을 어떻게 그렇게 자세히 아시는 겁니까? 만나본 적도 별로 없을 텐데요."

"궁금해서 이세연 나온 방송 재방송으로 찾아봤다."

방송에서 나온 이미지니 당연히 좋은 이미지지만 나오지 않았겠는가. 태현은 어이가 없었다.

"그리고 한 가지 더 있다."

"……?"

"이세연은 얼굴도 좋잖아! 어때, 이건 너도 반박할 수 없겠지!"

"……아버지 자식입니다."

"흥. 그래 봤자 나한테는 통하지 않는다."

태현도 차마 '저도 이세연만큼 얼굴 좋습니다!'라고 말할 수는 없었다. 일말의 양심은 남아 있었던 것!

우우웅-

그때 태현의 핸드폰이 울리기 시작했다. 김태산은 힐끗 쳐다보았다.

"이세연이니?"

"아뇨, 변호사 아저씨네요."

"너, 너 진짜 고소하려고!?"

김태산은 깜짝 놀랐다. 물론 악질적인 명예훼손이나 그런 류라면 김태산이 앞장서서 '고소하자!'라고 했겠지만, 이건 고소할 정도가 아닌 것 같았다.

"네? 무슨 소리세요. 저 게임단 설립 때문에 상담 드렸었잖아요."

"아…… 그랬었지……."

김태산은 멋쩍은 태도로 다시 자리에 앉았다.

"진짜 할 거냐?"

"대회 나가려면 게임단이 있어야 해요. 안 그러면 나갈 수 있는 대회가 엄청 줄거든요."

"아니…… 그러면 그냥 다른 게임단에 들어가면 되잖아……."

"뭐 딱히 끌리는 데가 없네요. 그리고 다른 게임단 들어가면 아무래도 거기에 맞춰야 할 일도 있을 테니까……."

"그러니까 네가 대장 하고 싶어서 새로 만든다는 거지?"

"네!"

"어디서부터 잘못 키운 걸까……."

김태산은 머리를 싸매고 고민했다. 뭔가 많이 잘못됐다.

"그래서 선수는 모았냐?"

"일단 되는 대로 모으고 있죠. 대부분 5명을 기준으로 잡고 있으니……."

5:5 대회는 물론이고, 1:1 대회도 변형 룰로 5명 팀전이 이루어질 수 있다는 말들이 나오고 있었다. 사람들은 아무래도 게임단끼리 붙는 걸 원하고 있었으니까.

"던전 공략은 5명이서 힘들지 않나 싶은데……."

"뭐 그게 실력이죠. 예, 아저씨."

태현은 더 이상 말하지 않고 전화를 받았다. 김태산은 속으로 재수 없는 놈이라고 태현을 욕했다.

"네, 네. 관련 서류는 전부 다 보냈고요. 어…… 장소요? 아…… 네. 알겠습니다. 지금부터 생각해 보겠습니다. 뭐 집이야 많으니 하나 골라서 쓰면 되겠죠."

김태산은 떨떠름한 얼굴로 태현을 쳐다보았다. 지금 무슨 대화를 하고 있는지 깨달은 것이다.

"게임단에 쓸 건물 찾는 거냐?"

"네."

"지금 네 명의로 되어 있는 건물들에는 대부분 다 세입자 들어가 있는 거 알지?"

"아버지 건물은⋯⋯."

"꿈도 꾸지 마라."

"쯧. 치사하시긴."

"야! 그 건물들이면 됐지!"

건물을 줘도 치사하단 말을 듣다니. 김태산은 갑자기 억울 해졌다.

"관리인한테 연락해서 물어봐라. 네 명의의 건물 중에서 지금 비어 있는 곳들 알려줄 거다. 그런데 너도 나가서 거기서 살 거냐?"

"네? 저는 별생각 없는데요."

"지겨운 놈⋯⋯."

김태산은 중얼거렸다.

"방금 지겹다고 하지 않으셨어요? 어머니한테⋯⋯."

"하하, 무슨 소리니 태현아. 나야 아들이랑 같이 사는 게 좋지! 서운해서 물어본 거란다!"

김태산은 입맛을 다셨다. 태현이 집을 나가서 독립하면 그는 오붓하게 아내와 살 수 있는 것이다. 다른 사람이면 모를까 태현은 이미 독립할 능력이 충분히 있지 않은가!

"게임단 명의가 거기로 들어갈 텐데, 안 쓰면 아깝긴 하니까…… 합숙 장소로 써도 괜찮을 거 같은데요."

태현은 케인을 떠올렸다.

흑흑, 김태현! 빨리 게임단 만들어서 나 좀 넣어줘! 집에서 보내는 눈빛이 아프다고!

만약 건물을 하나 빌려서 합숙하게 한다면, 다른 사람은 몰라도 케인은 가장 먼저 나설 것이다.

"너는 빼고?"

"저야 뭐 거기 가야 할 이유가 없으니……"

"아들아."

김태산은 진지하게 말했다. 어떻게든 태현을 내보내려는 속셈이었다.

"남자란 말이다, 독립을 해야……"

"안 나갑니다."

"젠장! 왜!"

"아니, 나가도 상관은 없긴 한데 아버지가 워낙 싫어하시니 나중에 이걸 써먹을 수 있지 않을까 싶어서……"

"이 자식이 진짜!"

김태산은 울컥해서 외쳤다.

떠들던 태현은 핸드폰에 연락이 온 걸 보고 눈썹을 찌푸렸다.

"뭐냐, 이번에야말로 이세연이냐?"

"아뇨…… 다른 곳이요."

"어딘데?"

"심부름센터요."

"……웅?"

심부름센터. 흥신소라고도 불리는, 돈만 주면 이것저것 시키는 일을 전부 해주는 곳!

"뭐 하고 다니는 거야?!"

"걱정 마세요. 여기 아버지 친구가 소개해 준 곳이니까요."

"아, 그렇구나…… 라고 할 것 같냐! 뭔 일을 하고 다니는데 심부름센터에서 연락이 온 건데?! 너 설마 게임 상대 약점 잡으려고 고용했냐?!"

"어떤 놈이 그런 짓을…… 헉, 아버지 그런 짓 하셨었군요?"

괜히 짐작하다가 스스로의 부끄러운 과거만 털린 김태산이었다.

"아, 아니야."

"잠깐 전화 좀 해야 하니까 조용히 해주세요."

"인마……! 아오, 준식이 이놈은 변호사가 되어가지고 왜 이상한 회사를 소개시켜 준 거야!"

정준식 변호사가 들었다면 '이 자식은 자기도 예전에 이용해 놓고 뻔뻔한 거 봐'라고 따졌을 소리였다.

-안녕하십니까, 사장님.

"네. 듣고 있습니다."

굵직하고 믿음직스러운 목소리. 정 변호사가 보장한 만큼, 이 회사의 능력은 탁월했다. 그리고 그걸 믿고 태현이 부탁한 일은……. 이다비 집의 조사와 감시였다.

김태산이 들었다면 '미친놈아, 뭘 하고 다니는 거야!'라고 날뛰었을 테지만, 김태산은 상황을 아직 몰랐기에 궁금한 눈빛만 보낼 뿐.

-저번에 보내주신 보고서는 잘 읽으셨습니까?

"네. 잘 읽었습니다. 그 주변 감시하고 있다가 무슨 일 생기면 연락 달라고 했던 걸로 기억하는데. 무슨 일이 생겼습니까?"

-예. 사장님. 여기 문제가 조금 생겼습니다.

태현의 얼굴이 찡그려졌다. 이다비는 가정 사정을 말해주지 않았다. 별로 좋지 않다는 것 정도는 태현도 짐작하고 있었지만, 태현은 굳이 물어보지 않았다. 사람에게는 말하고 싶지 않은 게 있는 것이고, 그런 걸 물어보는 건 무례한 일이니까. 그래서…… 뒷조사를 했다.

'이다비에게는 이다비만의 방식이 있지만, 나는 나대로 방식이 있으니까.'

아무것도 모르고 있다가 일이 터지고 나서 후회하는 건 태현의 방식이 아니었다. 언제나 모든 것에 대비하고 있는 게 태현의 방식! 그렇게 나온 결과는, 이다비의 집안 사정이 생각보다 훨씬 더 안 좋다는 것이었다.

-부모님이 진 빚이 있는데, 이 채무를 맡았던 놈들이 꽤나 악질적인 놈들이었습니다. 원금의 몇십 배로 빚을 부풀렸더군요.

"그거 불법 아닙니까?"

-당연히 불법이죠. 그렇지만 원래 이런 사채업자 놈들은 이런 일들을 수두룩하게 합니다. 협박이 통할 상대를 골라서 하거든요. 세상일이 다 법으로 해결할 수는 없잖습니까? 이다비 씨 집은 어린 동생들도 있고요.

이다비는 나름 능력있는 판온 플레이어였고, 〈파워 워리어〉 길드를 운영하면서 많은 고정 시청자들을 데리고 있는 스트리머였다. 당연히 월수입이 꽤 되는데도 전혀 빚을 갚지 못하고 있었다. 사채업자 쪽에서 이자로 폭리를 취하고 있는 것이었다.

'젠장, 이다비. 이런 일이 있으면 그냥 도와달라고 하면 안 되나? 우리가 그 정도 사이도 안 돼?'

태현은 답답했지만 참았다. 괜한 동정만큼 잔인한 일도 없다는 것 정도는 알고 있었다.

"알겠습니다. 그러면 집 주변을 지속적으로 감시해 주세요. 불법적으로 일하는 사채업자 놈들이라면 집에 가서 난리 치는 건 아무렇지도 않게 할 테니까."

일단은 참았지만, 여기서 이다비가 더 위험해진다면…….
태현은 이다비의 방식을 존중하는 걸 때려치우고 알아서 해결할 생각이었다.

'인내심에도 한계가 있지!'

-감시에는 비용이 좀 듭니다만…….

"변호사님한테 이야기 못 들었습니까? 제가 누군지?"

-죄송합니다. 당연한 걸 물었군요. 알겠습니다! 즉시 작업에 착수하겠습니다.

심부름센터 직원은 깍듯하게 말했다. 태현 같은 거물 고객은 알아놓는 것만으로도 이득이 됐다.

그리고 감시를 맡겨놓은 직원한테서 연락이 온 것이다.

"무슨 문제죠?"

-그 사채업자 놈들이 사람들을 데리고 와서 집에서 난리를 치고 있습니다. 아무래도…… 보니까 조폭 같습니다. 어떻게 할까요?

빠직!

태현의 다른 손에 들려 있던 연필이 박살이 났다. 그걸 본 김태산은 깜짝 놀랐다. 정말 오랜만에 보는, 머리끝까지 열 받은 모습이었다.

'저놈 뭔 전화를 받길래 저러는 거야?'

"지금 당장 가겠습니다. 보고 있다가 일 심각해지면 들어가서 막으세요."

-예? 지금 감시하는 건 저 혼자라서 저 인원들을 다 상대하는 건 무리……

"들어가서 다칠 경우 백지 수표 끊어드리겠습니다. 일 심각해지면 어떤 방법을 써서든 막아요!"

-……알겠습니다!

태현은 전화를 끊고 자리에서 일어섰다.

"아버지."

"어, 어?"

"차 좀 빌리겠습니다."

"그, 그래라?"

태현의 기세가 워낙 흉흉해서 김태산은 무슨 일인지 묻지도 못했다.

부아아아앙!

태현이 타고 나간 차 소리가 요란하게 울려 퍼지자, 그제야 정신을 차린 김태산은 정 변호사한테 전화를 걸었다.

그러나 정 변호사는 받지 않았다.

"아저씨. 상황이 이렇게 됐습니다. 좀 도와주시죠."

-그런 놈들은 상대하기 까다로워. 좀 일이 길어질 걸 각오하는 게 좋을 거다.

"각오하고 있습니다. 아시는 연줄은 모두 동원해 주세요."

-알겠다. 네 부탁이라면 그렇게 해줘야지. 잠깐, 태산이에게서 전화 오는데?

"그건 안 받으셔도 됩니다."

태현은 끊고 다음 사람에게 전화를 걸었다. 직접 나서기로 마음먹은 이상, 가능한 방법은 모조리 써서 상대를 짓밟아 버릴 생각이었다.

"어르신!"

……무슨 일로 다 전화를 한 거냐?

유 회장은 떨떠름한 목소리로 전화를 받았다. 태현이 이렇게 전화를 할 줄은 상상도 못 했던 것이다.

'무슨 일로 이놈이 전화한 거지?'

"도와주시죠. 회장님 힘이 필요합니다."

유 회장은 순간 잘못 들었나 싶었다. 이 세상에 아쉬울 거 없는 놈이 도와달라고?

-무, 무, 무슨 일인데 그러는 거냐? 크흐흠.

기쁨으로 떨리는 목소리! 그러나 그 기쁨은 태현의 설명을 듣고 나니 순식간에 사라졌다.

-그 착한 애를 괴롭히는 놈들이 있다고?!

유 회장은 벌컥 화를 냈다. 어찌나 화가 났는지 태현에게 뭘 뜯어낼 생각도 사라져 버렸다.

"회장님 정도면 아시는 해결사분들 있을 거 아닙니까. 유성 그룹 회장님인데."

-누가 들으면 오해할 소리 하지 마라.

유 회장은 그렇게 말했지만 부정은 하지 않았다. 흔히들 영화나 드라마를 보면 조폭이 대단하고 강력하게 나왔지만, 따지고 보면 한국에서 조폭은 별로 강한 집단이 아니었다.

괜히 만만한 약자만 노리는 게 아닌 것!

유성그룹 정도 되는 재벌이라면, 어지간한 조폭들은 눈도 마주치지 못했다. 마음만 먹으면 그대로 바람 불듯이 날려 버릴 수 있는 것이다.

"누구든 간에 회장님 인맥 총동원해서 이놈들 박살 내주시죠. 어떤 놈들인지는 지금 자료 보내겠습니다."

-이, 이놈아. 아무리 그래도 너무 급한 거 아니…….

"전 지금 가볼 곳이 있어서 이만 끊겠습니다!"

뚝-!

김창식은 담배를 물고 불을 붙였다. 안 그래도 좁은 집 안이 난장판이 되어 있었다.

"아니, 빚을 지었으면 갚아야 할 거 아냐!"

"이번 달 이자는 분명 이체를 했는데요."

"이자만 갚으면 다야? 원금은 언제 갚을 건데? 갚으라는 빚은 안 갚고, 이 캡슐 비싼 거 아냐? 빚은 안 갚고 이딴 캡슐로 게임이나 하고 있으니 우리가 열이 안 받게 생겼어? 어?"

"저번에도 말씀드렸지만, 저번에 올라간 빚은 법적 최고 금리를 벗어난 빚……."

깡!

덩치가 두둑한 조폭이 방망이를 휘둘러 가구를 부수자, 이다비 뒤에 있던 동생들이 눈을 질끈 감았다. 이다비는 입술을 깨물었다. 상대는 지금 노골적으로 협박을 하고 있었다.

"법? 버어업? 법이면 다야? 빚 안 갚는 것도 법에 있냐? 법이야기하고 싶으면 빚을 제대로 갚으라고!"

말을 해봤자 통하는 상대가 아니었다. 상대가 노리는 건 협박하고 난리를 쳐서 빚을 늘리는 것.

이다비는 주먹을 쥐었다. 이제까지 남의 도움을 받지 않고 여기까지 왔다. 그런데도 이런 상황이라니. 지금 상황 자체가 참을 수 없이 분했다.

"이 캡슐이라도 가져가죠, 형님."

"그, 그건 안……."

"안 되긴 뭐가 안 돼! 빚을 지었으면 갚으라고! 이딴 게임이나 하지 말……."

애애애애앵-

"……?"

"어떤 미친놈이……."

밖에서 들리는 요란한 차량 도난방지 경고음. 조폭 중 한 명이 짜증 난다는 듯이 얼굴을 일그러뜨렸다.

"술 먹었으면 얌전히 집에 들어가서 잠이나 잘 것이지."

"그러게 말이야."

"형, 형님."

"……?"

"이, 이거…… 우리 차 경고음 아닙니까?"

"……?"

"여기 왔을 때 이 근처에 다른 차는 없었잖습니까!"

조폭들은 그 말에 깜짝 놀랐다. 생각해 보니 여기 승합차를 세우고 내렸을 때, 다른 차는 없었던 것이다.

후다다닥!

"뭐 해, 새끼들아! 밖으로 안 나가보고!"

김창식의 말에 조폭들은 우르르 밖으로 몰려나갔다.

그리고 입을 떡 벌렸다. 웬 미친놈이 야구방망이로 그들이 타고 온 승합차를 박살 내고 있었던 것이다.

"아, 왔어?"

"뭐, 뭐, 뭐, 뭐……."

사람은 예상 밖의 일을 당하면 당황해서 제대로 반응할 수 없게 됐다. 그러나 조폭 중 한 명은 달랐다. 그가 아끼는 차가 박살이 난 꼴을 보자 눈에서 불꽃이 튀었다.

"이 새끼가!!"

퍽!

주먹을 들고 달려드는 순간, 태현은 방망이를 내려놓고 그 대로 카운터를 턱에 꽂아 넣었다. 그림 같은 일격이었다.

"이건 정당방위야. 이해 좀 해달라고."

자리에 있던 조폭들은 그제야 정신을 차렸다. 태현이 한 명을 때려눕히자 정신이 돌아온 것이다.

조폭 중 한 명이 태현을 손가락질하며 물었다.

"너, 너…… 우리가 누군지 알아?"

"알아."

"안다고?"

"그러면 모르고 이 짓을 했겠어? 뒤에 봐. 뭐가 보이지?"

조폭들은 고개를 돌렸다. 페라리가 보였다.

"나 같은 사람이 설마 지나가다가 심심해서 이 차를 박살을 냈겠어? 당연히 니들이 누군지 알고 이러는 거지."

"너, 너……."

"할 수 있는 말이 '너'밖에 없어? 이 친구처럼 덤빌 생각은 없고?"

조폭들은 대답하지 못하고 움찔댔다. 원래 성질대로라면 바로 덤벼들었겠지만, 태현에게서는 무언가 섬뜩한 기운이 풍기고 있었다. 덤비면 박살 날 것 같은 그 무언가!

"겁은 나는데 들키면 안 되니까 '내가 누군지 알아' 같은 말만 계속하는 거겠지. 니들이 누군지 안다니까. 약한 놈들 골라서 피 빨아먹는 사채업자잖아."

"마빡에 피도 안 마른 놈이 입을 더럽게 잘 놀리는구나."

"형님!"

김창식은 침을 퉤 뱉으며 걸어 나왔다. 그러고는 태현을 노려보았다.

'뭐 하는 놈이지?'

조폭이기에 그들은 상대를 더 가렸다. 약한 놈만을 노리는 게 그들이었다. 그런 면에서 페라리를 타고 와 저렇게 승합차를 닥치는 대로 박살 낸 태현은 정체불명이었다. 누군지는 몰라도 쉽게 건드릴 엄두가 나지 않는 놈!

'그냥 박살을 내버려? 저 멍청이야 방심했다 치면 이 인원이 전부 덤벼서 밟아버리면 될 것 같은데……'

"네가 누군지는 몰라도 오늘 상대 잘못 만난 거다."

"재밌네. 나도 그 소리 할 생각이었거든. 우리 아버지가 어렸을 때 영화 보면서 뭐라고 하셨는지 알아?"

"……?"

"조폭 무서워하지 말라고 하셨지. 돈다발로 뺨 때리면 깨갱거리면서 대가리 박을 놈들이라고 하셨거든."

"이 새……"

태현은 손을 들어서 조폭의 말을 막았다. 입을 다문 조폭은 자기가 무의식적으로 입을 다물었다는 사실에 놀라고, 그다음은 분노로 얼굴을 붉혔다.

"내가 여기 오면서 생각을 했어. 이 일을 어떻게 처리를 할까. 빚이 총 얼마였지? 27억?"

'저놈, 저 여자하고 관련 있는 놈이었구나!'

태현이 이다비와 상관이 있다는 걸 알게 되자, 김창식의 눈빛에 교활함이 감돌았다. 정체를 알 수 없는 상대가 무서운 거지 알게 되면 무섭지 않았다.

"그래. 빚이 27억이지. 저 뒤에 있는 여자하고 아는 사이였나?"

"오면서 그냥 27억을 갚아줄까…… 생각을 했었지. 나한테는 충분히 낼 수 있는 돈이니까."

아무리 들어도 허언 같았지만, 태현의 분위기에서는 허언같이 들리지 않는 무언가가 있었다. 김창식은 무심코 침을 꿀꺽 삼켰다.

"그런데 니들이 여기서 난리를 치고 있다는 말을 듣고 생각이 바뀌었어. 그런 놈들한테 그냥 돈 주기가 아깝더라고. 그럴 바에는 너희들 목에 27억씩 거는 게 낫지."

"……??"

"1억만 줘도 사람 죽이겠다는 놈들 우글거리는데 27억을 걸면 몇 번을 죽이겠어?"

"이 자식이 진짜!"

"멈춰!"

태현의 말을 듣던 도중 참을성이 바닥난 조폭 한 명이 덤벼들었다. 김창식이 말렸지만 그는 듣지 않고 뛰어들었다. 그는 유난히 싸움 실력에 자신이 있는 사람이었던 것이다.

으지직!

뼈 부서지는 소리와 함께, 조폭은 땅바닥에 드러누웠다. 그 모습에 다른 조폭들이 경악해서 중얼거렸다.

"동, 동석이가 아마 복싱 대회 우승도 한 놈인데……."

김창식은 상황을 깨닫고 입맛을 다셨다. 괜히 힘으로 해봤자 좋은 꼴을 못 볼 것 같은 예감이었다. 그렇다면 방법을 바꾼다!

"저런, 우리 직원을 이렇게 두들겨 패다니. 이래도 되나?"

피식.

태현은 김창식의 말에 비웃음을 터뜨렸다.

"힘으로 안 되니까 갑자기 법으로 따지기라도 하려고? 조폭이면서 너무 치졸한 거 아니야?"

"무슨 소리를 하는지 모르겠군. 우리는 그냥 빚을 받으러 온 회사 직원일 뿐이야. 아무리 정당방위라고 해도 이렇게 심하게 두들겨 패도 되나? 응? 그쪽은 하나도 안 다쳤는데?"

조폭들은 김창식의 말에 킬킬 웃음을 터뜨렸다.

'역시 형님이시다.'

'빼도 박도 못하겠군.'

조폭이라고 주먹만 쓰는 건 아니었다. 상대방의 약점을 잡으면 이런 협박도 얼마든지 할 수 있었다.

그러나 태현은 눈 하나 깜박하지 않았다.

"패도 되지."

"……뭐?"

"패도 된다고. 억울하면 경찰 가서 고소해. 법정에서 보면 되잖아?"

"……."

"내가 끌고 온 차 보면 대충 견적 나오지 않나? 내가 어느 정도의 사람인지, 내가 어떤 변호사를 고용할 수 있는지. 법정에서 조폭하고 만나면 누구 말을 들어줄지 참 궁금하긴 하네."

김창식의 얼굴이 딱딱하게 굳어졌다. 상대가 젊은 놈 같은데 여간 능구렁이가 아니었다. 협박이 전혀 통하지 않았다.

"사실 난 여기 와서 이럴 필요가 전혀 없긴 했어. 이미 너희들 끝내는 일은 다 끝내놨거든."

이때 조폭들은 태현이 무슨 소리를 하는지 알지 못했다. 그 누구라도 알 수 없었을 것이다. 설마 여기 오기 전 태현이 어느 곳에 전화를 하고 왔는지 말이다.

"그런데 굳이 여기 와서 너희들을 팬 이유는 뭐냐면…… 화풀이지."

"화, 화풀이?"

"그래. 새끼들아. 남의 파트너 집에 가서 난리를 피우고, 파트너인데 도와달라고 말도 안 하고, 그걸 또 배려한답시고 일이 이 지경이 될 때까지 가만히 있고…… 여러 가지에 대한 화풀이지."

태현은 말과 함께 툭툭 손을 털었다.

"자. 이제 꿇어라."

"……."

"미쳤냐? 우리가 왜?"

"마지막 기회다. 꿇고 빌어. 그러면 아주 조금 고민은 해볼 테니까."

"×까고 있네 자식이……."

이렇게까지 당하면 아무리 그들이라도 자존심이 있었다. 한 번에 덤벼서 태현을 박살 내버리겠다! 조폭들의 눈빛에 살기가 감돌았다.

띠리리링-

분위기 깨는 벨소리. 조폭들은 김창식을 빠히 쳐다보았다. 김창식은 헛기침을 하며 전화를 받았다.

"여보세요? 아, 형님……."

-이 미친 ××× ××× ××××야! 어디 가서 뭔 미친 짓을 하고 다니는 거야! 너 돌았냐? 너 우리 다 죽이려고 작정했냐? 어디 가서 ××을 하고 다녔길래 위에서 이런 말이 날아와?

"예? 형님, 전 아무 짓도……."

-닥쳐! 아무 말도 하지 마. 지금부터 넌 나하고 모르는 사이니까! 어디 가서 나하고 안다고 말하지 마. 죽일 테니까.

그러나 형님에게서 온 전화는 시작일 뿐이었다. 다음에 걸려온 전화는 김창식이 사업 자금을 빌리기로 한 큰손이었다.

-김 실장님. 미안하게 됐습니다만 이번에 빌려주기로 한 사업 자금은 못 주게 됐습니다.

"그게 무슨 소립니까! 약속하셔 놓고 이러시면 안 되죠! 그거 없으면 사업은 뭐로……!"

-그러니까 적당히 설치고 다녔어야죠. 나도 이러고 싶어서 이러는 거 아닙니다. 나도 살아야 하지 않겠습니까? 김 실장도 살고 싶으면 조용히 구석에 박혀 지내세요. 진짜 단단히 화가 나신 모양이니까.

얼이 빠졌다. 대체 무슨 일이 일어나고 있는 거지?

-형님, 형님! 지금 저희 사무실에 경찰 들이닥쳤습니다! 저 빼고 전부 다 잡혀 들어갔어요! 저는 밖이어서 안 잡혔지만, 조심하셔야 할 겁니다! 형님 어디 있는지 묻더라고요!

"뭔 개소리야! 아무 연락도 안 왔는데! 이 형사, 이 형사한테 연락 안 왔어? 그 새끼가 받은 뇌물이 얼만데!"

-형님! 사무실에 가장 먼저 들어온 게 이 형사입니다! 그 개자식 약 먹었나 봐요! 우리 비밀 장부까지 다 털어갔어요! 우리 죽이려고 작정했나 봐요!

탁-

더 이상 핸드폰을 잡고 있을 힘도 없었다. 김창식은 핸드폰을 떨구고 비틀거렸다. 태현이 빙글거리며 그들을 바라보고 있었다.

"이제 꿇을 생각이 좀 드나?"

"너…… 너, 누구야?"

"그건 네가 알 거 없고. 지금 중요한 건 네 상황이지."

김창식은 그 말에 정신이 확 들었다. 어떻게든 살아야 했다. 이제까지 쌓은 게 얼마인데 이렇게 끝날 수는 없었다.

탁-

"형, 형님!"

"뭐 하고 있어 이 자식들아! 안 꿇고!"

태현이 누군지는 몰라도 한 가지는 확실했다. 그들의 목숨을 갖고 놀 수 있을 정도의 사람이었다.

"나 말고."

"……?"

"저기 뒤에 니들이 방금 난리 친 사람이 있지 않냐?"

조폭들은 조용히 자리에서 일어섰다. 그리고 다시 뒤로 돌아가서 무릎을 꿇었다.

이다비는 깜짝 놀랐다. 조폭들이 와서 무릎을 꿇는 것도 그렇지만 갑자기 태현이 나타난 것이다.

"태현 님. 여기는 어떻게……."

"설명은 나중에 할게. 긴 이야기거든. 일단 이 자식들이 할 말이 있다니까 들어보자고."

김창식은 이를 악물었다. 굴욕감으로 가슴이 타들어 가는 기분이었다.

"저희가…… 한 짓에 대해서 사과드립니다."

이다비는 눈을 깜박였다. 옆에 있던 태현이 심드렁한 태도로 말했다.

"빚은?"

"저희가, 했던 일들에 좀…… 불법적인 게 있었습니다. 이제까지 갚으신 것만으로도 충분할 것…… 같습니다."

"잘했다."

"이, 이제 우리 사이는 끝난 겁니까?"

"뭐가?"

"하라는 대로 무릎을 꿇었으니……."

"내가 아까 말했잖아."

"……?"

"아까가 마지막 기회라고. 아까 거절해 놓고 이제 와서 이러면 안 되지. 사과는 그냥 해야 하니까 한 거 아니었어?"

속았다는 걸 깨달은 김창식의 눈에 불꽃이 튀었다.

"이, 이……."

그 순간 경찰 사이렌 소리가 요란하게 울려 퍼졌다.

타다다닥-

얼이 빠진 조폭들은 제대로 된 저항도 하지 못하고 줄줄이 잡혀 들어갔다. 태현은 김창식을 빤히 쳐다보며 말했다.

"아마 오랫동안 못 나올 거야. 영원히 못 나올 수도 있고. 사실 후자가 가능성이 높지."

"너, 너…… 절대로 잊지 않겠다. 네가 뭐 하는 놈이든 간에……"

"잠깐, 네 장황한 복수 결심을 듣기 전에 한 가지만 더 말해 줄게. 넌 내 목숨 전에 네 목숨부터 신경 써야 해."

"……?"

"너 때문에 싸잡혀서 같은 놈들로 묶인 조폭 아저씨들이 지금 눈에 불을 켜고 움직이고 있을 테니까. 널 안 보내면 자기들이 혹 가게 생겼는데 가만히 있겠어?"

"……!!"

"어쨌든 내 목숨 노리고 싶으면 열심히 해봐. 살아서는 못 볼 거 같지만."

김창식은 대답도 하지 못하고 끌려갔다. 태현은 심부름센터 직원에게 다시 전화를 걸었다.

"잘하셨습니다. 명단에 있는 놈들 계속 감시하는 거 잊지 마시고요. 허튼 짓 하는 놈들 있으면 바로 보고해 주세요."

-알겠습니다. 어차피 그러지도 못할 겁니다.

나름 살면서 험한 꼴, 이상한 꼴 많이 본 직원이었지만 태현이 방금 보여준 건 정말 듣도 보도 못한 것이었다.

어디서 어떻게 권력을 휘둘렀는지 짐작도 가지 않는 복수!

보면서 절로 소름이 돋을 정도였다.

태현과 이다비는 엉망이 된 집에서 서로 마주 보았다. 서로 할 말이 많은 상태였다.

"우리 아직 파트너 맞지?"

"네?"

"확인하고 싶어서. 미리 물어보는 거야. 내가 무슨 일을 했는지 말하면 네가 화를 낼 수도 있으니까."

"화 안 내요."

"그건 듣고 생각해 봐."

태현은 했던 일들을 떠올리며 말했다. 지금 생각하니 뒷조사는 좀 많이 나간 것 같았다.

그러나 이다비는 단호하고 조용하게 말했다.

"화 안 내요. 어떤 일을 했다고 하더라도."

"……진짜?"

"네. 제가 왜 화를 내겠어요. 이런……."

말하려던 이다비는 감정이 북받쳐 올라 멈칫했다.

"일을 해주셨는데……."

"괜찮아?"

"다리에 힘이 좀 풀려서 그래요. 쉬면 괜찮을 거예요."

이다비는 털썩 앉았다. 그제야 엉망이 된 집이 눈에 들어왔다. 방안을 둘러보다가 웃으며 말했다.

"오셨는데 드릴 게 없네요. 물이라도 드릴까요?"

"그전에 내가 뭘 했는지 좀 들어봐."

태현은 설명을 시작했다. 어디서부터 뒷조사를 했고, 오늘 어떻게 오게 되었는지. 감시하고 있었다는 말에 이다비는 헛웃음을 터뜨리기 시작했다. 계속 웃다가 웃음을 멈췄다.

태현은 슬쩍 눈치를 봤다.

"괜찮아?"

"화 안 낸다니까요? 정말 고마워요. 몇 번을 말해도 모자랄 것 같지만 다시 말할게요. 정말 고마워요. 그러니까 그런 걱정은 안 해도 돼요."

"그래. 화 안 났다니 다행이네. 그러면 이제 내가 화 좀 내도 될까?"

"네?"

"난 널 친구라고 생각하고 있었어. 네가 날 어떻게 생각했는지는 잘 모르겠지만. 너도 날 친구라고 생각했다면 이런 일이 생겼을 때 도와달라고 할 수 있지 않았어?"

"폐 끼치고 싶지 않았어요."

"폐 끼치는 게 뭐가 어때서? 그게 친구지. 자기 할 일만 하면 그게 친구야? 네가 그렇게 혼자 처리하려고 하다가 갑자기 사라져 버리면 내 마음은 편할 것 같아? 난 네 도움이 필요할 때 도와달라고 했어. 네 도움이 필요하면 앞으로도 도와달라고 할 거야. 넌 왜 그러지 못하는데?"

"매번 신세만 졌으니까……."

"그래. 이유는 알겠어. 그렇지만 내가 듣고 싶은 건 다른 거야."

"……?"

"날 친구라고 생각해?"

"물론이죠. 그보다 더……."

"더 뭐?"

"아, 아무것도 아니에요."

"어쨌든 친구라고 생각하는 건 맞다 이거지?"

"맞는데요……."

무슨 확답을 얻기 위해 닦달하는 것 같은 태현의 모습이었다.

"그러면 앞으로 무슨 일이 생기면 도와달라고 하겠네?"

"……네. 알겠어요. 그렇게 할게요."

이다비는 웃었다. 태현의 마음이 느껴졌던 것이다. 그렇지만 웃기에는 일렀다. 태현의 다음 말이 나오자, 이다비의 얼굴이 새파랗게 변했다.

"잘됐네."

"네?"

"짐 싸. 다른 곳으로 이사 갈 거니까."

"이, 이건 좀 아니지 않나요?"

이다비는 소심하게 말했지만 태현은 무시했다.

"아, 아저씨. 오셨군요."

"예. 사장님."

관리인이 직접 차를 몰고 와서 태현과 이다비, 그리고 동생들을 태웠다.

"짐은 다음 차에 태워서 따라오게 하겠습니다. 짐이 별로…… 없네요?"

이다비의 얼굴이 살짝 붉어졌다.

"출발합시다. 비어 있는 집 어디 있다고 하셨죠?"

"아, 그게 말입니다, 사장님……."

관리인은 곤란한 표정으로 말했다.

"지금 들어갈 만한 건물들은 다 세입자가 있어서요……."

"그래요? 음. 그냥 우리 집으로 데리고 가야 하나?"

"그, 그, 그건 진짜 아닌 것 같아요!"

태현이 자기 집으로 이다비와 동생들을 데리고 간다는 말을 하자 이다비는 식겁해서 손을 흔들었다. 아무리 생각해도 그건 아니었다!

"하긴, 집에 남는 방 많고 넓긴 해도 거기서 지내기에는 좀 신경이 쓰이려나? 우리 아버지 같은 사람도 있으니까."

"그 문제가 아닌 것 같은데……."

"쉿, 조용히 해."

중얼거리는 이다샘의 옆구리를 이다솔이 찔렀다. 오늘 일어난 일은 마치 꿈을 꾸는 것 같았다. 그러나 분명히 현실이었다. 두 동생은 서로 마주 보고 고개를 끄덕였다.

'언니가 맨날 우리만 신경 쓰느라 고생했는데, 이제는 우리가 언니를 도와줄 때야!'

'그런데 어떻게?'

'보고 있어. 내가 보여줄 테니까.'

그러는 사이 이다비는 어떻게든 태현을 설득하려고 들었다.

"그 집 진짜 괜찮아요. 엉망진창이긴 해도 정리하면……."

"거기 주소 아는 놈들이 있어서 안 돼. 다른 곳으로 옮기는 게 나아."

"그, 그러면 그냥 제가……."

"쓰읍. 친구야 아냐?"

"친, 친구긴 한데……."

"그러면 조용히 하고 있어."

"네……."

이다비는 조용히 입을 다물었다. 그러는 사이 이다솔은 천진난만한 얼굴로 태현에게 물었다.

"오빠. 혹시 오빠 우리 언니 남자 친구예요?"

"너 뭔 소리 하는 거야!!"

"친구는 맞다. 그보다 너희, 이사해도 괜찮니? 너희 의견을 묻는 걸 잊었네."

태현은 걱정된다는 듯이 물었다. 이다비야 그렇다 쳐도 동생들은 정들었던 곳을 떠나는 걸 싫어할 수 있었다.

"좋아요!"

"그런 곳은 예전부터 떠나고 싶었어요!"

'애들아…….'

이다비는 고개를 푹 떨궜다. 동생들이 도와주지를 않다니.

"그러면 이사하는 걸로?"

"네!"

"와! 정말 좋아요!"

동생들의 반응에 태현은 흐뭇하다는 듯이 고개를 끄덕였다. 이제 이사는 확정!

이다비의 말은 무시하고, 태현은 관리인에게 물었다.

"그래서 남는 건물이 아예 없다는 겁니까?"

"아. 있긴 있는데요."

"뭐에요? 있으면 말을 해주셔야죠. 왜 없다고 그래요?"

"아니, 그게 그 건물이…… 좀…….."

관리인은 머뭇거리며 말했다. 그러나 태현은 단호했다.

"거기로 가죠."

"예? 정말 괜찮겠습니까?"

"남는 곳이 거기밖에 없다면서요?"

"네, 그렇긴 합니다만……."

"그러면 거기로 가야죠. 게다가 거기도 일단 아파트 아닙니까?"

"아파트…… 맞지요…….."

어쨌든 집주인은 태현이었다. 관리인은 고개를 끄덕이고는 차 핸들을 돌렸다.

"저, 잘못 온 거 아닌가요?"

"미안. 여기밖에 남는 곳이 없어서."

"아니, 이건 진짜 아니죠! 진짜 이건 아니죠!!"

그제야 제정신이 돌아온 이다비는 발버둥 쳤다. 그러나 태현은 흔들리지 않았다. 지금 그들 앞에 있는 건물은 강남 하이팰리스였다. 국내에서 가장 유명한 초고층 아파트! 김태산이 투자 목적으로 분양받았다가 태현에게 선물한 아파트!

"으아아…… 으아아아……."

이다비는 주차장에 늘어선 각종 수입차들을 보고 기겁했다. 마치 결계처럼 느껴지는 부자들의 기운!

태현은 이다비와 동생들의 등을 떠밀었다. 그리고 카드를 꺼내 문을 열었다.

"안으로 들어가."

"저, 저 사람이 저 쳐다보는데요?"

"보안 직원이잖아……."

"쫓, 쫓겨나는 거 아닐까요?"

"안 쫓겨나."

보안 직원은 태현의 얼굴을 알아보고 고개를 꾸벅 숙였다. 그 모습에 이다비는 흠칫했다.

"엘리베이터도 카드를 써야 해요?!"

"여기 보안이 좀 까다로워서…… 너희 것도 발급해 줄게."

"아, 아니. 다른 곳을 찾아보는 게……."

"다른 곳이 없어서 어쩔 수가 없어."

"잠깐만요…… 우리 지금 꼭대기로 가고 있는 것 같은데…… 기분 탓이죠?"

"아. 펜트하우스야. 미안. 남는 게 없다잖아."

"……이건 진짜 아니에요!"

"야! 버튼 막 누르지 마!"

하이팰리스의 펜트하우스. 100평이 넘어가는 초호화 아파트!

"화, 화장실이 4개……."

혼이 빠져나간 이다비는 내버려 두고, 태현은 동생들을 설득하기 시작했다.

"여기 좋지?"

"좋아요! 호텔 같아요!"

"가본 적은 없지만!"

"그렇지? 이다비랑 같이 살면 좋겠지?"

"네!!"

"네!!"

"설득 끝났어, 이다비. 야. 정신 차려."

"네? 아, 지금 제가 꿈을 꾸고 있나 봐요. 생각해 보니 태현 님이 저를 뒷조사하다가 도와주러 온다니, 너무 말도 안 되는……."

"……그렇게 말하니까 좀 양심이 찔리잖아. 어쨌든 정신 차리고 짐 풀어. 나머지는 내가 처리할 테니까."

다행히 이다비가 원래 있던 달동네와 펜트하우스는 그다지 거리가 차이 나지 않았다. 동생들이 다니는 학교나 기타 수속 걱정은 하지 않아도 될 것이다.

꼬르륵-

"응?"

누군가의 배에서 난 소리! 태현은 이다솔을 쳐다보았다. 이다솔은 고개를 저었다. 다시 이다샘을 쳐다보았다. 이다샘도 고개를 저었다.

'그러면······.'

이다비의 얼굴이 붉어져 있었다.

"······배고플 수 있지. 오늘 그런 일들이 있었는데. 잠시만 기다려 봐. 밥해줄게."

"네? 요리할 줄 아세요?"

"게임에서 요리 스킬을 찍었으니 당연히 할 줄 알지."

"······."

"농담이고, 할 줄 알거든? 오기 전에 아저씨한테 연락해서 뭐 좀 채워놓으라고 했으니 기다리고 있어. 밥해줄 테니까."

"아, 아니에요. 그렇게까지 민폐를 끼칠 수는······."

태현은 이다비를 빤히 쳐다보았다. 이다비는 그 눈빛에 담긴 뜻을 깨닫고 입을 다물었다.

민폐 끼친다는 소리 좀 그만해라.

"······민, 민폐 끼쳐서가 아니라······ 제가 고마우니까 제가 할게요."

"그런 이유라면야 뭐······ 그럼 같이 하던가."

"네?"

"주방 하나 더 있거든. 거기서 만들어."

"······대체 왜 집에 주방이 2개나······."

이다비는 비틀거리며 벽에 손을 짚었다.

그제야 주변의 풍경이 눈에 들어왔다. 영화에서나 본 것 같은 깔끔하고 정갈한 인테리어! 게다가 어마어마한 넓이까지. 살면서 이런 곳을 오게 될 거란 생각은 한 번도 해본 적이 없었다.

"아. 짐은 여기 놔주시면 됩니다. 애들아. 나랑 너희 언니가
밥하는 동안 짐 좀 정리해 줄래?"

"네!"

"어디에다 놓으면 돼요?"

"마음대로 놔. 어차피 너희들 살 곳인데. 여기 카드 있으니
까 필요하면 써……."

"안 돼요, 안 돼!"

이다비는 다급하게 달려와 카드를 뺏어서 태현의 품속에 집
어넣었다. 가만히 있다가는 돌이킬 수 없을 것 같았다.

"왜? 얘네들도 생활비 필요하잖아."

"저도 빚만 아니면 월수입 꽤 되니까 괜찮거든요! 이 집 빌
려준 것만으로도 충분해요. 아, 여기 얼마죠?"

"응? 됐어. 돈 받으려고 하는 거 아니니까."

"그러면 안 돼요! 가까운 사이일수록 돈 계산은 철저하게!"

"됐다니까. 여기가 80이었나…… 헷갈리네."

"여기가 월 80만 원밖에 안 해요?!"

"전세로 80억이란 뜻이었는데."

"……애들아! 나가자! 여기는 진짜 아니야!"

태현은 발버둥 치는 이다비를 붙잡고 앉혔다. 그리고 다시
설득에 들어갔다.

너, 친구야 아니야?

아니, 태현 님. 세상을 그렇게 흑백논리로…….

친구야 아니야?

와, 이거 케인 씨가 당할 때는 몰랐는데 제가 당하니까 진짜 답답하네요. 뭐 이런 치사한……!

타타타탁-

경쾌하게 식재료를 써는 소리. 둘은 지금 같은 주방에 있었다. 주방 2개를 각각 쓰는 일은 일어나지 않았다. 그러지 않아도 이미 충분히 넓었던 것이다.

"음, 괜찮군. 된장찌개 괜찮지?"

"뭐든 괜찮은데요…… 그보다 여기 2층이죠?"

"응. 두 채 합친 집이거든."

'어쩐지 크더라!'

"……잠깐만요, 그거 불법 아닌가요?"

"서류상으로도 두 채로 나눠져 있으니까 불법은 아니야. 그리고 내가 안 했어. 아버지가 했어."

은근슬쩍 책임을 돌리는 태현!

"다 됐다. 애들아! 와서 밥 먹어라!"

"네!"

식탁에 앉는 이다비의 동생들을 보며 태현은 흐뭇한 표정을 지었다.

와구와구-

허겁지겁 먹는 동생들을 보며 태현은 고개를 갸웃거렸다.

"……응? 왜 이다비가 한 요리는 안 먹고?"

"……먹, 먹을게요."

"지금 먹어요!"

눈치를 보며 이다비가 한 요리에 젓가락을 가져가는 둘!

태현은 당황해서 말렸다.

"아니, 억지로 먹으라는 게 아니라…… 난 내 요리보다 평소에 먹던 이다비 요리가 더 잘 맞을 줄 알았는데……."

말과 함께 태현은 이다비의 요리를 한 점 집어 먹었다.

맛이 정말…….

'……심심해!'

극도로 재료와 조미료를 적게 넣은 요리! 극한의 건강식이나 병원식에 가까운 요리였다. 최대한 재료를 적게, 오래 쓰기 위한 요리법!

"……."

"괜, 괜찮아. 건강하고 좋은 맛인데."

"그런 동정은 더 괴로우니까 하지 마세요……."

이다비는 축 처져서 고개를 숙였다.

"대체 뭔 일이 있었던 거냐?!"

-아. 맞다. 아버지. 페라리 끌고 오는 걸 잊었는데 알아서 회수 좀 해주세요. 그리고……

김태산은 욕을 하려다가 멈칫했다. 페라리를 어디다가 버리고 온 게 시작이라면, 그 뒤로는 뭔 이야기가 나오려고?

"그리고 뭐? 뭔데? 사람 불안하게 뜸 들이지 말고 빨리 말해!"

-그게…… 음…….

"너, 사람 죽였냐?! 내가 말했지! 성질 죽이고 다니라고!"

-아니, 아들을 뭘로 보시는 겁니까?

"아니야? 다행이군."

-어쨌든 그 정도까지 걱정하고 계셨다면 지금 제가 할 말 정도는 별로 충격 안 받으시겠네요. 그, 아버지가 예전에 분양받아서 저 주신 하이팰리스 있죠?

"펜트하우스 하나랑 그 밑에 하나랑…… 그랬었지. 왜?"

-거기 쓰려고요.

"아니, 왜? 다른 건물도 많은데 하필이면 왜 그렇게 비싼 걸 써!"

-친구가 지금 곤란해서요. 그리고 다른 건물은 지금 다 세입자 들어가 있다던데요. 잘 살고 있는 사람 쫓아낼 수는 없잖아요. 헉, 아버지 그런 분이셨어요?

"이 자식이……."

김태산은 말끝을 흐렸다. 아픈 곳을 찔린 것이다. 평소에 '세입자한테 잘 해줘라, 갑질하지 마라'라고 말하고 다녔던 것이다.

"친구 일이라면 어쩔 수…… 없지…… 네 건물이기도 하고……

거기가 얼마짜리인데…… 투덜투덜……."

-아버지, 속마음이 나오고 있어요.

"시끄러, 인마. 그래서 어느 친구인데? 상윤이? 그 저번에 너하고 같이 다니던 케인이란 친구? 그런 애들이면 그냥 우리 집에 불러서 재워도 되지 않나? 남는 방도 많은데."

-아, 가족들까지 재워야 해서 우리 집은 좀 그렇더라고요. 아버지 같은 사람도 집에 있으니 불편할 거 같고.

"……오냐. 알겠다. 그런데 가족들까지라니. 무슨 일이 있었길래? 그 케인이란 친구인가?"

-아뇨. 이다비라는 친구인데요.

"이다비…… 이다비…… 어디서 들어본 것 같은 이름인데…… 그런 친구가 있었나? 남자애 이름이 특이하네."

-여자앤데요.

"……응? 뭐라고? 내가 잠깐 잘못 들은 것 같은데."

-그리고 여기 하이팰리스 다른 층에 집 하나 더 남으니까 이건 게임단 건물 겸 숙소로 쓰려고요. 저도 거기서 지낼까 싶어요. 이다비 걔가 걱정되기도 하고요.

콰당탕탕탕!

-아버지? 아버지?

크게 넘어지고 구르는 소리가 났다. 태현은 당황해서 김태산을 불렀다.

-아버지, 괜찮으세요?

"당연히 괜찮지! 잠깐만, 그보다 지금 이게 대체 어떻게……."

김태산은 고개를 흔들었다.

'오늘 만우절 아니지? 아니고. 이 자식이 나한테 거짓말할 이유라도 있나? 없고. 대체…… 이게 뭔…… 아니, 나가면 윤희랑 오붓하게 즐길 수 있으니까 좋긴 한데…….'

김태산은 순간 상상에 잠겼다.

"윤희야! 태현이가 나가서 혼자 산대!"

"정말요? 무슨 이유 때문에요? 설마 둘이 싸워서 쫓아낸 건 아니죠?"

"내가 그럴 거면 진작 그랬지! 들어보니까 여자애가 걱정되어서 그 근처에 산다는 거야! 완전 멀쩡한 이유지!"

"……그걸 지금 말이라고!!"

'안 돼!'

김태산은 상상에서 깨어났다. 끔찍한 파멸이 미래에서 보이고 있었다.

"야, 설명을 좀 더 자세히……."

-아. 죄송합니다. 지금 밥 먹는 도중이라 나중에 전화 드릴게요.

"지금 그게 할 소리냐! 잠깐만, 너 설마 그 이다비란 친구랑 같이 밥 먹는 거야?"

-네. 맞는데요. 그리고 밥상에서 예절 지키라고 한 건 아버지 아니셨어요? 쓸데없이 전화하지 말라고…….

"지금 그게 이 상황이랑 맞다고 생각하는 거냐!!"

-규칙은 규칙이죠. 어쨌든 다 먹고 전화 드릴게요.

"야, 야!! 야!!"

뚝-

태현은 정말로 끊어버렸다. 김태산은 혼란에 빠져서 비틀거리다가 자리에서 일어섰다.

"가, 가서 직접 봐야겠다. 대체 무슨 일이 일어나고 있는자……."

차고로 간 김태산은 페라리가 없다는 걸 깨달았다.

"……여보세요, 택시죠?"

일단 페라리부터 챙겨서 가야 할 것 같았다.

"누가 오셨는데요?"

"종교 안 믿는다고 해."

"……이런 곳에 어떻게 그런 사람이 들어와요?!"

이다비가 생각해도 그건 아니었다. 보안 직원이 입구에서부터 지키고 있는 데다가 외부인은 검사를 받지 않으면 들어올 수도 없는 곳!

"논리적이군. 누구지? 어……."

"누구신데요?"

"아버지?"

"풉!"

이다비는 마시고 있던 물을 작게 내뿜었다. 뒤에 김태산이 혼이 나간 얼굴로 서 있었다.

"정, 정말…… 정말로, 진짜로 있는 친구였잖아?"

"……뭐 가상 친구라도 되는 줄 알았습니까?"

태현은 어이없다는 듯이 대꾸했다.

"아, 아니…… 네가 독립하려고 가상 친구를 만든 줄 알았지……."

옆에서 듣던 이다비가 무심코 중얼거렸다.

"태현 님, 가상 친구도 있어요?"

"그런 거 없어."

당황했던 김태산은 이다비와 이다비 동생들을 보고 헛기침을 하고 몸가짐을 바로 했다.

"아, 미안하게 됐습니다. 이 시간에 이렇게 찾아오는 건 예의가 아닌데. 난 또 태현이가 나 놀리려고 거짓말한 줄 알고……."

이다비 가족 세 명은 태현을 빤히 쳐다보았다. 그 눈빛의 뜻은 하나였다.

'아버지랑 이러고 놀아요?'

그러나 태현은 당당했다.

이러고 놀 수도 있지!

그러는 사이 이다비는 입을 열었다. 미안해하는 김태산을 내버려 두는 건 예의가 아니었다.

"아니에요. 저희가 신세를 지고 있는걸요. 오늘 정말 태현 님에게 신세를 많이 졌……."

'태현이 저놈이 어떻게 저렇게 예의 바른 여자애와 친해진 거지?'

김태산의 생각이 끝나기도 전에 태현이 끼어들었다.

"아니야. 이 시간에 찾아오는 건 확실히 예의가 아니지."

김태산은 울컥해서 태현을 쳐다보았다. 그러거나 말거나 태현은 손을 내밀었다.

"아버지, 카드 주시죠. 이제부터 이다비랑 동생들이 살 건데 아버지가 갖고 있으면 불안해할 거라고요."

"이, 이 자식……!"

사랑에 빠지면 부모도 못 알아본다던데, 설마 태현이 이럴 줄이야! 아니, 생각해 보니 원래 이러긴 했지만…….

김태산은 투덜거리며 카드를 건넸다.

"옛다. 됐냐?"

"감사합니다. 아버지."

김태산은 이다비와 동생들의 눈치를 슬쩍 보더니, 태현을 데리고 다른 방으로 이동했다.

"그래서…… 저 사람이 그거냐? 응?"

"……?"

"있잖아. 그거…… 알면서 왜 그래!"

"컥!"

김태산은 자기 입으로 말하기 부끄럽다는 듯이 주먹을 휘둘렀다. 별생각 안 하고 있던 태현은 옆구리에 주먹을 맞고 신음을 내뱉었다.

"조, 조폭한테도 맞은 적 없는데……."

"아. 미안하다."

"아버지…… 제발 힘 조절 좀……."

"네가 자꾸 말 돌리니까 그렇지!"

"아버지가 자꾸 말을 이상하게 하니까 그렇죠! 그게 뭔데요!"

둘의 목소리는 점점 커졌다.

"아니, 둘이 사귀냐고 이 자식아!!"

처음에는 조용하게 말하려고 했지만 태현이 대답을 안 하자 김태산도 답답해져서 목소리가 커졌다. 마지막 말은 거의 외치는 수준!

"풉!"

저 멀리 있던 이다비가 다시 물을 마시다가 목에 걸리는 소리를 냈고, 떠들던 이다비와 동생들은 조용해졌다.

김태산도 그걸 눈치채고 얼굴을 붉혔다. 조용히 물어보려고 했는데, 이래서는 그냥 눈치 없는 아저씨 아닌가!

"미, 미안하다."

"뭘 그런 걸 가지고…… 그리고 안 사귀는데요."

"뭐? 진짜? 그러면 이세연이야?"

"대체 어떻게 생각해야 거기서 그러면 이세연이 나옵니까? 그런 거 아니라니까요."

"아, 아니야? 난 네가 이세연 같은, 너보다 훨씬 예쁘고 착하고 성격 좋고……."

태현은 김태산이 그를 공격하는 말을 가만히 들어주었다.

어디까지 하나 보자!

"……그런 애하고 열애설이 났는데 부정한 이유가 다른 사귀는 사람이 있어서 아닌가 했는데."

"이세연이랑 그런 사이가 아니라서 부정한 게 아닐까요? 보통 그 가능성을 먼저 생각하지 않습니까?"

"크흠. 그래서 사정이나 말해줘라. 어떻게 된 건지."

"어떻게 된 거냐면……."

태현은 간단하게 설명했다. 이다비는 게임에서 만났는데, 이것저것 도움도 많이 주고 여러모로 사람도 괜찮아서 친해졌고, 그런데 얘가 좀 치사하게 도움 안 받으려는 게 있어서 사람 풀어서 뒷조사를 했는데…….

"뭐라고?"

"뭐가요?"

"아, 아니. 잠깐만. 나만 이상하게 생각하는 건가?"

김태산은 혼란스러워했다. 방금 뭔가 이상한 말이 나오지 않았나?

"두 분 다 뭐 좀 마시면서 이야기하세요."

"아. 고마워."

이다비가 와서 음료수를 주자, 태현은 감사해하며 받았다. 김태산도 얼떨결에 받았다.

"어, 저, 그, 저기, 그쪽도 알고 있는 건가?"

"뭐가요?"

"저기, 이, 그, 내……."

"아버지. 이다비가 이상하게 보잖아요."

"너 때문이잖아!!"

김태산은 기가 막혀서 외쳤다. 괜히 잘못 말했다가 태현이 이상한 놈으로 찍힐까 봐 말을 고르고 있었는데!

"그…… 얘가…… 그쪽을…… 뒷조사……."

"아, 사람 풀어서 뒷조사한 거요? 들어서 알고 있어요."

"……괜, 괜찮은 건가!?"

"다른 사람이면 아니지만 태현 님이 한 거니까 괜찮아요."

이다비는 다시 돌아가고, 김태산은 여전히 혼란스러워했다.

'둘이 대체 무슨 사이야?!'

"아버지 때문에 설명이 끊겼잖아요."

"어, 어? 그래. 미안하다. 그래서 다음은?"

뒷조사를 했는데 악질적인 놈들이 있어서 변호사 아저씨부터 시작해서 아버지 친구분 중 가능한 인맥에 모두 연락하고, 유 회장한테도 연락을 해서…….

"쿨럭, 쿨럭!"

유 회장까지 나오자 김태산도 사레가 들렸다.

"왜요?"

"아…… 아니야. 계속해봐."

그래서 다 일이 끝났는데 혹시 모르니까 이사시키고 저도 이 근처에서 지내면서 상황 좀 보려고……. 여기까지가 태현의 설명이었다. 김태산은 고개를 끄덕였다. 납득의 의미가 아니라 혼이 빠져서 기계적으로 끄덕인 것이었다.

"일단…… 잘했다. 정말…… 완벽하게 일 처리를 했구나?"

"감사합니다?"

"내가 그렇게 가르치긴 했는데……."

일을 크게 벌이면 확실하게 끝낸다. 김태산이 버릇처럼 말하긴 했어도 태현이 진짜 저렇게 확실하게 끝낼지는 몰랐다. 들어보니 관련자들은 영원히 감옥에서 썩을 게 분명했다.

"잘하긴 했고, 친구를 위해서 그 정도는 해줄 수 있지. 그렇지. 그런데…… 근데 진짜 친구 사이라고?"

김태산은 고민하다가 말을 멈췄다. 요즘 애들은 친구 걱정을 저렇게 진지하고 격렬하게 하나? 아니, 내 아들이니까 좀 다를 수도 있겠지만…….

"네. 왜요?"

"음…… 아니다. 아냐. 어쨌든 잘 알겠다…… 윤희한테는 내가 말하마."

"네? 제가 말할게요. 왜 아버지가?"

"가만히 있어, 인마!"

김태산은 벌컥 소리쳤다. 태현은 분명 사실 그대로만 당당하게 말할 것이다. 그러면 뒷감당은? 김태산이 뒤집어쓰게 될 게 분명! 왜 잘못은 태현이 했는데 가만히 있던 그가 혼나야 한단 말인가.

"어쨌든 나, 간다. 그…… '친구' 잘 보살펴 주고……."

"아, 같이 나가죠."

"뭐?"

"저도 어차피 밑으로 가서 숙소 준비해야 하잖아요. 앞으로 거기서 지낼 텐데."

"……진짜 친구 사이인가?"

"네?"

"아무것도 아니야. 인마."

김태산이 가고 나서 뭐 오붓하게 있는 것도 아니고, 같이 나간다는 태현의 말을 듣고 김태산은 '설마 진짜 친구인가?' 싶었다.

'그래…… 태현이 저놈 인간관계 이상한 게 어제오늘 일도 아니고…….'

김태산은 그렇게 생각하며 집을 나섰다. 그렇게 그날 밤은 끝이 났다. 정말 길었던 밤이었다.

"축하한다. 케인."

-뭐? 뭔데? 설, 설마 대족장한테 가서 자폭시키려고…….

-……아니야. 인마. 게임단 만들었고 숙소 구했으니까 오라고.

-뭐!? 진짜?!

케인은 자리에서 벌떡 일어섰다.

"주소가 어디냐면……."

-잠깐만, 나 말 좀 하고 올게!

-동생아! 드디어 내가 게임단에 들어가게 됐다! 저번에 '오빠는 왜 그러고 살아'라고 말했던 거 취소해! 이 자식아!

-정말 게임단 맞아? 어느 게임단인데?

-그, 그게…… 게임단 이름이…….

-……오빠. 아무리 그래도 사기는 치면 안 돼…… 내가 너무 심하게 말하긴 했지만…….

-아니, 거짓말 아니야! 진짜라고! 내가 대회 우승한 것도 봤으면서!"

-그건 그렇지만…….

전화 너머로 들리는 목소리를 들으며 태현은 살짝 미안해졌다. 가족들 사이에서 얼마나 구박을 받았으면……

-나, 나 왔다. 어쨌든 그래서 어디라고?

"주소 보내놨고, 오면 말해. 서류 줄 테니까. 너처럼 게임단 들어갈 애들 몇 명 부를 수 있어."

-숙소가 넓나 봐?

"음…… 이다비네 집보다는 작지만……."

-이다비 집이 왜 나와?

케인은 고개를 갸웃거렸다. 왜 이다비 집이 나오지?

"아. 별거 아니야. 어쨌든 오라고."

-그래. 지금 간다!

케인은 신이 나서 짐을 챙기기 시작했다. 여동생이 '괜찮은 거 맞아?'하는 눈빛으로 쳐다봤지만 케인은 아랑곳하지 않았다. 곧 여동생도 그가 거짓말을 하지 않았다는 걸 알게 되리라!

"어, 어, 어……."

"죄송하지만 무슨 일로 오셨죠?"

"어, 그게, 저. 그게……."

직원이 나와서 수상쩍다는 눈빛으로 케인을 쳐다보자, 케인은 완전히 얼어붙었다. 여기는…….

'강, 강남 하이팰리스!'

부자들과 연예인들만 산다는 바로 그 초호화 아파트 아닌가! 케인은 깨달았다. 태현이 그를 속인 것이다.

'너무하잖아…… 김태현! 내가 뭘 잘못했다고! 헉. 잠깐만. 내가 뒷담 간 게 걸렸나!?'

되레 찔린 케인. 그러나 아무리 떠올려 봐도 그가 이렇게 당할 만큼 잘못을 하지는 않았다. 뒤에 짐을 잔뜩 짊어지고 있는 케인은 횡설수설하며 여기 어떻게 오게 됐는지 설명하려고 했다. 그러나 그럴수록 직원의 눈빛은 수상쩍게 변했다.

급기야 품속에서 무전기를 꺼내 드는 직원! 그 순간 태현에게 전화가 왔다.

-야, 언제 와?

"이, 이 나쁜 자식아!"

-……?

"내가 뭘 잘못했다고 이러는 건데!"

-……일단 '이러는 게' 뭔지 좀 설명해 줄래?

"여기가 숙소일 리가 없잖아!!"

"숙소 맞는데 이 자식아."

갑자기 전화가 아닌 앞에서 목소리가 들리자 케인은 기겁했다. 태현이 안에서 나오고 있었다.

"······속인 게 아니었어?"

"와, 날 그렇게 생각한 거야? 갑자기 빈정 팍 상하는데. 나는 누굴 위해서 이렇게 좋은 숙소를 구했는데······."

딱히 케인 때문에 구한 숙소는 아니었다. 주로 이다비 때문이었지. 그러나 케인이 그런 사정을 알 리는 없었고, 케인은 매우 미안한 얼굴로 고개를 숙였다.

"미, 미안······! 난 그것도 모르고······!"

"됐어. 나 빈정 상했어."

"아니야! 내가 잘못했어! 크흑흑! 이 입! 이 입이······!"

보안 직원들은 기묘한 눈빛으로 두 남자의 대화를 지켜보고 있었다. 태현이야 이미 알고 있었다. '그' 김태산의 아들인데다가, 이번에 방송으로 유명해졌으니 당연한 일이었다.

"잠깐, 그러면 저 사람은 케인인가?"

"아. 그렇겠네. 수상한 잡상인인 줄 알았는데. 케인이겠네."

"그런데 방금 숙소라고 한 것 같은데······."

"잘못 들었겠지. 이런 곳을 숙소로 쓰는 게임단이 어디 있겠어?"

"일단 올라가자고. 짐 풀어야 하니까."

"넵!"

"존댓말 쓰지 마. 재수 없어."

"응……."

케인은 시무룩해져서 태현의 뒤를 따라갔다.

"헉……!"

"헉 소리를 몇 번이나 내는 거야?"

입구에서부터 시작해서 엘리베이터, 현관, 거실까지. 케인은 볼 때마다 기겁해서 깜짝 놀랐다.

"정말 우리가 이런 곳에서 사는 거야?"

"어. 캡슐은 여기다 놓으면 되겠지."

"내, 내가 이렇게 호화로운 곳에서 살게 되다니……!"

'이다비가 펜트하우스에서 지내는 건 굳이 말해줄 필요 없겠군.'

태현은 케인이 행복해하는 걸 보고 그렇게 생각했다.

찰칵, 찰칵-

"뭐 하냐?"

"동생한테 사진 찍어서 보내주려고!"

"희한한 짓을 하네."

"동생도 이걸 보면 믿어주겠지!"

케인은 신이 나서 문자를 보냈다. 그리고 잠시 후 답장이 왔다.

[오빠. 내가 잘못했으니까 제발 그런 짓은 그만둬!]

"……혹시 동생 불러도 되냐?"

"응? 뭐 마음대로 해라. 어차피 짐 풀어놓고 각자 방 잡아야 하니까."

케인이 뭐라고 하거나 말거나, 태현은 주변을 둘러보며 구상을 하고 있었다.

'펜트하우스보다 방 수는 적지만 대충 지내는 데 문제는 없겠군.'

펜트하우스보다 작은 거지 무려 90평이 넘는 집이었다. 지금 인원보다 몇 배가 더 몰려와도 지내는 데에는 상관이 없었다.

'여기는 캡슐 놓고, 이 방은 각자 지내는 용도로 쓰고……'

"야, 김태현! 옷은 어따 놓으면 돼? 행거 어디 있어?"

"방 안쪽 보면 드레스룸 따로 있다."

케인은 조용히 방 안으로 들어갔다. 그리고 비명을 질렀다.

"욕실이 방에?!"

케인을 시작으로, 정수혁과 최상윤까지 숙소에 찾아오기 시작했다. 하이팰리스를 숙소로 정했다는 태현의 말에 최상윤은 결국 올 게 왔다는 표정을 지었다.

"드디어 네가 돈지랄을 하기로 마음먹었구나!"

"남는 건물이 없어서 고른 건데."

"……어쨌든 간에!"

최상윤은 케인과도 악수했다. 서글서글하게 생긴 훈남의 모습에, 케인은 움츠러드는 걸 느꼈다. 왠지 모르게 느껴지는 패배감!

"안녕하세요?"

"안, 안녕하세요."

'그러고 보니 이 사람은 판온에서 무슨 플레이어지?'

케인은 속으로 궁금해했다. 최상윤은 웃으면서 말했다.

"방송에서 많이 봤습니다. 태현이랑 같이 다녔으니…… 흠흠. 고생이 많으셨겠……."

울컥!

갑자기 케인은 뭔가 울컥하는 걸 느꼈다. 진심으로 '고생 많았겠다' 하는 눈빛인 최상윤. 다른 건 몰라도 게임 같이하면 같이하는 사람 엄청 고생시키는 게 태현이라는 걸 최상윤은 잘 알고 있었던 것이다.

'왜, 왜 눈물이 나려고 하는 거지?'

"월급은 이 정도고, 다음과 같은 활동을 할 때 게임단 소속으로 활동하고……."

"잠깐, 벌써 스폰서 구했어?"

최상윤은 의아하다는 표정으로 물었다. 보통 후원하는 기업이 붙지 않고 개인들이 모여서 시작하는 게임단은 처음에는 가난할 수밖에 없었다. 돈줄이 붙기 전까지는 월급이고 숙소고 뭐고 자기들끼리 알아서 버틸 수밖에 없는 것!

"아니, 내 돈으로 할 건데."

"아. 응. 그래."

최상윤은 '그, 그러면 되겠네'라는 표정으로 고개를 끄덕였다. 마음만 먹으면 게임단 몇 개는 운영할 수 있는 게 김태현 가족!

"선배님, 그런데 저 같은 사람이 들어가도 괜찮겠습니까?"

"네가 뭐 어때서 그래. 자신감을 가져. 저기 케인을 보라고."

태현은 케인을 가리켰다. 지금 다들 탁자에 앉아서 진지한 이야기를 하는 동안, 케인은 막 도착한 여동생한테 자랑을 늘어놓고 있었다.

"봐! 내가 거짓말 한 게 아니잖아! 날 뭘로 보고!"

"그런데 오빠, 지금 저기서 진지한 이야기 하는 거 아니야? 여기서 이러고 있어도 돼?"

"헉! 김, 김태현. 나 빼놓고 진행하면 안 되지!"

"네가 빠져놓고 뭐라는 거야?"

케인은 후다닥 달려왔다. 케인의 여동생, 김예리는 고개를 숙여 인사했다.

"안녕하세요. 오빠가 신세 많이 지고 있습니다."

"동생이 똑 부러졌네. 누구랑은 다르게."

"야, 나 옆에 있거든?"

여동생 칭찬에 케인은 억울한 표정을 지었다. 여동생이 얼마나 그를 갈구는지…….

"넌 고3이 수능도 얼마 안 남았으면서 왜 이러고 있어? 빨리 가! 훠이훠이!"

"고3이야?"

태현은 갑자기 유지수 생각이 났다. 유지수도 지금 수능을 준비하고 있을 테니, 케인의 여동생과 동갑인 것이다.

"네. 그런데 저는 준비 다 해서 괜찮아요."

"오, 진짜? 어디 노리는데?"

"한국대 교육학과요."

"와……."

태현은 케인의 여동생을 한 번 보고, 케인을 다시 쳐다보았다. '같은 부모님일 텐데 어디서 이렇게 차이가……'

"너, 지금 속으로 내 욕했지?"

"자식. 많이 예리해졌군."

태현은 살짝 감탄했다. 케인 주제에 이 정도의 눈치라니.

"네 동생은 공부 되게 잘하나 보다?"

"그야 나는…… 적성이 게임이고……."

말하던 케인은 멈칫했다. 생각해 보니 태현도 한국대 학생 아니었나?

'세상은 불공평해!'

"저, 이거……."

김예리는 들고 온 음료수 선물세트를 꺼내 건넸다.

"오빠가 신세를 많이 지는 것 같아서 갖고 왔어요."

태현과 정수혁은 놀라서 김예리를 쳐다보았다. 이런 마음 씀씀이라니! 말도 안 돼!

그러자 케인이 초조해져서 주머니를 뒤적거렸다.

"나, 나는 볼펜 갖고 왔……."

"⋯⋯그냥 집어넣어라."

"응⋯⋯."

김예리는 케인의 동생이었지만 정말 야무진 학생이었다. 게임단의 대우나 이후 활동, 계획에 대해 이것저것 물어왔다. 제대로 계약서도 안 읽고 도장 찍은 케인과는 정반대되는 모습!

"그런데 김예리 씨는 판온에 관심이 있나? 상당히 예리한 질문을 하네. 누군가하고는 다르게⋯⋯."

"편하게 불러주셔도 돼요. 그리고 판온은 안 해봤어요. 그냥 오빠가 그걸로 적성을 정해서, 이것저것 알아봤어요. 알다시피 오빠는 제대로 알아보지 않고 저지르는 경우가 많아서⋯⋯."

"정말⋯⋯!"

"말도 안 돼⋯⋯!"

"그만 좀 해, 이 자식들아!"

여동생이 무슨 말만 해도 자기랑 비교하자 케인이 울컥해서 외쳤다. 그때 이다비가 들어왔다.

"안녕하세요⋯⋯ 응? 누구세요?"

"케인 여동생. 여동생인데 엄청 야무진 사람이야."

"네? 정말요?"

깔끔한 설명! 케인은 반쯤 포기했다. 한숨을 한 번 푹 쉰 케인은 뭔가 이상하다는 걸 깨달았다.

"어? 이다비. 너 여기 와본 적 있냐? 안 신기해?"

"네? 아, 그게⋯⋯."

자기는 이 넓고 화려한 공간을 보자마자 신기해했는데, 이다비는 별로 놀라지도 않고 익숙한 태도로 들어온 것이다.

그러자 태현이 핀잔을 줬다.

"너 빼고 신기해한 사람 없다."

"그, 그러냐……."

이다비는 이 위에 산다고 말해야 하나 말아야 하나 고민하다가 얌전히 자리에 앉았다.

'여동생이라니…….'

이다비는 신기하다는 듯이 김예리를 쳐다보았다. 얼마나 똑부러졌길래 오자마자 저런 설명을?

"여기 보면 스폰서가…… 만약 방송에 나가거나 개인 방송 같은 건…… 그러네요. 어차피 오빠는 못 할 거 같고……."

자세하고 치밀하게 물어오는 여동생!

"와!"

"그치? 그치?"

태현은 이다비한테 '그거 봐라'라는 태도로 말했다. 이다비는 고개를 끄덕이며 동의했다.

"정말…… 여동생이……."

"아니에요. 그냥 오빠가 신경을 안 써서 제가 신경을 쓰는 거지, 저도 평범한 고등학생이에요."

"보통 평범한 고등학생은 그렇게 자기소개를 안 하지만…… 그래, 뭐 알겠어."

"진짜예요. 이거 다 물어보면 다른 것도 물어보려고 했었거든요."

"예를 들어서 뭐?"

김예리의 얼굴에 순간 짓궂음이 맴돌았다.

"저희 반 애들이 궁금해하던데, 이세연 씨랑 사귀시나요?"

"아, 맞다 그거! 나도 그거 물어보려고 했…… 아니. 미안. 그냥 별생각 없이 한 말이야."

케인은 화살이 돌려진 데다가 태현을 공격할 기회가 오자 신이 나서 끼어들었다. 그러나 태현과 눈이 마주치자 곧바로 고개를 숙였다.

"안 사귀는데."

"정말요? 다들 김태현 오빠 욕하더라고요. 평소에는 김태현 오빠 팬인 애들인데."

평소에는 태현의 팬이었지만, 이세연과 열애 기사가 터지자 학생들은 배신감에 떨었다.

-형이 그러면 안 되죠! 형! 게임만 잘하셔도 되잖아요!
-그렇게 다 가지셔야 했어요!?

오랜 팬이고 뭐고 없는 배신감!

그러거나 말거나 태현은 어깨를 으쓱거렸다.

"원래 판온 1 때부터 난 팬보다 안티가 더 많았어."

"그보다 내 이야기는 없었어?"

"오빠 좋아하는 애들도 꽤 있어."

"정말?! 네가 내 동생인 거 아니까 뭐래?"

케인은 눈을 반짝이며 좋아했다. 그러나 김예리는 냉정하게
말했다.

"난 오빠가 케인인 거 애들한테 말 안 하고 다녀."

"왜, 왜? 내가 부끄러워서?"

"⋯⋯그렇게 말하면 이제 부끄러워질 거 같아. 그래서가 아
니라 말하면 애들이 귀찮게 할 테니까."

이다비는 태현과 눈빛을 교환했다.

'정말 똑 부러지네요.'

'그치?'

CHAPTER 4

"방송 출연 자유, 개인 방송도 자유, 어디서 광고를 찍든 말든 마음대로…… 야, 네가 사장인 건 알겠는데 이렇게 마음대로 해도 돼?"

최상윤은 혀를 내두르며 물었다. 태현이 만든 게임단의 계약 조건은 압도적으로 파격적이었다. 보통 게임단에 들어가는 선수들은 게임단의 지원을 받는 대신 이런저런 제약을 달게 됐다. 방송 출연이나 광고, 심지어는 개인 방송까지. 당연하다면 당연한 일이었다.

그러나 태현은 아무런 제약을 달지 않았다.

"뭐, 하고 싶으면 하던가. 난 신경 안 써. 대신 내가 원하면 바로 쫓아낼 수 있으니까. 쫓겨나기 싫으면 알아서 조심하겠지. 사고 치지 마."

순간 자리에 있던 모두의 시선이 힐끗 케인을 향했다가 돌아왔다.

"왜, 왜 나를 봐?"

"파워 워리어 활동은 괜찮나요?"

"마음대로 해."

"게임단 선수들 등장시켜도 되나요?"

"마음대로 해. 애초에 너도 선수잖아."

"네?! 저도요?!"

"그러면 내가 왜 너한테 그걸 다 설명했겠어?"

태현은 뭔 당연한 소리를 하냐는 듯이 이다비를 쳐다보았다. 케인은 고개를 갸웃거리며 물었다.

"어? 이다비한테 언제 설명 따로 했어?"

"……어쨌든 너도 선수로 뛸 거야."

"저, 저 상인 직업인데요……?"

"태현이가 저러는 거 보니 무슨 생각이 있는 거겠죠."

최상윤은 어깨를 으쓱거렸다. 태현은 쓰레기 같은 직업도 써먹을 방법을 찾는 데에는 도사였다. 이른바 쓰레기 직업 전문가!

"근데 우리 게임단 이름 뭐야?"

"그건 지금부터 정해야 해."

"……."

"서류에는 임시로 다른 이름 올려놓긴 했는데 그대로 갈 거 아니니까. 좋은 생각 있는 사람?"

번쩍!

정수혁이 손을 들었다.

"오. 수혁이. 뭐 좋은 생각 있니?"

"선배님께서 만드셨으니 〈김태현 게임단〉 어떻습니까!"

"그건 좀 아니지 않냐?"

"맞아."

"아니, 괜찮은 거 같은데요?"

이다비만 혼자 찬성!

태현은 잠깐 생각에 잠겼다. 보통 대회나 중계에서 '게임단'은 빼고 말할 테니…….

─아, 팀 김태현! 또 졌어요! 팀 김태현이 이걸로 최하위를 차지합니다! 아무리 김태현 선수가 혼자 열심히 해도 다른 선수들이 도와주질 않으니 한계가 있네요! 팀 김태현! 이걸로 꼴찌입니다!

오싹!

"……아냐, 다른 걸로 하자. 그건 좀 아니야!"

순간 불길한 미래를 본 태현은 재빨리 방향을 틀었다.

"좀 무난한 이름 짓자고. 들어도 나랑 별 상관없는 거 같은 이름."

"왜 상관없는 이름을?"

"그건 중요하지 않아. 빨리 정하기나 하자고."

"무난한 이름이라면…… 알파벳이지 역시. 일단 K를 넣자! 김태현도 K 들어가고 내 닉네임도 K로 시작하잖아! 그리고 K하면 역시 KING 느낌 나서 좋지 않아?"

"어, 오빠 닉네임 그 성경에서 나오는 카인에서 따온 거 아니었어?"

"맞는데?"

'……그러면 C 아닌가?'

그렇지만 케인의 여동생은 굳이 입 밖으로 꺼내지 않았다.

압도적 배려! 이미 다른 사람들은 눈빛으로 '와 저 나이에 아직도 저런 중2병 넘치는 닉네임을 짓다니'라고 말하고 있었다.

"그다음은 L! Lezend의 L이지!"

'Z가 아니라 G야……!'

"그러면 대충 합치면 KL? 나중에 뜻 물어볼 때 설명하긴 좋겠네."

"어? 진짜 이걸로 갈 거야?"

케인은 자기가 말해놓고서도 태현이 선선히 받아들여 주자 당황했다. 정말 이렇게 대충 짓는다고?

"뭐 우리가 후원받는 것도 아니고…… 그리고 이 팀 이름의 장점이 하나 있지."

"……?"

"팀 성적 안 좋으면 K는 케인의 K라고 할 수 있으니까."

"……."

"그러고 보니 L로 시작하는 단어 중에서 lapin이란 단어도 있지 않았나?"

"그게 무슨 뜻인데?"

"하하. 나중에 성적 안 좋아지면 찾아봐."

태현 일행은 그렇게 이름 짓기를 마무리하고 일단 헤어졌다. 이것저것 떠드느라 시간을 많이 썼지만, 그들에게 가장 급한 건 판온이었다. 게다가 현재 진행하고 있는 퀘스트도 있지 않은가!

"캡슐 왔다! 내가 먼저 쓸 거야!"

뒤에서 신나서 방방 뛰는 케인은 무시하고, 태현은 이다비를 바래다주었다.

"그런데 태현 님."

"……?"

"발표는 언제 할 거예요?"

"응? 뭔 발표?"

"게임단 만드신 거 발표요……."

"아, 그거 해야 하나? 별생각 없었는데."

이다비는 '이 사람은 정말 왜 이럴까' 하는 눈빛으로 태현을 쳐다보았다. 게임단에게서 빼놓을 수 없는 것. 그것은 홍보! 대회에서의 승리도 홍보의 일종이었다. 대회에서 맨날 패배하는 게임단은 이름 알릴 기회도 없으니까. 그렇지만 대회만 기회는 아니었다. 다른 활동으로도 홍보할 수 있었다.

방송에 나간다거나, 자선 활동을 한다거나, 구설수를 일으킨다거나…….

"마지막은 이상한데?"

"저도 말하고 이상하다고 생각했어요. 어쨌든 다들 홍보할 기회가 없어서 만들려고 노력하는데 이런 거 발표 안 하는 건 말도 안 돼요! 발표해야죠! 기자들도 부르고!"

"우리가 게임단 만든 소식이 그렇게 관심을 끌 소식인가? 그냥 카톡 프로필에 〈게임단 만들었습니다〉 쓰면 안 되나?"

태현의 말은 가볍게 무시하고 이다비는 단호하게 말했다.

"……연락만 하면 사람들 우르르 몰려올 테니까, 꼭 하셔야 해요."

"알겠어. 알겠어. 하면 되잖아."

"이따가 보자고."

"그래!"

새로 온 캡슐에 들어간 케인은 기분 좋게 눈을 감았다.

새로 시작한 숙소 생활. 뭔가 잘 풀리는 그런 기분!

'아, 오늘 왠지 운이 좋을 거 같은 그런 느낌이 들어.'

케인은 싱글벙글 웃으며 게임에 접속했다. 그리고…….

웅성웅성-

"아, 여기 진짜 길 복잡하네. 여기 지도 사야 하나?"

"경매장에서 팔아. 비싸긴 한데 사는 게 좋아. 간략하긴 해도 없는 것보단 낫거든."

"아니 완전 도둑놈들이네. 자세한 지도도 아니면서 이 가격이야?"

투덜거리는 파티들. 한둘이 아니라 1분 간격으로 파티들이

지나가는 게 보였다. 케인은 눈을 깜박였다.

'내가 대도시 근처의 사냥터에서 껐나? 아닌데? 우르크 지역에서 껐는데?'

우르크 지역은 엄청나게 넓은 것에 비해 아직 플레이어들은 많지 않았다. 알려진 마을도 얼마 없는데 나오는 몬스터들의 수준은 높고, 거기에 얻을 게 딱히 없었던 것이다. 굳이 새로운 모험을 원한다면 이번에 투기장 대회로 유명해진 남쪽 프리카 대륙으로 가면 됐고. 그런데 지금 케인 주변은 마치 중앙 대륙의 왕국 근처 같았다.

10초 간격으로 파티 하나가 지나가는 활발함!

"이, 이건……."

"대체 어떻게?"

같이 접속한 다른 일행들도 상황을 보고 경악했다. 케인은 손뼉을 쳤다. 이 상황을 깨달은 것이다.

"정답은 하나뿐이야."

"……?"

"장쓰안 이 자식! 우리를 배신했구나!"

"뭐, 뭐라고?!"

가만히 있다가 범인으로 몰린 장쓰안은 기겁했다. 그는 양손을 흔들며 부정했다.

"아, 아니다! 내가 왜 그런 짓을 하겠냐!"

"할 이유야 넘쳐나지! 넌 원래 길드 동맹하고 친하고, 김태현한테 맺힌 것도 많을 테고, 지금 이렇게 우리한테 부려 먹히고 있는데…….”

“내가 부려 먹히고 있는 거였다고?!”

장쓰안은 충격받은 얼굴로 되물었다. 김태현이야 원래 좀 성격이 더러운 놈이었지만, 다른 파티원들은 그를 존경하고 떠받들어주고 있는 줄 알았는데?

“저놈을 매달자!”

그 순간 이다비가 입을 열었다.

“장쓰안 씨 때문이 아닌데요. 지금 우르크 지역에 퀘스트 뜬 것 때문에 이러나 봐요.”

순식간에 어색해지는 분위기. 모두 다 케인을 쳐다보았다.

이 분위기 어쩔 거야?

장쓰안도 케인을 노려보았다.

“미, 미안…….”

“흥!”

케인이 내민 손을 장쓰안은 매몰차게 쳐냈다. 명백하게 삐진 얼굴!

“미안해! 난 몰랐지!”

“날 그렇게 보고 있었단 말이지!”

“아니라니까! 아니, 그냥 무심코 나온 말이야! 김태현한테 당한 놈들이 워낙 많다 보니까 그랬어!”

케인은 장쓰안을 달래기 위해 필사적이었다.

“김태현 그놈이 워낙 성격이 더럽잖아! 응? 네 잘못이 아니라, 그놈이 워낙 성격 더럽다 보니까 당한 사람들까지 성격 나

빠지는 걸 많이 봐서 그래!"

"흥……."

장쓰안은 여전히 화가 난 얼굴이었지만, 아까보다는 기세가 많이 죽어 있었다. 케인은 눈을 반짝였다.

'역시 김태현 놈이 했던 말이 사실이었어!'

사람은 원래 같은 걸 좋아할 때보다 같은 걸 싫어할 때 빨리 친해진다구.

태현이 했던 말을 떠올리며, 케인은 기세를 올렸다. 그걸 보면서 이다비는 고개를 끄덕였다. 그리고 말했다.

"녹화 기능 ON."

-김태현 백작 만세! 고블린 같은 남자!

-고블린의 심장, 고블린의 얼굴, 고블린의 혼을 가진 인간!

칭찬인지 욕인지 알기 힘든 환대를 받고 나서, 태현은 기분 좋게 밖으로 나왔다.

[<옛 땅굴 고블린 부족>이 아키서스를 믿기 시작합니다. 그들의 믿음은 아키서스 교단에 많은 도움이 될 겁니다. 아키서스 교단의 사제들에게 폭탄 아이템 관련된 스킬이 추가됩니다.]

"……응?"

태현은 눈을 깜박였다. 사제들한테 뭐라고?

[<옛 땅굴 고블린 부족>이 아키서스 교단을 믿기 시작한 것 때문에 다른 교단들이 아키서스 교단을 수상쩍게 여깁니다.]

'나보고 어쩌라고?!'

퀘스트가 떠서 했을 뿐인데, 그 결과 다른 교단들과의 사이가 안 좋아졌다. 보통 대륙의 교단 퀘스트와는 명백히 다른 결과물! 교단 퀘스트를 깨면 깰수록 다른 교단과 사이가 안 좋아지다니, 이건 꼭 사디크…….

'아, 아니야. 사디크 교단은 대륙을 불태우려는 교단이고, 아키서스 교단은 그래도 크게 사고 친 건 없었잖아. 그치?'

태현은 애써 생각을 멈췄다. 여기서 더 생각하면 멈출 수 없을 것 같았다.

[부탁을 무시당한 카르바노그가 울기 시작합니다.]
[<카르바노그의 슬픈 마음> 저주를 받습니다.]

<카르바노그의 슬픈 마음>
토끼 계열 몬스터들이 당신을 탓하는 눈동자로 쳐다봅니다. 마음이 아픕니다.

'나보고 진짜 어쩌라고?!'

무시하면 멈출 줄 알았는데, 이제 울기까지 하는 토끼 신! 페널티도 뭔 페널티 같지도 않은 페널티. 판온을 하면서 이렇게 당황스러웠던 건 처음인 것 같았다.

페널티가 부담스러우면 하라는 대로 퀘스트를 깨면 되고, 부담스럽지 않으면 무시하면 보통 사라졌는데, 계속해서 은근하게 쳐다보는 신!

'아, 진짜 퀘스트 깨야 하나…… 크게 손해는 아니긴 한데…….'

대륙에 퍼진 토끼 저주를 잠재운 건 태현한테 원한 가득한, 탐험가 랭커 제카스 파티였다. 그들을 찾아서 족치는 건 태현에게도 나쁠 게 없었다. 문제는 난이도였다.

'지금 할 게 많은 상황에서 그놈 쫓아다닐 시간이 없단 말이지…….'

탐험가 같은 직업을 가진 플레이어가 작정하고 숨으면 태현도 찾기 힘들었다. 게다가 제카스는 태현하고 척을 진 이후부터 아주 용의주도하게 행동하고 있었다. 생방송도 거의 하지 않는 철저함! 태현을 상대하면서 빈틈을 보인다는 게 얼마나 위험한 건지 잘 알고 있었던 것이다.

'후…… 일단 이건 나중에 생각하자. 남은 퀘스트를 더 깨야지.'

하면 할수록 다른 교단들이 싫어하게 되는 것 같지만, 그렇다고 멈출 수는 없었다. 이대로 갈 수밖에!

'남은 건 해적 놈들인가, 으음. 지금 오크들 데리고 있고 아

직 충성도랑 공포도 높으니 해적 놈들한테 가도 괜찮을 것 같은데…… 해적 놈들은 이렇게 쉽지는 않겠지.'

고블린이야 워낙 비슷한 점이 많아서 빨리 친해졌다.

-김태현 백작. 가장 고블린 같은 자네라면 이 제작서를 받을 자격이 있어.

[당신이 이제까지 했던 기계공학 스킬, 대장장이 기술 스킬 관련 업적들이 고블린들의 마음을 울렸습니다. 고블린 원로들의 비밀 제작서를 얻었습니다.]

고블린 원로들의 봉인된 비밀 제작서:

지금은 아무 고블린들도 만들지 않는, 봉인된 고블린 원로들의 비밀 제작서이다. 따라서 만들어 볼 경우 만들어지기 전까지는 무엇이 만들어질지 알 수 없다.

[?? ?? ??의 제작법을 얻었습니다.]

뭔가 이름이 안 나와서 찜찜하기는 했지만, 그래도 자기네들이 아끼는 비밀 제작서까지 주지 않았는가! 그에 비해 해적들에게서는 이런 환대를 기대할 수 없을 것이다.

웅성웅성-

"으악. 길 잃었어. 이 지도 누가 만든 거야?"

"우리가 잘못 본 거겠지. 그 지도 〈파워 워리어〉 길드원이 만든 지도라고.”

“그런가? 하긴, 내가 잘못 본 거겠네. 〈파워 워리어〉 길드가 거짓말을 할 리도 없고.”

“맞아. 맞아. 〈파워 워리어〉잖아.”

“……??”

지나가던 플레이어들이 이상한 소리를 한 건 그렇다 치고, 태현은 우르크 지역인데도 플레이어들이 많다는 것에 놀랐다. 원래 이렇게 많이 보일 곳이 아닌데도 플레이어들, 그것도 고렙 이상의 플레이어들이 보인다는 것은?

‘무슨 일이 생겼나?’

갑자기 이런 곳에서 무슨 일이 생길 이유는 많지 않았다. 태현은 깨달았다.

‘앨콧 이 자식이 뒤통수를 쳐?’

관대한 마음으로 이용해 먹기 위해 내버려 뒀더니 감히!

태현은 분노의 귓속말을 날렸다.

-넌 다음에 만나면 죽는다.

도망쳐서 행복해하던 앨콧은 당황했다. 왜?!

-내, 내가 뭘 했다고?

[현재 플레이어는 당신을 차단했……]

변명도 듣지 않고 쿨하게 차단해 버리는 태현! 그러나 그 분
노는 금세 풀렸다. 이다비에게 소식을 전해 들은 것이다.

-퀘스트 때문에 플레이어들이 우르크 지역으로 오고 있나 봐요.
-뭔 퀘스트길래 이렇게 사람들이 많이 와? 대형 퀘스트인가?
-네. 보시면 바로 이해 갈 거예요.

태현은 게시판을 열고 확인에 들어갔다. 이다비의 말답게
게시판은 지금 우르크 퀘스트로 뜨거웠다.

-우르크 퀘스트 도전하고 있으신 분? 같이 하려면 제 닉네임으로 초
대 해주세요.
-혹시 우르크 지역에서 마을 같은 거 찾아서 퀘스트 깬 분 있으세요?
파티로 마을 입장 허락해 주시면 보상해 드리겠습니다. 마을 찾기가 힘
드네요.
-사이 안 좋던 사람이 있었는데, 갑자기 오해했는지 저한테 화를 내
는데 어떻게 하죠? 귓속말도 차단해서 말할 방법이 없어요, ㅠㅠ.
-지금 우르크 퀘스트 도전하고 있는 길드 누구누구 있냐? 길드 동맹
은 빠진 거 확실하지?
-길드 동맹은 어차피 못 받아.

수많은 플레이어들이 정보를 교환하고 있는 게시판 상황!

태현은 퀘스트의 내용을 읽고 전율했다. 퀘스트를 낸 사람은 오스턴 왕국의 국왕. 퀘스트 목표는 오크 대족장 카라그의 목. 그리고 퀘스트 보상은 오스턴 왕국의 영지였다.

플레이어들이 이렇게 목숨 걸고 몰려올 만했다. 태현이 영지를 얻은 뒤로, 정식으로 영지를 수여받은 플레이어는 아직 나오지 않았다. 보통 힘으로 영지를 점령하고 유지하는 게 보통! 그만큼 그 나라의 국왕에게 영지를 받을 정도의 퀘스트는 어려웠다. 보기도 힘들었고 깨는 건 더 힘든 퀘스트!

'근데 하필 왜 오스턴 왕국에…….'

플레이어들이야 영지를 준다는 것에 눈이 뒤집히겠지만, 태현은 아니었다. 오스턴 왕국의 영지는……. 현재로서 좀 애매한 영지였다.

'지금 오스턴 왕국은 길드 동맹, 오스턴 왕국, 기타 길드들로 갈려 있지.'

오스턴 왕국이 혼란스러운 틈을 타 길드 동맹은 신나게 영지를 점령했다. 지금도 기회만 생기면 공성전을 벌이는 중!

물론 오스턴 왕국이 그걸 그냥 내버려 둘 리는 없었다. 둘은 지금 치열하게 다투고 있는 중이었다.

'길드 동맹이 멍청하기는 해도 세력은 어마어마하지. 그 많던 길드원들이 다 합쳐졌으니…….'

오스턴 왕국이 잘 버텨주면서 길드 동맹을 이겨주면 태현도 편하겠지만, 태현이 보기에 오스턴 왕국이 불리했다. 실제로 길드 동맹은 계속 영지를 늘려 나가고 있지 않은가. 그런데 이제 와서 오스턴 왕국의 영지를 받는다? 받아도 나중에 길드 동맹한테 뺏길 가능성이 컸다.

'계륵 같은 보상이군. 오스턴 왕국 국왕이 뭐 이런 걸 노리고 치사하게 군 건 아니겠지만……'

오스턴 왕국이야 우르크 지역의 오크들에게 크게 당한 적이 있으니, 대족장이 깨어났다는 소식에 저런 대형 퀘스트를 내미는 것도 이해가 갔다. 그렇지만 상황이 애매했다.

태현이라면 욕심을 내지 않았겠지만, 플레이어들은 그런 건 신경 쓰지 않고 덤벼들고 있었다. 실제로 오스턴 왕국이 무너질지 무너지지 않을지는 아무도 모르니 일단 눈앞에 있는 영지에 달려드는 것! 그것도 나름대로 일리 있는 방법이었다. 어떻게 될지도 모르는 나중 일을 걱정하다가 이런 대박 퀘스트를 놓칠 수는 없지 않은가.

'문제는…… 내 상황인데……'

태현은 생각에 잠겼다. 이 생각지도 못한 오스턴 국왕의 퀘스트가 태현한테는 어떻게 작용할 것인가?

'뭐, 나한테는 좋은 건가?'

어쨌든 태현의 적인 오크들을 다른 플레이어들이 상대해 준다면, 태현한테는 나쁠 게 없었다. 그 순간, 지나가던 파티가 태현 일행을 발견하고 손가락으로 가리켰다.

"어! 오크다! 오크 정찰대다!"

"뭐? 어디?"

태현은 고개를 돌렸다. 주변에 오크 정찰대 같은 건 없었던 것이다. 그러나 파티는 태현 일행을 손가락으로 가리키고 있었다. 오크들을 데리고 돌아다니는 수상쩍은 마법사! 그게 바로 태현 일행의 겉모습이었다.

"잡아! 잡아!"

"저 오크들 사이에 저건 뭐지? 마법사인가?"

"오크 주술사겠지! 같이 잡아! 공적치 포인트다!"

돌아다니다가 갑자기 나타난 공적치 포인트에, 파티원들은 흥분했다. 물론 덤비기 전에 한 번쯤은 생각해 봐야 했을 것이다. 왜 오크들 사이에 저런 수상쩍은 로브를 입은 마법사가 있을까?

"마법사 먼저 죽여!"

"알고 있어! 간다!"

"하하! 내 공격을 받…… 커헉!"

-반격의 원, 강타, 완벽에 가까운 연격, 치명타 폭발!

"크아아아악!"

신나서 태현에게 덤벼들던 플레이어는 폭풍처럼 쏟아져 나오는 반격 콤보에 정신을 차리지 못하고 나뒹굴었다.

"뭐, 뭐야? 마법사 아니었어?"

"취익! 우리 마법사는 싸움도 잘한다! 칙!"

태현의 모습에 신이 난 오크들은 다른 플레이어들을 때려눕혔다. 싸움 한 번 잘못 걸은 죄로 파티는 깔끔하게 로그아웃

당해야 했다.

[오크 부족 내의 평가가 올라갑니다.]

'너희들의 희생은 잊지 않겠다.'
"췩! 위대한! 마법사! 강력한! 마법사!"
태현은 오크들의 헹가래를 받으며 마을로 돌아갈 수 있었다.

"췩. 그래서 재료는 다 모아왔나?"
"아차."
"취익. 뭐라고?"
"하하. 다 모아왔습니다."
태현은 그제야 오크 부족들에게서 받은 퀘스트를 떠올렸
다. 오크들을 빌려서 부려먹을 수 있었던 건, '내 마법으로 뭔
가 보여주겠다! 그러니까 재료 모으게 오크들 좀 빌려줘라!'라
고 호언장담을 했기 때문! 이제 결과물을 보여줘야 했다.
"췩. 그러면 어디 한번 보여줘 봐라!"
오크 주술사들은 태현을 못 미덥다는 눈빛으로 노려보며
수군거렸다.
"취익. 외부인을 들여보내다니."
"췩! 정령이 분노하신다! 저 인간 놈을 봐! 아주 사악한 기

운이 느껴진다!"

얼떨결에 맞는 말을 한 오크 주술사! 그러거나 말거나 태현은 당당하게 준비에 들어섰다.

"준비하는 동안 신경 쓰이지 않게 밖으로 나가 있어줬으면 좋겠는데?"

천막 밖으로 오크들을 밀어내는 태현. 이유는 하나였다. 지금부터 하려는 건 마법이 아니라 요리와 대장장이 기술이었으니까!

"오크들의 무기에 마법을 걸고, 오크들이 마시면 강해지는 비약을 만들도록 하겠습니다!"

우르르-

태현의 말에 오크들의 무기들이 천막 앞에 와장창 쌓였다.

"칙, 외부인이 마법을 걸어봤자 얼마나⋯⋯."

"취익! 우리의 주술보다는 약할 게 분명하다!"

투덜대는 오크 주술사들을 무시하고, 태현은 재빨리 무기들을 안으로 갖고 들어왔다.

'흠, <행운의 대장장이 기술>이나 <신성 대장장이 기술>을 써서 새로 만들거나, <날카롭게 갈기>나 <녹 없애기>로 버프를 걸어줘도 괜찮겠지만⋯⋯.'

대장장이 기술 스킬을 고급까지 찍은 사람은 대장장이 플레이어 중에서도 많지 않았다. 태현 정도면 버프 스킬의 가짓수는 적어도, 하나하나가 효과가 강력했다. 그렇지만 태현은 거기서 만족하지 않았다.

좀 더 확실하고 강렬한 무언가!

'좋아. 〈장비 위조〉랑 〈불안정한 장비 제작〉으로 간다!'

라제단 대장장이 직업 스킬들. 효과는 좋지만 장비가 빨리 파괴되거나 부작용이 있는 스킬들이었다. 그러나 태현은 신경 쓰지 않았다. 어차피 그가 쓸 거 아니니까!

'오크 놈들 뭐가 예쁘다고 오래 가는 좋은 장비 챙겨줘? 지금 시험만 통과하면 되지.'

장비는 됐고, 다음은 음식이었다. 마법의 탈을 쓴 요리!

'평소 요리하던 대로 요리하면 의심받겠지? 아무래도 좀 물약이나 비약처럼 보여야 할 테니까…… 최대한 쓰고 맛없게 만들어야겠다.'

몸에 좋은 건 왠지 쓰고 맛없을 거라는 편견! 태현은 그 편견에 따라 움직였다.

[요리 스킬이 오릅니다. 괴식 요리 스킬을 갖고 있습니다. 요리를 최대한 맛없게 만드는 데 보너스를 받습니다.]

[대량의 요리를 맛없게 만듭니다. 괴식 요리 스킬이 오릅니다. 초급 괴식 요리 스킬이 중급 괴식 요리로 바뀝니다.]

지금 태현의 요리 스킬은 중급. 향신료 뿌리기나 도축 같은 건 다 초급인데, 괴식 요리 스킬과 독 제작만 중급이었다.

이제까지 어떻게 살아왔는지 보여주는 것 같은 스킬창들!

'뭐, 스킬 높으면 좋지!'

태현은 그렇게 생각하며 요리를 만들기 시작했다.

[<대충 버프되지만 엄청나게 쓰고 맛없는 수프>를 만들기 시작합니다. 새로운 요리를 만들었습니다. 레시피를 얻었습니다. 레시피가 널리 퍼질 경우 요리사로서 명성이 오릅니다.]

"앗! 케인 님 아니신가요?!"

"뭐, 뭐냐! 기습이야?! 덤벼! 우리 쪽에는 장쓰안도 있으니까 이길 생각은 하지 않는 게 좋을 거야!"

"네? 아, 아니. 그게 아니라…… 케인 님 팬이여서……."

"……진, 진짜?"

케인은 눈을 깜박였다. 옆에 있던 장쓰안은 '이놈은 대체 뭐 하는 놈이지' 하는 눈빛으로 케인을 쳐다보았다.

랭커로서의 품격이라고는 전혀 느껴지지 않는 이 가벼움!

'진짜 랭커 맞나? 대회에서 보여줬던 모습은 뭐였지?'

장쓰안은 케인을 의심했다. 대회에서 보여준 모습은 멋졌는데, 실제로 보면 볼수록 깼다.

"네! 이렇게 뵙게 되다니 영광이에요!"

"하하, 뭘 그런 걸 가지고……."

"그러고 보니 케인 님은 어느 게임단 들어가셨어요? 다른 분들은 다 기사 뜨는데 케인 님은 아직 못 본 거 같아요."

"나, 나는…… 아주 좋은데 들어갔지."

"헉! 역시! 이미 계약을 하셨군요! 나중에 제대로 발표하려고 숨기고 있으셨던 건가요?"

"그런 셈이지!"

이다비는 조마조마한 눈빛으로 케인을 쳐다보았다. 설마 눈치 없이 여기서 게임단에 대한 걸 털어놓진 않겠지? 정식 발표도 안 했는데……. 다행히 그 정도 눈치는 있었다.

'김태현보다 먼저 말하면 죽을 때까지 구박받겠지!'

생존성 눈치!

그렇게 떠드는 사이, 다른 파티가 지나가다가 케인을 발견했다.

"어, 뭐야? 누군데?"

"케인 님이셔!"

"뭐?! 케인 님?!"

점점 불어나는 플레이어들! 사람 숫자가 늘어나고 있었지만 케인은 그것도 모르고 그저 행복해했다.

'나는 행복해! 나는 행복해!'

최근 들어서 가장 인생의 행복한 시간을 맞이한 케인!

그 모습을 가만히 지켜보고 있던 장쓰안은 헛기침을 했다.

"크흠. 크흠."

기침의 의미는 하나였다.

너희, 랭커 한 명을 놓치고 있지 않니?

케인보다 더 잘 싸우고, 더 레벨 높고, 더 폼 나는 랭커!

그러나 몰린 사람들은 장쓰안을 알아보지 못했다.

"아, 아저씨. 좀 비켜봐요. 케인 님 안 보이잖아요."

어려 보이는 한국 플레이어가 장쓰안을 밀치고 지나가자, 장쓰안은 크게 충격을 받았다. 김태현이면 모를까 케인에게 밀리다니!

사실 여기 모인 플레이어들은 '장쓰안이 이런 곳에 있을 리가 없잖아' 하고 넘겼기에 알아보지 못한 것이었다. 설마 대회에서 그렇게 원수를 졌는데…….

"케인. 설명해 줘라! 내가 누군지를!"

충격받은 장쓰안은 그런 사정도 생각하지 않고 외쳤다.

지금 중요한 건 인정 받는 것!

"어……? 그, 그래. 여기 장쓰안도 있으니까 인사해."

"장쓰안이 있다고요?"

자리에 모인 사람들은 웅성거렸다. 그리고 고개를 갸웃거렸다.

"대회에서 그렇게 당하지 않았나?"

"아니, 근데 같이 다닌다고? 호구인가?"

"쉿, 들리겠다. 화해했을 수도 있잖아."

"그걸 어떻게 화해를? 나 같으면 평생 기억할 거 같은데."

장쓰안의 얼굴이 붉어졌다. 그제야 사람들이 왜 그를 못 알아봤는지 깨달은 것이다. 너무 말도 안 됐으니까!

장쓰안이 부끄러움과 굴욕에 떠는 사이, 다른 플레이어들은 케인에게 다시 말을 걸었다.

"케인 님! 이렇게 만나게 된 것도 인연인데, 저희 부탁을 들어주실 수 있겠습니까!"

"오, 무슨 부탁인데! 말만 해! 내가 들어주지!"

-정신 차려요!

이다비는 깜짝 놀라서 케인에게 귓속말을 보냈다. 지금 뭘 부탁을 하려는지 알고 저 소리를 하는 거야!

-헉! 나, 나도 모르게……!

그러나 이미 케인은 대답을 해버렸고, 플레이어들은 반짝이는 눈빛으로 말했다.
"같이 오크 부락을 공격합시다! 저희들을 이끌어주세요!"
"……응?"
현재 우르크 지역에 있는 플레이어들은 다들 각자 흩어져서 오크 마을을 공격하고 있었다. 숫자가 워낙 많았기에 결과는 나름 나쁘지 않았지만, 그래도 한계는 있었다. 파티별로 뿔뿔이 흩어져서 다니니 커다란 마을은 공격할 엄두도 내지 못하는 것!
레벨이 좀 낮거나, 장비가 딸리는 플레이어들도 마찬가지로 입맛만 다시고 있었다. 그런 그들에게 케인은 갑자기 나타난, 그들을 이끌고 대박 퀘스트로 데려가 줄 지도자로 보였다.
"케인! 케인! 케인! 케인!"
"와! 케인 님이 퀘스트 이끌어주신대!"
"아, 아니…… 나는 아직……."

"아직?"

"아직 배고프시다는 거겠지! 이제 퀘스트 시작이니까!"

"정말 멋지다!"

케인은 멈칫했다. 이미 상황은 돌이킬 수 없게 되었다.

'그, 그래. 어차피 오크들은 김태현이랑 내 적이기도 하니까…… 공격 좀 해도 괜찮겠지?'

"좋아! 플레이어들을 불러모아라! 우리는 오늘 오크들을 치러 간다! 마을을 털러 가자!"

"와아아아아아!"

사람들을 한껏 고조시켜 놓고, 케인은 재빨리 뒤로 돌아서 작은 목소리로 말했다.

"이, 이건 김태현한테 말하지 말아주라. 응?"

물론 케인의 말을 들을 사람은 아무도 없었다. 장쓰안까지 귓속말로 '야 이거 괜찮은 거 맞냐!?' 하는 상황!

-태현 님. 상황이 이렇게 됐는데요?

-케인 뒤통수 한 대만 때려줘라.

-때렸어요.

-잘했다. 그리고…… 뭐 어쩌겠어. 상황이 이렇게 됐는데. 어쨌든 오크들이랑 싸우면 좋은 거잖아? 내 적도 줄어들고. 케인이랑 장쓰안 있으니까 지지는 않겠지. 적당한 곳 잘 털어봐.

태현의 허락을 들은 케인은 뒤통수를 매만지며 기뻐했다.

"그치? 내가 괜찮을 줄 알았어."

"······."

"그, 그런 눈으로 쳐다보지 마! 애들아!"

나머지 일행들까지 쳐다보는 게 상당히 양심에 찔렸다.

어쨌든 허락을 받은 케인은 기뻐하며 움직일 계획을 세웠다. 그 모습에 장쓰안이 물었다.

"그런데 어디를 칠 생각이지?"

당연하다면 당연한 질문. 케인은 바로 대답했다.

"만만한 곳이지!"

지금 주변에는 여러 파티가 모여 있었다. 즉, 무슨 퀘스트를 하더라도 도와줄 플레이어들이 많다는 것이었다. 게다가 모두들 뭘 잘못 먹었는지 케인을 매우 존경하는 눈치였다.

시키는 대로 따라줄 것 같은 모습! 그런데 그런 기회를 가지고 한다는 게 고작 만만한 곳을 노리는 것?

'뭐 이런 잔챙이 같은 놈이······.'

장쓰안은 속으로 그렇게 생각했다. 그러나 케인도 나름 이유가 있었다.

'내가 일 벌였는데 말아먹으면 김태현이 날 죽일 거야!'

서로의 생각과 별개로, 장쓰안은 일단 동의했다. 굳이 케인을 욕해서 좋을 게 없었으니까.

"그, 그래. 이길 수 있는 곳을 치는 게 기본인 법이지."

"그렇지! 뭘 좀 아네!"

기분이 좋아진 케인은 장쓰안의 어깨를 두드렸다.

"가자! 만만한 곳 치러!"

"쑹닝 님. 이거 보셨나요?"

"뭔데?"

"여기 영상, 우르크 지역에서 케인을 만났다는 플레이어들인데……."

케인을 만난 플레이어들은 신이 나서 동영상을 올리고 있었다.

[소문의 랭커 케인을 실제로 만나다!]

[뒤에서 빛이 나는 케인…….]

[무려 랭커 장쓰안도 함께한다?!]

쑹닝은 눈을 의심했다. 영상에서 보이는 건 케인과 같이 있는 장쓰안의 모습! 게다가 더 놀라운 건, 사이가 별로 나빠 보이지 않는다는 점이었다.

"이 자식 약 먹었냐?!"

쑹닝은 기가 막혀서 외쳤다. 대회에서 그런 걸 당했는데도 저렇게 같이 다닌다고? 저번에 장쓰안이 망신당하는 영상이 올라왔을 때 혹시나 했는데, 정말로 같이 다니고 있었다니!

"정말 장쓰안 맞아? 김태현이 변장한 거 아니야?"

"헉, 그럴 수도!"

"뭐가 그럴 수도야, 이 자식아! 김태현이 뭐 때문에 이런 짓을 하겠어!"

그냥 농담 삼아서 한 말을 길드원이 진지하게 받아들이자, 쑤닝은 울컥했다. 이놈의 김태현 공포증!

"그보다 앨콧, 앨콧 이 자식 어디 갔어! 귓속말 보내봐. 이 자식은 우르크 지역 가서 돌아다니는 놈이 이것도 못 알아내고 뭐 한 거야?! 랭커란 놈이!"

"지금 바쁘다고 연락하지 말라는데요."

"뭐??"

"아는 사람이랑 싸워서 오해를 풀어야 한다고……."

"지가 10대 청소년이야?! 당장 연락받으라고 전해!!"

그러나 앨콧은 대답하지 않았다. 쑤닝은 머리를 부여잡았다.

"이 자식 오크들한테 당해서 길드원들 로그아웃시켰다는데…… 설마 김태현한테 당한 건 아니겠지?"

"에이, 설마 그랬겠습니까? 그랬다면 앨콧이 당장 말해서 지원을 요청했겠죠."

"그렇긴 하지만…… 아, 짜증 나네, 진짜. 오스턴 국왕 놈은 쓸데없는 퀘스트나 내고……."

길드 동맹 입장에서 이번 오스턴 왕국 퀘스트는 눈엣가시였다. 언젠가 점령해야 할 영지에 다른 플레이어가 들어가는 것 아닌가. 만약 실력 있는 길드나 랭커가 들어가면 그만큼 골치가 아파졌다.

-장쓰안. 대답해라! 장쓰안!

ㅡ……지, 지금 귓속말을 보낸 상대는 당신을 차단했…….

-너 뭐 김태현 같은 짓거리를 하는 거야 이 자식아! 당장 제대로 대답 안 해?!

[현재 상대는 당신을 차단했……]

진짜로 차단해 버린 장쓰안! 쑤닝은 뒷목을 잡았다.

"춰, 취익. 이 물약은 왜 독처럼 생겼나? 먹어도 되는 거 맞나?"

"원래 몸에 좋은 건 좀 다 이렇게 알록달록하고 그런 거야. 먹어."

"취익…… 이건 아닌 것 같다……."

"칙, 오크 주술사들을 불러야……."

오크들은 두려움에 떨었다. 태현이 내민 결과물이 너무 기상천외했던 것이다. 온갖 색으로 변하면서 반짝이는 수프! 물론 태현은 물약이라고 거짓말을 했지만, 오크들의 눈에는 그저 독으로 보일 뿐이었다.

"칙! 살려다오! 이렇게 죽고 싶지는 않다!"

"마셔라, 오크! 운명을 손에 넣어라! 너희가 세상의 주인이 될 테니까!"

"취익! 싫다, 싫어!"

그러나 태현은 억지로 오크들을 붙잡고 입속에 수프를 부어 넣었다. 그 모습에 다른 오크들은 공포에 떨었다.

[오크들의 공포도가 올라갑니다. 당신의 악명이 다른 오크 부족들에게도 퍼져 나갑니다.]

이제는 정말 피도 눈물도 없는 흑마법사가 된 태현!

"취, 취익…… 힘이 솟는다! 힘이 솟아!"

"췩, 정말인가?"

"취익! 더럽게 맛이 없지만 힘이 솟는다!"

"하하. 자. 이 무기도 들어보라고."

부웅, 부웅- 콰직!

무기를 휘둘러 본 오크는 눈을 반짝이며 외쳤다.

"췩! 이 무기, 엄청나게 가볍고 강하다! 마법사, 대단하다!"

그 반응에 하나둘씩 오크들이 와서 무기를 들고 수프를 마시기 시작하자, 오크 주술사들은 당황했다. 한 오크 주술사가 태현의 수프를 마시더니 외쳤다.

"취익, 족장님! 이건 사기입니다! 여기에는 어떤 마법도 없습니다! 이 무기에도 마찬가지입니다!"

"췩! 주술사. 질투도 적당히 해라! 이 마법사는 능력을 훌륭하게 입증했다!"

"췩! 아닙니다. 저희들에게 기회를 주신다면 이 속임수를 밝혀내겠습니다!"

"춰익…… 좋다! 그러나 밝혀내지 못한다면 이 마법사의 명예를 더럽힌 죄로 너희들을 처벌하겠다!"

'어, 어?'

태현은 살짝 당황했다. 그냥 능력 보여주면 오크 주술사들도 넘어갈 줄 알았는데, 여기서 끝까지 발목을 잡고 늘어질 줄이야.

'역시 마법이 아니라 요리 스킬이랑 대장장이 기술 스킬로 퉁 치려는 게 실수였나?'

너무 오크들을 만만하게 본 게 실수!

태현은 머리를 굴렸다. 주술사들이 저러는 걸 보니 밝혀낼 방법은 있다고 봐야 했다.

지금 상황에서 어떻게 해야 하는가?

쉬이익- 쾅!

쾅! 콰쾅! 콰콰쾅!

허공에서 거대한 불덩이들이 날아오더니, 그대로 오크 마을의 목책들을 박살 냈다.

"췩! 습격이다! 습격이다!!"

"와아아아! 오크들을 공격해라!"

"케인 님이 이끄신다!"

멀리서 들리는 플레이어들의 함성. 태현은 떨떠름한 표정을 지었다. 물론 지금 상황에서 이렇게 기습해 준 것 덕분에 넘어갈 수 있긴 했는데…….

'이 자식은 내 상황을 몰랐을 거 아냐?'

태현이 뭐 하는지도 몰랐을 케인이, 굳이 태현이 있는 오크 마을을 노리고 공격한 것이다. 아무리 봐도 수상한 선택!

"칙, 마법사."

"아. 족장님. 저도 싸우겠습니다!"

"칙. 아니다. 너는 빠져나가라! 호위들을 붙여줄 테니 위의 요새로 가라!"

"……??"

"취익. 너 같은 인재를 잃는 건 오크들에게 큰 손해다. 가라!"

"아, 아니…… 거기까지는……."

태현은 당황했다. 오크 마을에 잠입한 건 괜찮았다. 그렇지만 더 규모가 큰 요새까지 가고 싶지는 않았다. 어찌 된 게 점점 더 원수 사이인 오크 대족장에게 가까워지는 느낌!

"칙! 아니다! 가라!"

"취익! 따라와라, 마법사! 우리가 안내하겠다!"

정예 오크 늑대 기수들이 태현의 팔을 붙잡고 달리기 시작했다. 태현은 살짝 고민했다.

'그냥 슥삭 해버리고 케인이랑 합류할까?'

잠깐 고민했지만 태현은 포기했다. 기껏 오크들 사이에 잠입했는데 아까웠던 것이다. 나중에 어떻게 되든 간에 이런 기회를 날리는 건 태현의 성격에 맞지 않았다.

"칙! 마법사! 가자!"

후다닥!

그렇게 태현과 오크 한 무리는 마을 뒤로 빠져나갔다.

"앗! 저기 도망치는 오크들이 있습니다!"

"활 쏴! 활 쏴!"

파파팟-

"뭐야, 그걸 왜 못 맞춰?"

"아, 아니. 분명히 맞췄는데? 왜 다 빗나가지?"

궁수 플레이어는 당황해서 고개를 갸웃거렸다.

"뭐, 그럴 때도 있는 거지. 괜찮아. 어쨌든 이겼잖아."

"그, 그렇지. 역시 케인 님!"

"케인 님! 케인 님!"

워낙 플레이어들의 숫자가 많았으니, 케인이 없어도 전투는 이겼을 것이다. 그렇지만 이 자리에 모인 플레이어들에게 그런 생각은 들지 않았다. 아, 우리가 이긴 건 케인의 신묘한 지휘 덕분이구나!

"케인! 케인! 케인!"

케인을 외치며 환호하는 플레이어들!

[낮은 전술 스킬로 페널티를 받습니다. 단체 보너스를 받지 못합니다.]

[낮은 전술 스킬로 제대로 된 명령을 내리지 못합니다. 명령이

전달되지 않습니다.]

　　정작 당사자인 케인은 메시지창을 보고 입맛만 다셨다.

　　'김태현은 잘하던데, 어떻게 했었지?'

　　태현의 특기 중 하나가 수많은 플레이어들을 원하는 대로 이끌고 행동하는 것이었다. 케인은 눈을 감고 떠올려 보려고 노력했다. 과연 태현은 어떻게 했던가?

　　"뛰어, 이 자식들아! 뛰라고! 나보다 늦게 오는 놈들은 내가 직접 PK 해주마! 달려!"

　　"케인. 너한테는 재능이 있어. 날 열 받게 하는 재능이! 아니, 그 정도 몬스터면 네가 알아서 잡아야지! 지금 저기 사디크 기사들이 쫓아오는데 너 때문에 늦어졌잖아!"

　　기억나는 건 구박 받은 기억밖에 떠오르지 않았다. 파티 사냥을 할 때 태현은 정말 귀신 같았던 것이다.

　　쉴 틈도 주지 않고 몰아붙이는 귀신!

　　'나, 나는 그렇게는 못 해······!'

　　"케인 님. 다음 목표는 어디인가요?"

　　"응?"

　　"역시 더 큰 오크 마을이겠죠?!"

　　"잠깐만. 하나만 하면······."

　　케인이 '되는 거 아니었어?'라고 말을 끝맺기 전에, 다른 플레이어들이 끼어들었다.

"하나만 하면 역시 부족하죠! 그렇죠?!"

"역시 케인 님이야!"

"다음 공격하러 갑시다!"

"……그냥 니들끼리 해도 잘할 것 같은데 난 왜 불렀냐?"

"네? 뭐라고 하셨어요?"

"아냐. 아무것도."

"모험가 놈들이 감히 여기 와서 설치다니! 용서하지 마라. 부족장들을 불러서 싹 쓸어버려라!"

"칙, 대족장님은 어디 계신 건가?"

"대족장님은 나한테 일을 대신 하라고 말하셨다. 내 말을 들어라!"

악마술사 몬로소는 오크들에게 화를 내며 외쳤다. 그 모습에 오크들은 고개를 숙였다. 대족장이 맡긴 이상 외부인이라도 몬로소의 말에는 권위가 있었다

"지금 날뛰는 모험가 놈 중에 이름 높은 놈들이 있을 거다. 그놈들을 잡아 와라! 내가 본때를 보여주겠다."

"칙. 지금 모험가 중에서 케인이라는 모험가가 다른 모험가들을 이끌고 공격하고 있습니다."

"좋다! 그놈부터 데리고 와라! 오크 암살자들을 보내서 그

놈을 포박해서 끌고 오는 거다!"

"춰익!"

케인은 너무 안일했다. 태현이라면 이런 대형 퀘스트를 진행할 때, 크게 날뛰면 날뛸수록 적들이 반격 준비를 한다는 걸 잘 알고 있었다. 레벨 높은 NPC의 지능은 절대 무시할 수 없었던 것이다. 케인의 이름이 알려지면 알려질수록, 오크들의 반격은 케인을 향해 집중되었다.

"칙, 그런데 케인 그놈의 이름이 낯이 익다."

"칙, 어디서 들어봤더라?"

"춰익!! 그놈! 그놈이다!!"

오크들은 눈을 크게 뜨고 외쳤다. 어디서 많이 들어본 이름이다 싶었는데, 바로 그놈!!

"케인 님! 공격하기 전에 앞에 나서서 한마디 해주세요!"

"하하하하, 그럴까? 그럴까??"

케인은 헤벌쭉해져서 앞으로 나섰다. 그 모습을 본 정수혁이 불안하다는 듯이 중얼거렸다.

"왠지 모르겠지만 불안합니다."

"그렇지? 나도 그래. 사람이 안 어울리던 짓을 하면 불행이 닥친다던데……."

뒤에서 들리는 일행의 말은 무시하고 케인은 앞으로 나섰다. 지금 그는 최고로 빛나고 있었으니까! 케인 생애 최고의 순간!

"가자!!"

"와!!"

말 한마디로, 수십 명도 넘게 몰려 있던 플레이어들이 일제히 움직인다. 케인은 몸을 부들부들 떨었다. 오랫동안 잊고 있었던, 권력의 맛!

'이거지!'

레드존 길마 때나 느낄 수 있었던 바로 그 맛이었다. 손가락 하나로 사람들을 지휘하고 부릴 수 있는 짜릿함. 그러나 레드존 길드 때와는 차원이 달랐다. 레드존 길드는 더럽게 말 안 듣는 놈들만 모아놓은 막장 길드였지만, 지금 플레이어들은 아니었던 것이다. 순진무구하게 눈빛을 반짝이며 '케인 님! 명령을 내려주세요!' 하는 이들!

"내 뒤로! 내 뒤로 와라! 내가 지켜줄 테니까!"

예전 길드원들이 봤다면 '길마님 미치셨습니까?'라고 했을 것이다. 케인에게서는 볼 수 없었던 희생정신! 그러나 지금 케인은 빛나고 있었다.

"와! 케인 님!"

"역시 케인 님이야!!"

묵직한 중갑과, 〈아키서스의 노예〉 스킬로 강력한 탱커 역할을 맡는 케인. 덕분에 오크들이 원거리에서 퍼붓는 공격도 케인에게 집중되었다.

퍼퍼퍽! 퍼퍼퍽!

-노예의 근성!

"응? 방금 스킬명이……."
"잘못 들었겠지."
그러는 동안, 뒤에 있던 정수혁과 김세형도 지원에 들어갔다.

-연속 화염 화살 난사!

핑! 피피핑!
날카로운 소리와 함께, 작고 예리한 화염 화살들이 정확하게 날아갔다.
-취익! 췍!
마을 위에서 버티고 있던 오크 궁수들의 머리를 노린 공격!
오크 궁수들이 우수수 떨어졌다.
"대, 대단합니다, 선배님!"
"그, 그래?"
정수혁의 칭찬에 김세형은 어깨가 으쓱했다. 그도 이 마법은 나름 자신이 있었던 것이다.
〈연속 화염 화살 난사〉는 정확도를 포기한 대신 화염 화살을 대량으로 빠르게 날릴 수 있는 마법이었다. 그걸 김세형은 계속 스킬 레벨을 올리고 올려서 정확도를 높이고, 꾸준히 컨트롤을 다듬은 것이다. 다른 마법사 플레이어들이 보면 '오, 대단한데?'라는 말이 나오는 게 바로 이 마법!

"저는 컨트롤에는 재능이 없어서 선배님의 마법을 보면 부럽습니다."

"뭘 그런 거 가지고…… 응?"

대답하던 김세형은 멈칫했다. 누가 재능이 없다고? 그러나 정수혁은 바로 마법 시전에 들어갔다. 그도 놀고 있을 수만은 없는 것이다.

-카흘라단의 번개!

정수혁이 가장 잘 쓰는 마법이 써지고, 동시에 〈아키서스의 마법〉이 발동되었다.

-바위 가시 난타!

콰콰콰쾅! 콰콰콰쾅!

-취이이익! 벽이 무너진다! 벽이 무너진다!

마법 한 방에, 마을 앞에 있던 목책이 날아갔다. 땅에서 솟구친 거대한 바위 가시들이 우수수 일어나 목책들을 다 쪼개 버린 것이다. 달려가던 플레이어들은 기뻐하며 덤벼들었다.

"가자! 가자!"

"……나보고 부럽다고?"

방금 일어난 장면을 본 김세형이 중얼거렸다. 이 자식이 누구 놀리나?

　마을이나 요새에 접근하는 게 어렵지, 일단 벽을 뚫고 안으로 접근하면 그다음부터는 수월한 편이었다. 게다가 지금처럼 플레이어들의 레벨과 장비가 더 높은 경우, 일방적인 사냥에 불과했다. 당연히 마을 곳곳에 있던 오크 전사들은 플레이어 파티에 밀려 쓰러지지…… 않았다.

　콰직!

　"……?!"

　"뭐야 저거?!"

　-칙! 마법사가 마법을 걸어준 무기다!

　오크가 휘두른 무기는 붉게 빛나고 있었다.

　"저거 꼭, 왠지 모르게 폭발할 거 같은 모습인데?"

　"무기가 왜 폭발해? 쟤네는 고블린이 아니라 오크…… 으악, 터진다!"

　콰콰쾅!

　-칙??

　무기를 휘두르던 오크도 당황한 폭발! 불안정한 장비들이다 보니 폭발도 하는 것이다.

　-칙!! 마법사가 속였다! 마법사가 속였다!

　"무슨 소리를 하는지는 모르지만 잡아! 무기 조심하고!"

　"여기 오크들 좀 이상한 거 같아. 아까 오크들은 이상하게 공격이 안 맞던데."

　"회피율이 높은 거 아냐?"

"아니, 오크 전사가 회피율이 왜 높아? 전사잖아."

투덜거리는 플레이어들. 그러는 사이 케인은 가장 앞으로 나아가고 있었다. 솔선수범하는 리더! 남들이 가장 싫어하는 앞을 맡는 리더!

'그게 바로 나…… 컥!'

[갑작스러운 기습에 당했습니다. 스턴 상태에 빠집니다.]

[오크 상급 실명 독에 당했습니다. 실명 상태에 빠집니다.]

[오크 상급 스킬 방해 독에 당했습니다. 스킬 잠금 상태에 ……]

[대족장 직속 오크 암살자들의 낙인이 찍힙니다. 당신의 위치가 추적됩니다.]

순식간에 뜨는 온갖 디버프 메시지창!

그리고 오크 암살자들은 쾌재를 불렀다.

-컥. 잡았다!

[대족장 직속 오크 암살자들이 당신을 포박합니다.]

[움직일 수 없습니다. 포로 상태가 되었습니다.]

눈 깜박할 사이에 이뤄진 일! 케인은 뭐라도 해보려고 했지만 대족장 직속 오크 암살자들은 하나하나가 케인보다 레벨이 높았다. 그런 NPC들이 작정하고 있다가 기습을 했으니 뭘할 수 없는 건 당연한 일이었다.

'망, 망했다!'

다른 사람들하고 같이 다녔어야 했는데, 먼저 달려 나가는 멋에 취해서 실수를 한 것이다. 언제든지 이런 일은 일어날 수 있는데!

후회하는 케인에게 귓속말이 날아왔다.

-케인 씨. 어디 계십니까?

-너 어디 있는 거지? 안 보이는데?

-……포로로 잡혔는데.

-하하. 농담도.

-맞아. 네 농담 재미없어. 어디 있냐?

-……잡혔다고, 이 자식들아!!

-아니 어떻게?

-오크 암살자들이…… 기다리고 있다가 잡아갔어…….

-뭔 들판에 풀어놓은 토끼도 아니고 저항도 못 하고 잡혀요? 이 근처에 플레이어들이 몇 명이나 있는데!?

-진짜 레벨 높았다니까! 거의 하나하나가 보스 몬스터 수준이었어! 내가 저항도 못 할 정도였다니까!

남은 일행들은 서로 시선을 교환했다. 과연 진짜일까?

"쪽팔려서 일 키우는 거 아니야?"

"저도 그렇게 생각했어요."

"확실히 그럴지도 모르지."

김세형, 이다비, 장쓰안 모두 동의!

-야, 내가 잡혀갔다는 건 플레이어들한테 말하지 말아줘!
-지금 이 상황에서 그게 신경 쓰여요? 자기 상황이나 걱정하세요. 어떻게 빠져나갈 수 있을지.
-그게, 암살자들이 눈을 가리고 끌고 가서 안 보여…….

일단 일행들은 상황을 수습하기로 했다.
"누가 하죠?"
그러자 한곳으로 모이는 시선.
"나, 나? 내가 해도 괜찮나?"
"장쓰안 씨 정도면 괜찮죠. 랭커잖아요."
오랜만에 받은 것 같은 인정! 이게 뭐라고 장쓰안은 울컥했다. 냉정하게 봤다면 '내가 요즘 많이 힘들어서 이런 말에도 흔들리는구나'싶었겠지만, 장쓰안은 그 정도로 냉정하지는 못했다. 최근 많이 힘들었으니까!
"좋아! 내가 모아보도록 하지. 케인은 지금 집에 급한 일이 있어서 로그아웃했다! 다들 모이도록!"

오크 대족장이 있는 오크 대요새. 그리고 그 대요새 근처에 배치된 요새들. 태현이 도착한 곳은 그 요새 중 하나였다.

"감히 새로 기어들어 온 마법사가 있다고 했지. 누구냐?!"

태현을 맞이한 건 딱 봐도 엄청 성질 더럽고 열 받아 보이는 마법사 NPC였다. 바로 알 수 있었다. 저놈이 오크 대족장을 깨우고 악마를 소환하려고 하는 놈이라는 걸!

이럴 때는?

"아이고, 안녕하십니까! 저는 나름 흑마법을 연구하고 배우고 있는 김태현이라고 합니다. 흑마법사님의 위대한 이름을 듣고 배우기 위해 찾아왔습니다!"

납작 엎드리기!

[고급 화술 스킬을 갖고 있습니다. 흑마법사 학파의 계승자를 갖고 있습니다. 매우 높은 악명을……]

[악마술사 몬로소가 당신에게 호감을 가집니다.]

"내게 배우기 위해 찾아왔다고?"

"예!"

"네게서는 마탑의 냄새가 나는데?"

몬로소의 모습에서 태현은 예리한 눈치를 발휘했다. 마탑을 별로 안 좋아하는구나!

"마탑 놈들! 제대로 가르쳐 주는 것도 없으면서 사람은 더럽게 부려먹는 아주 나쁜 놈들입니다!"

"……그렇지!"

"거기 체시자란 놈이 있는데……."

마탑 흑마법사 학파의 리더도 순식간에 팔아먹는 입담! 태현은 재빠르게 체시자를 세상에서 가장 쓰레기 같은 흑마법사로 만들어놓았다.

"자기 부관을 오스턴 왕국으로 보내서 리치로 만들어?!"

"세상에 그런 놈이 어디 있습니까! 아주 나쁜 놈이죠!"

"그런 부러운…… 아니, 그런 나쁜 놈이 있다니! 역시 내가 그놈들이 쓰레기라는 걸 예전에 알아봤지."

'이 자식 왜 이렇게 쉬워?'

대화하던 태현은 속으로 생각했다. 거대한 오크 부족들을 관리하고 있다고 하길래, 엄청난 포스를 가진 마법사를 예상하고 있었다. 그런데 이건 소인배에 가까운 모습!

'뭐, 상관없나. 어차피 다루기 더 쉽고…….'

"잠깐, 네가 내게 배우기 위해서 찾아왔다면 왜 내가 보낸 악마가 돌아오지 않는 것이지?"

"예? 무슨 소리인지 모르겠습니다만?"

태현은 순간 흠칫했지만 바로 시치미를 뗐다. 안면철판신공!

"지금 이 근처에 모험가들이 엄청나게 몰려왔던데, 혹시 그 모험가들이 습격한 거 아닐까요? 이런 못된 놈들!"

"음…… 그렇게 된 건가?"

-헤헤, 저 좀 풀어주시는 게…….

"이거 어쩌죠?"

"그러게. 뭐 하는 놈이지? 왜 오크 부족에 악마가 있는 거지?"

이다비 일행은 고개를 갸웃거렸다. 오크 마을을 점령한 건 좋았는데, 묶여 있는 악마를 발견한 것이다.

-저는 착한 악마인데, 오크들한테 묶여서…… 흑흑…… 풀어주시면 은혜는 잊지 않겠습니다.

그걸 본 장쓰안이 말했다.

"불쌍하군. 풀어줘야……."

"무슨 케인 씨 같은 개소리를…… 아차. 죄송해요."

"……."

"당연히 풀어주면 안 되죠! 왜 묶여 있겠어요."

"그, 그렇지만 불쌍하지 않나? 잡혔다는데……."

"그걸 믿으면 안 되죠! 잠깐만요. 귓속말 좀 하고……."

이다비는 태현에게 연락했다.

-혹시 잡혀 있는 악마에 대해 아는 거 있어요?

바로 답이 왔다.

-그 자식 절대 놓치지 마!

태현이 도망치느라 붙잡아놨던 악마는 마을에 그대로 남은 것이다. 장쓰안은 입맛을 다셨다.

"불쌍해 보이는데……."

그걸 본 김세형이 정수혁에게 물었다.

"저 사람 원래 저렇게 상냥한 사람이었냐? 이상하다? 방송에서는 아닌 것 같았는데."

"사람은 원래 자기가 직접 일을 겪으면 생각이 달라지게 마련 아닙니까."

강제 성격 개선 훈련! 태현과 같이 다니면 그동안 자신이 얼마나 재수 없게 굴었는지 스스로 알게 되고 반성하게 되었다. 물론 장쓰안에게 그 말을 해주면 길길이 날뛸 테지만…….

"그런가. 모험가 놈들이 한 짓이었군."

"예! 그런 게 분명합니다. 제가 감히 몬로소 님이 보낸 사자를 건드리겠습니까?"

"흠. 그것도 맞는 말이야."

"그런데 몬로소 님. 혹시 몇 가지 여쭤봐도 되겠습니까?"

"뭘 묻고 싶은 거지?"

"저, 지금 뭘 준비하고 계신 건지……."

"뭐라고?"

'아차. 너무 서둘렀나? 쉬워 보여서 물어본 거였는데…….'

몬로소가 뭘 꾸미는지 파악하려고 물었던 태현이었지만, 아차 싶었다. 너무 서둘렀나 싶었던 것이다.

"보는 눈이 있군. 역시 배우러 온 사람다워!"

그러나 몬로소는 생각보다 훨씬 더 쉬운 사람이었다.

"나는 악마들을 이용해 이 더럽고 냄새나는 오크들을 손에 넣을 생각이지."

"아, 예. 어떻게요? 설마 악마들을 소환해서 부리실 겁니까?"

"후후. 멍청하기는. 그런 짓을 왜 하나? 강력한 악마들을 부리는 건 힘든 일이야. 악마들도 계속 벗어나려고 발악하고. 또 오크들은 힘을 모아서 덤비겠지. 그런 상황에서 어떻게 오크들을 손에 넣겠나. 내 비전으로 만든 악마의 피를 이용하면 오크들을 내게 복종시킬 수 있거든. 굳이 악마를 소환 안 해도 오크들을 손에 넣을 수 있다, 이 말이야."

'어라? 그러면 나한테는 별문제 없는 거 아닌가?'

태현은 멈칫했다. 지금 걱정하는 건 크게 다친 오크 대족장이 깨어나서 '상처가 다 나았으니 날 엿 먹인 인간 놈들을 죽여야겠군! 오크들을 전부 불러라!'라고 하는 상황이었다. 그런데 몬로소가 저렇게 오크들을 자신의 노예로 만들어서 부려먹는다면?

'여기 가장 가까운 건 오스턴 왕국이니까 그놈들이 가장 먼저 털리지 않나? 내 영지까지 오려면 한참 걸리겠는데?'

빠르게 돌아가는 머리! 태현은 순식간에 계산을 끝냈다.

"역시 몬로소 님! 저는 따라갈 수 없는 완벽한 계산입니다!"

"후후. 뭘 좀 아는군."

"그러면 오크들을 손에 넣으신 다음 이 주변을 공격하실 겁니까? 오스턴 왕국 같은?"

"흠…… 오스턴 왕국 좋겠지."

"오스턴 왕국이 좋습니다! 그놈들, 아주 만만한 놈들이라니까요!"

"그래?"

몬로소는 혹하는 표정을 지었다. 어차피 우르크 지역에서 나와 대륙의 중앙으로 진출하려면 가장 먼저 오스턴 왕국과 만나게 되어 있었다. 저렇게 추천까지 하다니 슬깃한 것이다.

"게다가 거기에는 모험가 놈들이 점령한 영지들이 있는데, 그곳은 훨씬 더 만만하죠. 크헤헤."

"그런……! 더 말해보도록!"

평소 싫은 놈들을 손도 안 대고 쓸어버리기 위해 혓바닥을 놀리는 태현! 그러나 너무 과했다. 말을 들은 몬로소가 무릎을 치며 자리에서 일어선 것이다.

"그런 상황이라니…… 이거 더 기다릴 수 없겠군. 지금 당장에라도 이끌고 가서 쳐야겠어!"

"좋은 생각이십니다. 어? 그런데 지금 오크들을 전부 손에 넣으신 겁니까?"

"아니. 대족장도 아직 저항하고 있고, 대족장의 직속 부하들과 족장 중 몇 명만 손에 넣은 상황이지."

"……그런데 어떻게 공격하시려고요?"

"남은 오크 놈들을 빨리 손에 넣어야지! 오크 놈들도 일단 내가 대족장에게 전권을 위임받았다는 걸 알고 있으니, 내가 협박하면 적당히 굴복할 거야."

"어⋯⋯."

태현은 고개를 갸웃거렸다. 몬로소의 말은 일단 틀리지는 않았다. 대족장에게 전권을 위임받았으니, 말을 하면 어느 정도는 먹힐 것이다. 근데 뭘로 협박하려고?

'내 말을 안 들으면 맛없는 악마의 피를 먹게 하겠다는 걸로 협박하려나?'

"근데 뭘 가지고 협박하시려고요?"

"압도적인 힘으로 협박해야지. 오크들한테 가장 잘 먹히는 거니까. 흠⋯⋯ 악마를 소환해야겠어."

"아니, 아까는 악마 소환할 필요 없다고 하지 않으셨습니까?"

"그건 시간 여유가 있을 때 이야기고. 지금 너의 말을 들어보니 이렇게 여유를 부릴 때가 아니라는 걸 깨달았다. 오스턴 왕국이 그렇게 먹기 쉬운 상황이었다니!"

태현은 가끔 스스로의 화술 스킬과 〈아키서스의 화신〉이라는 직업 보정이 얼마나 무서운지 잊게 되었다. 자기도 예상치 못한 효과가 나타나는 수준!

'아, 아니. 아직 망한 건 아니야. 악마를 소환하더라도 나하고 상관없는 악마를 소환하면 그만이지.'

"헤헤. 옳으신 말씀이십니다. 그런데 무슨 악마를 소환하실 겁니까? 역시 다루기 쉽고 반항하기 힘든 약한 악마가⋯⋯."

"아니지! 그런 악마를 소환해 봤자 오크들이 겁을 먹을 리 없잖아! 역시 강력한 악마가 좋겠지."

"저런! 그런 악마를 소환하는 건 힘든 일입니다! 아무리 몬로소 님이라도 그런 악마를 소환했다가는……!"

"날 의심하는 것이냐? 후후. 물론 강력한 악마를 소환하는 건 힘든 일이지. 하지만 나는 한 가지 정보를 얻었다."

"……?"

"악마 중, 에다오르라는 악마가 인간에게 크게 당해서 부상 입은 상태라고 하더군. 그 정도 악마라면 소환하기 쉬울 거다. 게다가 인간에게 당했으니 어떻게든 대륙으로 소환되고 싶어 할 테니, 내가 더 유리한 입장에서 계약할 수 있지."

"……"

"사실 에다오르를 소환하려고 준비하다가 너무 비효율적인 것 같아서 망설이고 있었는데, 네 말을 들으니 결심이 섰다! 커다란 걸 얻기 위해서는 그만한 걸 해야지!"

불난 집에 기름 부은 꼴! 하필이면 왜 에다오르란 말인가.

'날 만나면 죽이겠다고 지×을 할 텐데…….'

태현은 입맛을 다셨다. 아무리 생각해도 좋은 미래가 그려지지 않았다. 그러는 사이 몬로소는 한숨을 쉬며 말했다.

"에다오르와 관련이 있는 아이템이나, 하다못해 에다오르가 원한을 가진 인간 놈만 있어도 훨씬 더 소환이 쉬울 텐데 말이다."

움찔!

태현은 순간 몸을 떨었다. 〈에다오르의 뜨겁게 끓어오르는 진홍빛 대검〉을 갖고 있고, 에다오르가 원한을 갖고 있기도 한 태현!

'이 자식 설마 눈치채고 꺼낸 말은 아니겠지?'

태현은 슬쩍 몬로소의 눈치를 살폈다. 다행히 몬로소는 별 생각이 없는 것 같았다.

"그런 게 없으니 어쩔 수 없이……."

"어쩔 수 없이?"

"오크 놈들의 피를 많이 바칠 수밖에 없지 않겠나."

"아주 합리적인 방법이십니다!"

바로 고개를 끄덕였다. 태현을 바친다거나 대검을 바치는 것보다는 훨씬 더 받아들일 수 있는 방법이었다.

일단 급한 불은 껐지만, 역시…….

'에다오르가 소환되면 날 죽이려고 하겠지?'

몬로소가 에다오르와 태현 사이에서 태현을 지켜줄 것 같지는 않았다. 오히려 '뭐? 이놈이 그놈이라고? 하하, 이놈을 줄테니 내게 영원한 충성을 바쳐라!'라고 말하면 말했지.

'결국 이놈도 믿고 있을 수는 없는 놈이고…… 에다오르 소환되기 전에 죽이고 튀어야 하나? 그러면 오크들은 어떻게 되는 거지? 제정신을 차리나?'

태현은 상황이 생각보다 많이 꼬였다는 걸 깨달았다.

몬로소를 죽이면?

속박에서 풀려난 오크들이 태현한테 '감사합니다! 당신이 우리를 도와줬으니 대족장의 아들을 죽인 원한 정도는 잊어드리죠! 덤으로 대족장에게 거대한 상처를 입힌 원한도요!'라고 할 리는 없을 테니, 목숨 걱정부터 해야 했다.

그렇다고 몬로소를 내버려 두면?

소환된 에다오르가 '하하, 우리가 한때 싸웠지만 이렇게 다시 만나게 되다니 서로 화해할까?'라고 할 리는 없을 테니…….

'젠장. 오크들을 최대한 박살 낸 다음 몬로소를 죽여야 하나? 어떻게 그게 가능하지? 일단 몬로소가 소환하지 못하도록 하려면 정신없게 만들어야 하는데…….'

고민하던 태현은 순간 번뜩이는 걸 깨달았다. 지금 오스턴 왕국 퀘스트 때문에 몰려든 플레이어들. 다들 흩어져서 화력이 집중되지 못하고 있었지만, 그 화력을 집중시킨다면 어마어마한 힘이 될 것이다.

'길드 동맹이 없는 게 아쉬울 때도 있네.'

길드 동맹이 있었다면 가장 먼저 앞장서서 플레이어들을 이끌었을 텐데. 지금 길드 동맹 없이 다 흩어져 있으니, 모으려면 꽤나 골치가 아플 것 같았다.

'어떻게 해야 하려나…… 아. 케인이 있었지? 지금 플레이어들 잘 이끌고 있으려나?'

케인 정도면 괜찮을 것 같았다. 나름 유명한 랭커였고, 지금 성공적으로 플레이어들을 이끌고 있지 않은가. 케인이 '모여라! 대박을 노려보자!'하고 선동하면 잘할 수 있지 않을까? 물론 케인이라서 좀 불안하긴 하지만, 서당개 삼 년이면 풍월을 읊는다던데…….

'케인도 그 정도는 할 수 있겠지.'

"취익! 잡아 왔다! 우리가 잡아 왔다!"

"칙. 이 건방진 놈! 태워 죽일 놈! 찢어 죽일 놈! 간을 꺼내 먹을 테다!"

"히, 히익!"

뒤에서 들리는 소란에 고개를 돌렸다. 웬 모험가가 잡혀 온 모양이었다. 태현은 쯧쯧 혀를 찼다. 얼마나 멍청하면 잡혀 왔을까! 보통 플레이어들이 싸우다가 HP가 다 닳아서 죽으면 죽었지, NPC한테 포로로 잡히는 경우는 많지 않았다. 보통 완전히 방심하고 있다가 기습을 당해서 뭘 하지도 못하고 포로로 잡히는 게 대부분!

"멍청하기는. 우르크 지역에서 사냥할 때는 주의를 했어야지. 싸우다가 죽는 것도 아니고 포로 상태로 잡히다니. 어떤 멍청한 놈이…… 응?"

태현은 말하다가 멈칫했다. 어디서 많이 본 것 같은 장비였던 것이다.

-케인. 너 잘하고 있냐?

-어, 어? 물, 물론이지! 지금 플레이어들이 날 부르고 있네!

-이다비 불러서 진실 대조시키기 전에 당장 털어놔라.

-나 오크들한테 잡혔어…….

-그래. 보인다.

-응? 너 어딘데?

-네 앞. 이 자식아.

-구, 구해줘!

-기다려. 인마.

태현은 한숨을 한 번 푹 쉬었다. 케인한테 일을 시키려고 했더니 저렇게 잡힐 줄이야.

"칙! 몬로소, 우리는 잡아 왔다!"

"취익! 우리가 이놈을 처리하게 해다오! 이놈은 우리의 원수다!"

"응? 뭔 원수인데?"

몬로소는 케인이 누군지 몰라서 물었다.

"칙! 대족장님의 아들을 죽인 원수다!"

뜨끔!

태현은 움찔했지만 굳이 수정하지는 않았다. 여기서 어떻게 끼어들겠는가.

"뭐? 그런 놈이었나? 그러면 데리고 가서 태워 죽이든 찢어 죽이든……."

"잠깐! 몬로소 님!"

"……?"

"제가 데리고 가서 놈을 고문하고 싶습니다. 놈이 알고 있는 정보가 있을 겁니다. 제게 맡겨주신다면 확실하게 정보를 빼내겠습니다!"

"칙! 오크의 원수는 오크가 직접 처리해야 한다!"

"아닙니다! 누가 더 고문을 잘할지, 그게 중요합니다!"

"흠……."

[매우 높은 악명을 갖고 있습니다.]

[칭호……]

[몬로소가 당신을 선택합니다.]

이제까지 쌓은 악명과 협박! 이런 부분에서는 정예 암살자보다 더 신뢰받는 태현이었다.

"이 일은 이 인간에게 맡기도록 하지."

"췩! 몬로소!"

"시끄럽다. 내 명령을 무시할 생각이냐?"

몬로소는 말과 함께 거대한 해골 목걸이를 꺼내서 흔들었다.

"췩…… 알겠다."

'아. 저게 대족장의 권위를 상징하는 물건인가?'

태현은 거대한 해골 목걸이를 보고 눈을 반짝였다.

저런 아이템이라면…….

'무조건 훔쳐야지!'

오크 선조들의 해골 목걸이:

대대로 대족장에게 전해져 내려온, 대족장의 권위를 상징하는 해골 목걸이다.

[현재 조건을 충족하지 않아 <오크 선조들의 해골 목걸이>의 세부 상태를 볼 수 없습니다.]

[악명이 오릅니다.]

숨만 쉬어도 오르는 악명은 무시하고, 아이템의 메시지창을 읽었다. 태현 정도 대장장이 기술 스킬인데도 못 본다는 건, 특정 조건이 없으면 아예 못 보는 아이템이 분명했다.

'뭐 오크 대족장이라도 되어야 하나? 어쨌든 내가 저거 착용하고 다닐 것도 아니고…… 뺏어서 권위만 쓰면 그만이지.'

태현이 무슨 생각을 하는지도 모르고, 몬로소는 천진난만하게 물었다.

"그래서 어떻게 할 생각이지?"

"놈에게 사악한 흑마법의 정수를 퍼부을 생각입니다. 크흐흐! 만약 저항할 경우 언데드로 만들어서 되살리겠습니다."

"아주 좋은 생각이군. 그대로 하도록!"

태현은 붙잡힌 케인을 끌고 천막 안으로 들어갔다. 오크들은 불만 섞인 눈빛으로 쳐다봤지만 결국 말을 꺼내지 못했다.

"컥! 크악! 크어억!"

[아키서스의 노예에게 교훈을 내렸습니다. 신성이 오릅니다. 힘이 오릅니다.]

일단 케인을 몇 대 패던 태현은 메시지창에 고개를 갸웃거렸다. 왜 케인을 공격했다고 신성이 오르지?

"잠, 잠깐만. 왜 패는 거야?"

"네가 괴로워하는 소리가 밖에 들려야 할 거 아니야."

"……아무도 보는 사람 없으니까 내가 그냥 소리쳐도 되는 거 아니야?"

"어허. 그러면 디테일이 안 살지."

"어차피 통증은 느껴지지도 않는다고! 그냥 기분만 더럽…… 억! 으헉!"

태현은 몇 대 더 팼다. 신성 스탯이 더 이상 오르지 않을 때까지. 밖을 돌아다니던 오크들은 그 소리를 듣고 수군거렸다.

"췍. 정말 짐승 같은 놈이다. 몬로소가 말하는데 저놈은 인간들 사이에서도 엄청나게 악명이 높은 놈이라더군."

"취익. 그게 정말인가? 나도 비슷한 소리를 들은 것 같다. 다른 사람들을 태워 죽이고 언데드로 만드는 놈이라고 하던데."

[오크 부족 사이에 당신의 악명이 더 높아집니다. 더 이상 악명이 오를 수 없습니다. 어린 오크들은 당신의 얼굴만 봐도 오줌을 지릴 겁니다.]

케인을 두들겨 패던 태현은 멈칫했다. 뭘 했다고?

"야, 나 HP! HP! 위험해!"

"걱정 마. 포션 줄게."

"아니, 그냥 그만 패라고!"

"그래서…… 어쩌다 잡혔냐? 응?"

태현은 한숨을 쉬고 케인 앞에 앉았다. 계획을 짠 지가 얼마나 됐다고 이렇게 틀어놓다니. 이 도움 안 되는 놈!

태현의 눈빛을 느꼈는지 케인은 급히 변명을 시작했다.

"아, 아니. 나도 어쩔 수 없었어. 너도 상황을 들으면 이해할 거야."

"전혀 이해할 것 같지 않지만 일단 말해봐."

"그러니까 그게……."

케인은 최대한 그에게 유리하게 설명했다. 물론 대기하고 있던 정예 암살자들이 하나하나가 보스급 고렙 NPC기는 했지만, 케인 이야기만 들으면 무슨 오크 군대에게 포위당한 것으로 오해할 것 같았다.

"……근데 다른 놈들은 어디 가고 너 혼자 잡혔냐?"

그리고 태현은 바로 케인 이야기의 허점을 찔렀다.

"그, 그건……."

"너 이 자식. 다른 놈들이 띄워준다고 신나서 앞에서 먼저 가다가 잡힌 거지?"

"헉, 그걸 어떻게!"

"아오, 이 자식은 진짜!"

"야. 나 HP! 진짜 위험해! 네가 때리면 치명타 터진다고!"

케인은 필사적으로 외쳤다. 태현은 들었던 손을 멈췄다.

"끙…… 너 때문에 계획이 꼬였잖아."

"어? 뭔 계획? 다른 부족들 설득해서 아키서스 믿게 만들려는 게 계획 아니었어?"

"그것도 있는데 플레이어들 모인 김에 여기 오크 부족들 공격시킬 생각이었지. 내버려 두면 얘네들이 누굴 노리겠냐."

케인은 그 말에 눈을 깜박였다.

"너하고 나?"

"그래. 인마. 네가 플레이어들 모았다길래 너한테 좀 시키려고 했는데 그새 잡혀 오냐?"

"아, 아니. 나도 나름 잘해보려고 한 건데……."

"시꺼."

"응……."

"네가 잡혀갔으니 모였던 플레이어들은 다 흩어졌겠네?"

"아니. 장쓰안이 대신 이끌고 있다는데. 나보다는 못하겠지만……."

마지막 말은 무시하고, 태현은 안도의 한숨을 내쉬었다. 그래도 다 흩어지지는 않았구나!

"잘됐네. 장쓰안이면 너보다 나을지도."

"야! 그건 아니지!"

"장쓰안을 잘 꼬드겨서 공격을 시켜야겠어."

"장쓰안 그놈이 잘하겠냐! 그놈이 얼마나 뻣뻣하고 거만한 놈인데!"

"뭐, 사람은 바뀌게 마련이지. 그리고 뻣뻣하고 거만해도 애들 모아서 이끄는 거 정도는 할 수 있을 테니까."

"진짜?"

"……에이, 그래도 이다비랑 다른 애들도 있는데."

"진짜??"

"시끄러, 이 자식아. 이게 다 네가 잡혀 온 거 때문이잖아!"

"컥!"

태현도 솔직히 확신은 안 들었지만, 어쩔 수 없었다. 이렇게 된 이상 장쓰안에게 맡길 수밖에!

"그보다 문제는 너야."

"……?"

"널 어떻게 빼내느냐가 문제인데…… 널 그냥 빼내면 오크들이 그냥 넘어가겠냐? 대족장의 아들을 잃은 원한이 있는데?"

"그건 네가 한 짓이잖아!!"

"하하. 그런 사소한 일은 넘어가고. 어쨌든 어떻게 해야 할지 모르겠군."

이세연이었다면 케인을 언데드로 변신시킬 방법이 있을지도 몰랐다. 그러나 태현에게는 그런 방법이 없었다.

'변장이라도 시켜야 하나? 아니, 아무리 그래도 그건 너무 위험할 거 같은데.'

태현 본인이면 몰라도 화술 스킬이 거의 없는 케인이 변장해서 잘 넘어갈 거 같지 않았다. 몬로소가 호구 같아 보여도 나름 저렇게 능력이 있는 호구 아닌가.

뚜벅뚜벅-

밖에서 다가오는 걸음 소리. 태현은 일단 케인한테 주먹부터 날렸다.

펙!

"컥! 치, 치명타가 또……."

"이 자식! 불란 말이야! 모험가 놈들이 어디로 오고 있는 거냐!"

"제발 그만! 멈추면 모든 걸 말하겠습니다!"

천막의 입구를 들추고 몬로소가 들어왔다. 몬로소는 케인을 보고 흐뭇한 표정으로 고개를 끄덕였다.

"잘하고 있군. 그런데 마법은 안 쓰나?"

"하하. 마법을 쓰기 전에 적당히 두들겨 줘야지 쓰기 편해지지 않겠습니까? 그리고 마법을 쓸 가치도 없는 놈한테는 쓰기도 아깝고요."

"그 말도 맞는 말이군. 이걸 주려고 왔지."

"……?"

"착, 착각하지 말라고. 꼭 자네가 좋아서 주는 건 아니니까!"

맞고 있던 케인도, 때리고 있던 태현도 순간 얼빠진 표정을 지었다. 저 아저씨가 왜 저래?

[<악마술사가 정제한 악마의 피>를 얻었습니다.]

"저놈이 자꾸 반항하면 이걸 먹이라고."

몬로소가 꺼낸 아이템은 <봉인된 고대 악마의 피>를 정제한 아이템이었다. 대족장이야 워낙 강력한 오크니 저 원액을 통째로 먹였지만, 케인 정도의 모험가라면 정제한 악마의 피로도 충분하리라!

"이걸 마시면 어떻게 됩니까?"

"일단 몸이 검붉게 변하면서 악마의 피가 흐르게 되지. 더 강해지고, 상처도 사라지고, 엄청나게 강력해지는 거야."

"부작용도 있지 않습니까?"

"이성을 잃게 되지."

"……"

"그리고 그 피의 주인, 즉 악마의 말에만 따르게 돼. 그렇지만 여기에는 피의 주인이 없으니, 〈봉인된 고대 악마의 피〉를 가장 많이 갖고 있는 내 말을 따르게 되는 거지. 어떤가?"

"정말 완벽하십니다! 그런데 이 봉인된 고대 악마의 피는 어디서 나셨습니까?"

"그게…… 누구였더라…… 어차피 봉인되고 잊혀진 악마여서 이름에는 신경 안 쓰고 있었는데. 에……."

태현은 움찔했다. 설마…….

"에슬라였던 거 같군. 그놈의 피지."

CHAPTER 5

에슬라. 태현이 대륙에 퍼진 역병 저주를 해결하기 위해 들어간 던전에서 만난 봉인된 악마였다.

에슬라는 태현에게 그의 봉인을 풀어달라는 퀘스트를 내주었고, 태현은 그걸 받아들였다.

악마들의 주무기 세 개. 그 대가는 태현과의 동맹!

지금 태현의 영지에서 기계공학 대장장이들을 가르치고 있는 미친ㄴ…… 아니, 악마 대장장이 사루온이 에슬라의 부하였다.

'세상 좁다더니 여기서 이름이 나오나?'

생각해 보니 악마들은 대부분 마계에 있고, 대륙으로 나오는 건 극소수일 테니, 대륙에 봉인된 악마가 그렇게 많을 리 없었다.

'에슬라 이놈은 나름 고대 악마란 놈이 파나 뽑히고 말이야……'

태현은 속으로 투덜거렸다. 에슬라 입장에서는 억울할 소리였다. 봉인됐는데 어쩌란 말인가! 어쨌든 몬로소가 입을 가볍게 놀린 덕분에 태현의 머리는 빠르게 돌아갔다. 먼저 한 것은 영지에 연락을 보내는 것이었다.

　　-야, 에드안이랑 사루온. 우르크 지역으로 오라고 해라!

　　대도적 에드안과 악마 대장장이 사루온.
　　둘 다 지금 태현의 계획에서는 필요한 이들!
　　가브리엘은 태현의 귓속말을 듣고 펄쩍 뛰었다.

　　-알겠습니다! 지금 당장 가겠습니다!
　　-그리고 에드안은 튈 수도 있으니까 부르기 전에 갈락파드 먼저 불러서 같이 가라!
　　……어? 에드안은 태현 님 부하 아니었습니까?
　　-부하긴 부하인데 어쨌든 같이 데리고 가!

　　신뢰라고는 조금도 없는 아키서스 교단!

　　"야, 야. 이거 나 안 먹일 거지? 그치?"
　　"음…… 근데 이거 안 먹이면 빠져나갈 방법이 없다잖아?"

"야!!"

"어쩐다? 일단 널 가둬놓고 움직여야 하나?"

"그, 그래. 그게 낫지! 나 여기 좋아! 여기서도 잘 지낼 수 있어! 스킬 연습하면서 있을게!"

케인은 필사적으로 외쳤다. 아무리 생각해도 저 악마의 피를 마시면 엄청 개고생할 게 분명! 기껏 〈아키서스의 노예〉라는 괴상망측한 직업에 적응했는데, 〈악마 피를 가진 노예〉 같은 직업으로 바뀐다면 정말 살고 싶지 않을 것이다.

"진짜? 여기 있어도 괜찮겠어?"

"물론이지!"

"알겠어. 포로 상태는 풀어줄 테니까 무슨 일 있으면 알아서 행동하고. 네 목숨 네가 부지해라. 들키면 아마……."

"아, 아마 뭐?"

"너도 알면서 왜 그래. 오크들이 널 죽이겠지. 괜찮아. 페널티 받고 부활하면 되지. 물론 이 근처라서 오크들이 또 쫓아오겠지만."

"안 돼!"

"어쨌든 너 고문해서 정보 좀 알아냈다고 하러 가야겠다. 잘 있어."

태현은 케인을 내버려 두고 밖으로 나왔다. 몬로소에게 '모험가들이 어디로 오고 있습니다!'라고 선동하기 위해서였다. 그러나…….

"칙! 그걸 어떻게 믿나!"

"취익! 외부인이 제대로 정보를 얻어냈을 리 없다! 칙!"

대족장 밑의 직속 부하들, 그리고 족장들은 부정적인 태도를 보였다. 몬로소의 말이야 어쩔 수 없이 들어도 태현의 말은 듣고 싶지 않다는 태도였다.

"아니, 지금 이놈이 얼마나 개××처럼 고문을 잘했는데! 저 잡힌 모험가는 제대로 서지도 못하고 있어!"

'……칭찬이지?'

태현은 미묘한 기분을 느꼈지만 가만히 있었다.

"칙. 몬로소! 만약 〈붉은 바위 요새〉로 모험가들이 오지 않는다면 당신도 이제 지휘를 우리한테 맡기고……."

"칙! 〈붉은 바위 요새〉에 공격이다! 지금 당장 지원을!"

몬로소는 의기양양한 표정으로 오크들을 쳐다보았다. 사실 이건 간단했다. 태현이 장쓰안에게 '야, 애들 선동해서 붉은 바위 요새 공격해라'라고 말했기 때문이었다.

짜고 치는 고스톱!

"봐라! 이놈들. 대족장에게 전권을 받은 내 말을 무시하다니!"

"칙, 알겠다. 몬로소. 그만 떠들어라."

"취익! 우리 모두가 널 인정하는 건 아니다! 그걸 알아줬으면 좋겠군!"

오크 족장들은 투덜거리며 자리에서 물러섰다. 그걸 본 태현은 몬로소에게 속삭였다.

"그냥…… 다 피를 먹여 버리죠?"

작게 끝날 사고도 크게 만드는 것. 그것이 태현이었다.

"안, 안 돼! 그랬다가는 뒷감당이 어렵다고. 내가 얼마나 공 들여서 하고 있는지 아나?"

몬로소는 순간 흑한 표정이었지만 금세 고개를 저었다. 그러나 태현의 말은 악마처럼 계속 몬로소에게 스며들었다.

"에이, 인생은 한 방! 어느 순간에는 크게 나서야 하지 않겠습니까? 저 건방지게 나대는 족장 놈들을 보십쇼. 몬로소 님을 무시하고 있는 겁니다. 오크가 아니라는 이유 하나 때문에!"

"그, 그렇긴 하지…… 하지만 저놈들 모두에게 피를 마시게 하면…… 그 밑의 부하들이 반란을 일으킬지도……."

"아니라니까요! 오크 놈들은 그렇게 머리를 굴리지 못할 겁니다! 일단 마시게만 하면 끝! 끝이라니까요!"

"그…… 그래?"

악마의 피가 에슬라의 피라는 걸 알게 된 태현은 거침이 없었다. 더 마시게 해라! 더!

"어쨌든 몬로소 님! 저는 지금 〈붉은 바위 요새〉로 가서 오크들을 돕겠습니다!"

"아니, 굳이 네가 갈 필요가 있나? 어차피 오크들이……."

"아닙니다! 모험가 놈들은 절대 얕볼 수 없는 놈들. 저라도 가서 지원을 해야 합니다. 몬로소 님이 직접 가실 수는 없지 않겠습니까?"

"녀석……! 내가 왜 너를 이제야 알았는지 모르겠다!"

[악마술사 몬로소가 당신의 충성심에 감동해 부관 자리를 수

여합니다. 우르크 지역 오크 대부족의 부관 자리를 받았습니다. 오크들에게 보여줄 경우 지위를 인정받습니다.]

어떻게 된 게, 나쁜 놈들 세력에만 가면 그 실력과 지위를 인정받는 태현이었다. 악마들 군세에서도 그랬고, 오스턴 왕국 반란군에서도 그랬고…….

"감사합니다, 몬로소 님! 저도 왜 이제야 몬로소 님을 만나게 되었는지 아쉽습니다! 그딴 마탑의 쓰레기들이 아닌 몬로소 님을 찾아뵈었어야 했는데!"

얼싸안는 두 흑마법사!

태현은 살짝 고민했다.

'지금 훔칠까? 에이, 됐다. 괜히 지금 해서 위험을 무릅쓸 필요는 없지. 어차피 앞으로 훔칠 기회도 많을 텐데.'

태현이 그런 생각을 하는지 꿈에도 모르는 채, 몬로소는 태현을 응원했다.

"가라! 가서 놈들을 막아라!"

"예!"

"어, 내가?"

"네."

이다비는 단호하게 말했다. 장쓰안은 듣고도 믿지 못하겠다는 얼굴이었다.

"왜 나지? 김태현 일행 중에 나보다 더 적당한 사람들 많을 텐데?"

"아니에요! 이번 일은 장쓰안 씨가 담당자예요. 딱 맞는다 고요!"

단호한 이다비! 그 단호한 기세에 장쓰안은 한 걸음 물러섰다.

'어라? 정말 그런가?'

여기 모인 플레이어들. 그리고 그 플레이어들을 모아서 이 끄는 것. 장쓰안은 그런 역할에 자신이 없었다. 원래라면 '하찮 은 놈들을 이끄는 건 나 같은 사람의 역할이겠지' 하면서 이끌 었겠지만, 최근 들어 사라진 자신감!

"태현 님도 장쓰안 씨가 딱 맞는다고 하셨어요."

"뭐? 진짜?"

"네!"

"그, 그러면야…… 으음…… 한번 해보도록 할까……."

머뭇거리던 장쓰안은 결국 홀라당 넘어갔다. 그걸 본 다른 사람들은 속으로 생각했다.

'저거 왜 저렇게 쉬워?'

그러는 사이 이다비는 한숨을 내쉬었다. 지금 태현이 없는 상황에서, 일 처리는 다 그녀의 몫이었다. 어떻게든 굴러가게 만들어야 한다!

'케인 씨는 왜 멋대로 설치다가 잡혀가서 일의 난이도를……'

투덜거려 봤자 달라지는 건 없었다. 이다비는 상황을 받아들이고 빠르게 움직였다.

-우르크 지역에 있는 파워 워리어 길드원들 전부 집합!

-네? 지금 지도 만들고 있는데요? 요즘 지도가 잘 팔린다고요.

-너 지도 만들기 스킬 초급이잖아?

-뭐 어때, 내가 볼 것도 아닌데.

훈훈한 길드원들의 대화. 물론 이다비는 무시하고 말했다.

-시끄럽고 우르크 지역에 있는 사람 전부 모여. 모이지 않는 사람에게는 '방송 참가 불가' 형벌과 '김태현 퀘스트 참가 불가' 형벌을 내리겠다.

-헉! 안, 안 돼요! 그것만은!

-제발! 그것만은!!

질겁하는 길드원들! 이제는 다른 나라 플레이어들도 정기적으로 구독하는 〈파워 워리어 길드 방송〉과, 퀘스트 중에서 가장 많이 남는 퀘스트라는 일명 〈김태현 퀘스트〉! 김태현 따라다니면서 퀘스트 했던 사람들은 차를 한 대씩 새로 했다는 소문이 돌 정도였다. 그 정도로 대박 퀘스트만 골라 하는 태현!

-너희들이 해줘야 할 일이 있어.

-이번 일은 무슨 일입니까?

-바람잡이.

……우리 길드도 좀 커지고 요즘은 이미지도 괜찮아졌는데 언제까지 이런 일만 해야…….

-야, 근데 우리 길드 이미지는 왜 좋아진 거냐? 난 아직도 이해가 안 간다. 우리가 뭐 딱히 다른 거 한 게 없잖아.

-멍청한 놈. 그게 다 길마님께서 이리 뛰고 저리 뛰셔서 그렇게 된 거 아니냐!

-헉, 충성충성충성!

-배부른 소리 하지 말고 빨리 모여! 이런 일도 아무나 못 하는 거야.

이다비의 명령에 숙련된 파워 워리어의 정예들이 근처로 모이기 시작했다. 그리고 그에 맞춰, 장쓰안이 말을 시작했다.

"들어라, 하찮은 놈들아!"

태현이 부탁했다는 말에 돌아온 자신감! 이다비는 손으로 얼굴을 감쌌다. 저런 사람들을 데리고 진행해야 한다는 게 벌써부터 답답해지고 있었다.

'태현 님은 이런 사람들 데리고 어떻게 퀘스트를 했던 거지?'

태현 본인이 이런 사람들보다 더 이상하다는 생각은 하지 않는 이다비였다.

"지금 케인이 이 자리에는 없지만, 걱정할 필요는 없다! 케인보다 모든 면에서 더 뛰어난 내가 있으니…….."

"뭐라는 거야, 이 자식아!"

"케인이나 불러와!"

"맞아! 우린 케인 님이 불러서 온 거라고!"

충격에 빠졌던 플레이어들은 제정신을 차리고 장쓰안을 공격하기 시작했다. 장쓰안이 누군지는 알지만, 처음부터 다짜고짜 저렇게 나오는데 기분 좋게 받아들일 사람은 없었다. 한 명이 욕을 하자 다른 사람들도 욕을 하고, 순식간에 분위기가 퍼져갔다.

"어, 어? 아니…… 내가 해주겠다는데! 진짜로? 너희 후회 안 하겠어?"

"아 케인이나 불러오라고!!"

케인이 이 자리에 있었다면 감격의 눈물을 흘렸겠지만, 아쉽게도 케인은 이 자리에 없었다.

"케인한테 져서 대회도 못 나간 놈이 뭔 잘난 척이야!"

"뭐, 뭐라고? 이…… 그건 비겁하게 사전 공작을…….'

-어휴. 시작해.

대화가 점점 추해지자 이다비는 바로 명령을 내렸다.

"장쓰안 님! 장쓰안 님이잖아! 전 따라가겠습니다!"

"앗! 〈검은 지하 유적〉 퀘스트를 성공적으로 깬 장쓰안 님!"

장쓰안을 욕하던 사람들은 갑자기 튀어나오는 장쓰안 팬들의 모습에 당황했다.

"그쪽 왜 그래요? 저 거만한 놈이 뭐가 좋다고?"

"아니, 케인 님이 좋긴 하지만 지금 일 있어서 갔다는데 어떡해요? 저 사람이라도 데리고 해야지. 안 그러면 퀘스트 자체가 진행이 안 될걸요? 지금 여기서 가장 앞장서서 퀘스트 진행할 랭커 있어요?"

"없지만⋯⋯."

"다른 랭커들은 다 이끄는 길드 있거나 자기 파티 있어서 자기들끼리만 논다고요. 장쓰안이라도 감지덕지지."

"그런가?"

"그럴듯한데?"

교묘하게 여론을 조작하는 파워 워리어 길드원들. 플레이어들 사이에 끼어서 어떨 때는 이성적으로, 어떨 때는 감정적으로 설득하는 그들! 한두 번 해본 솜씨가 아니었다.

어느새 장쓰안을 반대하던 사람들도 '어쩔 수 없지' 하는 식으로 돌아섰다. 파워 워리어 길드원들은 그 틈을 타 목소리를 높였다.

"장쓰안! 장쓰안!"

"역시⋯⋯! 세상은 아직 정의가 있었군. 내 진심을 알아주는 사람이 있다니!"

숨겨진 뒷얘기를 모르는 장쓰안은 그저 감격했다. 아까까진 난리 치던 놈들도 그가 이렇게 진심을 담아서 소리치니 받아들여 주는구나! 역시 진심은 통하는 거야!

'오늘 난 한 가지를 배웠다. 앞으로도 이렇게 살아야지!'

장쓰안을 보던 이다비는 속으로 생각했다.

'왠지 모르게 더 크게 사고를 칠 것 같은 예감이⋯⋯.'

짝짝짝짝짝-

태현 일행은 연설을 마치고 내려온 장쓰안에게 박수를 쳐주었다. 일단은 더 부추겨서 잘 써먹어야 하니까!

"장쓰안! 장쓰안! 장쓰안!"

"하, 하하. 뭘 이런 걸 갖고 쑥스럽게……."

그러자 멈추는 박수 소리. 장쓰안은 바로 말했다.

"좀 더 쳐줬으면 좋겠는데."

"……장쓰안! 장쓰안!"

'어휴, 귀찮은 놈.'

칭찬에 목마른 장쓰안!

"그러면 앞으로 어떻게 할지 계획을……."

"흠, 흠흠."

"지금 전해 들은 바로는 〈붉은 바위 요새〉로 바로 공격을 해달라고……."

"크흐흠! 크흠!"

"아, 누구야! 지금 이다비 씨가 설명하는데! 조용히 안 해?!"

짜증 내던 김세형은 멈칫했다. 못 보던 얼굴이 그들 뒤에 서 있었던 것이다.

"누구……?"

"힉! 앨콧!!"

가장 먼저 알아본 건 김세형이었다. 노리던 아이템 못 뜬 아이도 시비 걸릴까 봐 그 울음을 멈춘다던 앨콧! 한 번 시비 붙으면 리스폰 지점에서 기다리다가 계속 죽여서 게임을 접게 만든다던 앨콧! 하여튼 성격 더러운 일화는 더럽게 많이 돌아다니는 그 앨콧! 그걸 잘 알고 있던 김세형이었기에 가장 먼저 겁을 먹었다.

'난, 난 죽었다!'

앨콧인지도 모르고 성질부터 냈으니, 앨콧이 바로 공격을…… 하지 않았다.

"앨콧이라면 길드 동맹 소속 랭커죠?"

"그렇지."

"그러면 적이네요. 장쓰안 씨. 처리를!"

"……내가 뭔가 부려 먹히는 기분인데."

"기분 탓이에요, 기분 탓! 가라, 장쓰안!"

"아니! 잠깐!"

앨콧은 손을 뻗어서 그들을 말렸다.

"난 너희와 싸우려고 온 게 아니야!"

"싸우려고 온 게 아니라 그냥 일방적으로 죽이고 아이템을 뺏으러 온 게 분명해! 죽여! 장쓰안! 빨리 죽이라고! 암살자 직업인 앨콧이 한 번 숨으면 정말 처치가 곤란해져! 저놈은 숨만 쉬면 사람을 죽일 수 있는……."

필사적으로 외치는 김세형!

앨콧은 그 모습을 보고 떨떠름한 표정을 지었다. 그를 보고 저렇게 겁을 먹고 떠는 건 고마웠다. 애초에 저런 모습을 원해서 암살자 직업을 했었으니까.

'근데 왜 하필 지금 같은 상황에…….'

협상하러 온 상황. 저런 말은 전혀 도움 되지 않았다.

'헉, 설마 저놈. 내가 협상 못 하도록 방해하려고 저러는 건가?'

앨콧은 흠칫했다. 김태현과 같이 다니는 놈들이니 그 정도 사악한 꿍꿍이는 가지고 있어도 이상할 게 없었다. 게다가 이 근처에는 김태현에게 호의적인 플레이어들이 우글거렸다.

싸움이 벌어지면 그들이 어느 편에 설 것인지는 명확!

"아니라고 했잖아!"

"히익!"

앨콧이 울컥해서 외치자 겁을 먹은 김세형. 그 모습에 앨콧은 아차 싶었다. 지금 잘 보여야 하는 상황인데……!

"후. 말을 좀 들어달라고."

"말해보세요. 듣고 있으니까."

"그게…… 너희들을 도와주려고 왔지."

"개소리."

"그걸 누가 믿어요."

"그건 좀 아닌 것 같습니다."

장쓰안, 이다비, 정수혁의 냉정한 반응! 그 모습에 앨콧은 다시 한번 울컥했다.

"야! 이것들이……."

"저, 저거! 본색 드러낸다 저거! 죽여야 한다 저거!"

이제 슬슬 김세형이 더 얄밉게 느껴지는 앨콧이었다.

"장쓰안! 넌 날 알잖아!"

"알지. 은신하다가 뒤통수치고 아이템 뺏어 먹는 게 너 아니었나?"

평소 행적이 이렇게 돌아올 줄이야. 앨콧은 할 말이 없었다. 솔직히 앨콧 본인도 앨콧 같은 놈이 도와주겠다고 오면 수상해할 테니까.

"더 이상 다가오지 마라. 다가오면 공격한다."

"쉿쉿! 저리 가라 쉿쉿!"

빠드득!

앨콧은 이를 갈았다. 이딴 놈들한테 아쉬워서 부탁을 해야 한다는 게 배알이 뒤틀릴 지경!

"그러니까…… 뿌드득…… 내 말을…… 까드득…… 좀 들어보라고…… 까득!"

사이사이 들리는 이 가는 소리! 그나마 책임자인 이다비가 냉정하게 물었다.

"그냥 도와준다는 거 이쪽에서는 못 믿겠는 것도 아시겠죠? 길드 동맹 소속 랭커가 와서 도와준다고 해도 수상할 뿐이라고요."

장쓰안은 그 옆에서 고개를 연신 끄덕거렸다. 앨콧은 어이가 없어서 말했다.

"저놈은! 저놈은 길드 동맹 소속 아니더라도 길드 동맹하고 엄청 친한 놈이라고!"

"장쓰안 씨는 사정이 있거든요."

"나도 사정이 있어!"

"무슨 사정인데요?"

"어, 그게……."

앨콧은 말끝을 흐렸다. 이 주변에는 사람이 너무 많았던 것이다.

'내가 김태현을 엄청 무서워하는데, 김태현하고 나 사이에 무슨 오해가 있는 것 같아. 김태현이 갑자기 날 죽인다고 협박을 해가지고…… 내가 한 게 아닌데! 내 결백을 증명해야 해! 김태현 패거리인 너희들이라면 도와줄 수 있겠지?'라고 말할 수는 없었다!

"저놈 지금 꾸미려고 하는 거 같다. 그냥 공격하자."

"장쓰안 너 이 자식! 쑤닝한테 다 이를 거다!"

"뭐, 뭐? 난 쑤닝한테 빚진 거 없다. 말하고 싶으면 말해! 난 100% 떳떳해!"

둘의 추한 말싸움은 멈추게 하고, 이다비는 앨콧만 따로 불렀다.

"다른 사람 들을까 봐 말 못 한 거면 지금 말하세요. 듣고 생각할 테니까."

"그게…… 음…… 그러니까……."

결국 앨콧은 털어놓았다. 듣던 이다비는 기묘한 표정을 지었다.

"……어디 가서 절대 말하지 마라! 말했다가는 파워 워리어 길드원들 보이는 대로 족족 죽여 버릴……."

"딱히 상관없는데요."

사망 페널티 따위는 신경 쓰지 않는 사람들만 모인 게 파워 워리어 길드였다. 그러나 앨콧은 다른 의미로 받아들였다.

'이, 이 여자…… 김태현하고 같이 다니더니, 역시 김태현 같은 사람이었군! 피도 눈물도 없는 냉혈한 같으니!'

지금 상황을 이끄는 것도 그렇고, 앨콧은 이다비가 갑자기 엄청나게 무섭게 느껴졌다.

"그리고 그쪽은 아쉬운 소리 하려고 온 건데 이렇게 협박을 해도 되나요?"

'아차!'

앨콧은 아차 싶었다. 생각해 보니 지금 여기 있는 태현 패거리한테 부탁을 하러 온 거였는데! 맨날 협박만 하고 다닌 탓에 습관처럼 협박부터 나온 것이다.

"아, 아니. 그건 농담이었어."

"네. 재밌는 농담이었고 태현 님한테 전해 드릴……."

"아니야! 내가 잘못했어! 제발 그건 전달하지 마!"

사실 태현은 앨콧한테 화낸 사실 따위는 이미 잊고 있었다. 그 뒤 바로 어떻게 된 일인지 전해 들었기 때문이었다. 그러나 그런 내막을 모르는 앨콧에게 지금 상황은 절박한 상황! 어떻게든 오해를 풀어야 한다!

그 절박한 모습을 보고 이다비는 속으로 생각했다.

'뭘 당했길래 이렇게 겁을 내지?'

이다비 입장에서는 도저히 이해할 수 없는 태현 공포증!

어쨌든 앨콧이라는 좋은 패가 들어왔는데 당연히 써먹어 줄 생각이었다. 이다비는 태현에게 귓속말을 보냈다. 상황을 설명하기 위해서.

-응? 걔? 걔 좀 이상한 놈이야. 나 노리고 온 것 같지는 않은데 막 자기는 엄청 착한 놈이라고 거짓말을 하더라고.

-만난 적 있었던 거 아니에요?

-나랑 만난 적이 있었나? 난 나한테 진 사람들까지 일일이 기억하지는 않아서.

'이러니까 죽이려고 100명이 오는 거 아닐까?'라고 생각했지만, 이다비는 말하지 않았다. 태현을 배려해 주는 상냥한 마음!

-어쨌든 알아서 써먹어.

-네? 진짜 그래도 돼요?

-써먹어, 써먹어.

-파워 워리어 길드 일로 써먹어도 되나요?

-알 게 뭐야. 마음대로 써먹어.

앨콧도 모르는 사이 정해진 그의 운명!

-그보다 지금 〈붉은 바위 요새〉로 가려고 하는데, 여기 너무 챙길 게 많다.

-네?! 어딘데요!?

반짝이는 이다비의 눈빛!

-오크 대족장 천막 옆 창고.

-……왜 거기 있으세요?

-그러게. 나도 오려고 온 건 아닌데…… 일단 최대한 빼돌리고 남은 건 다른 곳에다 숨겨뒀다가…… 아니, 어떻게 해야 할까…….

태현은 고민하며 창고들을 훑어보았다. 원래 바로 〈붉은 바위 요새〉로 떠나려고 했는데, 그의 발목을 이 창고들이 붙잡았다. 다닥다닥 붙어 있는 거대한 창고들! 마치 '가져가 주세요!'라고 말하는 것처럼 보였다.

〈흑철과 루비로 만든 오크식 대검〉, 〈고대 오크의 일곱 가지 금속으로 만든 중갑옷〉, 〈오크식 대형 발리스타〉, 〈분노의……. 무기, 갑옷, 화살, 포션 등 가지각색 아이템들이 가득 찬 창고!

-췩. 건드리지 마라, 마법사.

"아, 안 건드려. 애초에 마법사인 내가 왜 너희들 장비를 보겠어?"

-췩. 수상하다. 마법사가 왜 전사들의 장비를 이렇게 쳐다보는 건가?

"오해라니까."

침착을 되찾은 태현은 뻔뻔하게 대답했다.

그러나 머리는 팽팽하게 굴러가는 중!

'지금 내가 착용하고 있는 갑옷은 〈오스틴 왕가의 비전 갑

옷〉이고, 무기는 〈유성〉과 〈에다오르의 뜨겁게 끓어오르는 진홍빛 대검〉을 번갈아 쓰고 있지.'

어지간한 플레이어들은 구경도 하기 힘든 훌륭한 아이템들이었다. 특히 〈오스턴 왕가의 비전 갑옷〉 같은 건 정상적인 방법으로는 구할 수 없는, 왕궁 창고에서 훔쳐…… 아니, 받아온 장비! 레벨 100도 안 되는 태현이 레벨 100 중후반대를 넘는 랭커들과 맞먹는 장비들을 갖추고 있었으니, 태현이 얼마나 좋은 장비들을 끼고 있는지 알 만했다.

'방랑자 세트 덕분에 외투, 벨트, 장갑, 신발은 신경 안 써도 되니까 갑옷과 주무기 정도만 신경을 쓰면 되겠지.'

방랑자의 세트. 태현이 초반에 구해서 아직까지 쏠쏠하게 쓰고 있는 세트 아이템이었다. 착용 스탯 제한이 좀 변태적이라는 게 단점이었지만 태현처럼 강제로 균형 잡힌 스탯 성장을 하는 플레이어에게는 단점도 아니었다.

'에다오르의 대검은 좋긴 하지만, 언젠가는 못 쓸 무기지.'

에다오르의 대검이나, 〈갈그랄의 저주가 서린 칼날 장갑〉 같은 아이템들은 퀘스트 아이템이었다. 언젠가 봉인된 에슬라를 풀기 위해 바쳐야 할 아이템! 정말 강력한 장비기는 했지만 여기에만 의존할 수는 없었다.

'게다가 아이템 설명들에 〈만약 손에 넣었다면 되찾기 위해 찾아올 것이다. 반드시!〉가 달려 있는 것도 찜찜하고……'

아이템에 이런 설명들이 달려 있으니, 이런 무기를 갖고 있거나 사용하면 악마들이 찾아올지도 몰랐다. 최대한 주의하고는 있었지만…….

'역시 〈유성〉을 녹인 다음, 새로 얻은 재료를 구해서 다시 무기를 만들어야겠어. 〈철벽〉도 지금 안 쓰고 있으니까 마찬가지로 녹여서 다시 만들고…….'

다른 전투 직업 플레이어와 달리, 태현은 직접 자기 장비를 만들 생각이었다. 설마 판온 1에서 대장장이 직업을 키우던 전략을 판온 2에서 다시 하게 될 줄이야.

'근데 내가 만드는 게 생각보다 훨씬 효과가 좋단 말이지.'

대장장이 기술, 기계공학 스킬도 고급까지 찍은 상황. 대장장이 기술 스킬이야 벌써 최고급까지 바라보고 있는 대장장이 랭커들에 비하면 밀리겠지만, 태현에게는 그들에게 없는 몇 가지 요소들이 더 있었다. 기계공학, 행운, 신성.

이런 속성들이 장비에 반영되고, 〈아키서스의 화신〉인 태현의 직업과 시너지 효과를 일으키는 것이다.

'그러려면 역시 좋은 재료들이…….'

흑철, 진은, 백금, 오리하르콘, 아다만티움, 각종 보석들 등! 대장장이 랭커가 마음만 먹으면 길드 창고를 거덜 낸다는 게 괜히 있는 말이 아니었다. 좋은 장비를 만들기 위해서는 그만큼 비용이 드는 것!

'1에서는 장비 하나 만들려고 길드 세 개를 털었었나…….'

당한 사람들이야 아직도 이를 갈고 있겠지만 태현은 아련한 추억처럼 떠올렸다. 어쨌든 이 오크들의 창고에서 챙길 수 있는 건 모조리 챙겨놔야 했다. 태현은 예감하고 있었다. 이번 퀘스트가 끝나면, 일이 어떻게 풀리든 이 오크들의 동네가 멀쩡하지는 않을 거라는 것을!

-췩. 마법사! 저리 가라! 네 눈빛은 어쩐지 사악하다!

"칫."

하도 높은 악명 스탯 때문에 오크들한테도 불신받는 태현이었다.

"정말로?"

"네. 제가 잘 말해 드리면 태현 님은 분명 이해해 주실 거예요. 사실 원래 마음은 착하시거든요."

"뭐? 그게 무슨 개…… 아, 아니지. 그, 그래."

앨콧은 황당하다는 듯이 말하려다가 멈칫했다. 지금 이다비가 태현에게 말을 전할 수 있다는 걸 알아서였다.

'김태현이 착하다니 미쳤냐?'

김태현이 게임을 잘한다. 이건 앨콧도 인정할 수 있었다.

김태현이 머리를 잘 쓴다. 이것도 인정할 수 있었다.

김태현이 착하다. 이건 절대 인정 못 해!

'말 같은 소리를 해야 받아들이지……'

"그래서 내가 뭘 해야 되지? 이번 퀘스트만 도와주면 되겠지? 나도 바쁜 사람이야."

"네. 네. 이번 퀘스트 도와주시고 다른 작은 퀘스트들만 몇 개 도와주시면 되겠네요."

"뭐? 왜 퀘스트가 늘어……."

"싫으신가요?"

"……나면 돕는 맛도 있어서 좋겠네. 흥."

앨콧은 투덜거렸지만 거절하지는 못했다. 이다비가 언제 어떻게 태현한테 말을 전할지 몰라서 무서웠던 것이다.

'안 되겠다. 다른 식으로……'

그 대신 앨콧이 선택한 건 동정심에 호소하는 것이었다.

"아니, 그런데 말이야. 나도 좀 진짜 바빠서…… 다른 퀘스트들은 줄여주면 안 되나?"

"무슨 일로 바쁘신데요?"

앨콧은 별생각 없이 대답하려고 했다. 이다비가 어떤 사람인지 알았다면 절대 하지 않았을 경솔한 짓!

"찾는 아이템이 있어서."

"무슨 아이템이죠?"

"어, 그건 좀…… 내 퀘스트인데……."

밖으로 나갔던 앨콧의 정신이 살짝 돌아왔다. 그러나 이다비는 능숙했다.

"아. 말하시기 싫으시면 말 안 해도 괜찮아요. 제가 아는 거라도 있으면 도와드리려고 했죠. 파워 워리어 길드는 길드원들 숫자가 많다 보니 아는 게 많거든요."

그 말에 앨콧은 혹했다. 원래라면 자기가 무슨 퀘스트를 하는지는 무조건 숨겼을 것이다. 혹시라도 다른 경쟁자한테 들어갈 경우 방해받을 수 있으니까. 그렇지만 이다비는 아무리 봐도 경쟁자로 보이지는 않았고, 파워 워리어 길드는 길드 같아 보이지도 않는 집단이었다.

"……〈카르바노그의 무딘 창〉이라는 아이템인데."

"그렇군요! 정보가 들어오는 대로 바로 전해 드릴게요!"

뒤에 '태현 님한테!'라는 말이 있었지만 이다비는 생략했다. 앨콧은 그것도 모르고 고마워했다.

"그래? 고마워. 잘 부탁하지!"

장쓰안이 이끌고, 앨콧까지 합류한 대규모 파티. 단순 계산으로 랭커는 두 명이었지만 효과는 대단했다. 다른 랭커들도 '어? 저 둘이 있네? 뭐 좀 되는 퀘스트인가 본데?' 하고 몰려들기 시작한 것이다. 게다가 우르크 지역에 온다는 건 기본적으로 레벨 100을 넘기는 고렙 플레이어라는 뜻! 물론 태현만 빼고 말이다.

"나를 따라와라! 거기 탱커들! 내 앞에서 방패 들어! 위에서 날아오는 공격 막아줘야지!"

"케인 님은 자기가 직접 막았는데."

"맞아. 역시 장쓰안은……."

"아, 아니. 그놈은 탱커 직업이고 난 딜러 직업이니까 어쩔 수 없잖아!"

어처구니없는 트집에 장쓰안도 당황! 그러거나 말거나, 공성전은 착실하게 진행되고 있었다.

-칙, 발사! 발사!

붉은 바위 요새. 말 그대로 붉은 바위로 만들어진 벽을 갖고 있는 요새였다. 바위를 깎아 만든 탓에 어지간한 공격은 다 막아냈다.

[케켄누그의 화염 창을 사용했습니다. 붉은 바위 암벽이 튕겨냅니다. 공성추의 화살을 쏘았습니다. 붉은 바위 암벽이 튕겨냅니다.]

"저거 뭐 이리 튼튼해?"

"왕국 근처의 오크 요새 생각하면 안 되겠다! 여기는 진짜 장난이 아냐!"

상황을 깨달은 플레이어들은 웅성거리며 의견을 나눴다. 중앙 대륙의 왕국 근처에 있던 오크 요새나 여기 와서 털어먹은 작은 마을과는 차원이 다른 방어력! 여기서부터는 대족장과 족장들이 직접 이끄는 우르크 지역의 오크들의 영역. 그들의 힘이 본격적으로 나타나는 것이다.

"그러면 역시 성벽을 넘어야 하나?"

"성벽 타고 넘는 거 어려울 거 같은데……."

-칙! 침입자 놈들, 발걸음 멈췄다! 공격! 공격!

"으헉! 고개 숙여! 고개 숙여!"

"힐 좀! 여기 힐 좀!"

매서운 화살 공격! 투박한 화살들이지만 쏘아 보낸 오크들의 레벨이 높았는지 대미지가 묵직하게 박혔다.

"뭔 성벽에 있는 오크 궁수들 레벨이……."

"100은 당연히 넘고, 120? 130?"

"사제들, 탱커들한테 버프 좀 걸어주세요!"

요새 벽 밑에서 치열하게 혈전이 벌어졌다. 화살은 기본이고 날아드는 바윗덩어리에 오크 주술사들의 공격까지. 사제 플레이어들이 많아 버티고는 있었지만 더 이상 접근하지는 못했다.

"장쓰안 님! 여기서 어떻게 하죠?"

"장쓰안! 어떻게 해야 하냐! 진척이 없어!"

"장쓰안! 빨리 지시를 내려줘!"

"음, 음, 그러니까 그게……."

동시에 쏟아지는 압박. 장쓰안은 순간 당혹했다. 넓은 전장, 수십 곳이 넘는 곳에서 일어나는 싸움.

여기서 어떻게 반응해야 하지?

"그, 그러니까……."

-야, 요새 문 열 거니까 요새 문으로 와라.

그 순간 날아온 태현의 귓속말. 장쓰안에게는 마치 구원의 말처럼 들렸다.

"……요새 문으로 가자!"

"미쳤냐?"

"야, 정신 차려 장쓰안!"

장쓰안의 이름을 듣고 모인 랭커들은 질색하며 고개를 저었다. 다른 플레이어들과 달리 잃을 게 많은 랭커들! 이런 무모

한 결정을 받아들일 리…….

"문, 문이 열렸다!"

"가자! 지금 가야 해!"

우르르 몰려드는 플레이어들!

-칙?! 문을 누가 연 거냐!

당황한 오크 전사들이 달려왔지만 이미 플레이어들은 문을 점령한 상태였다.

"치고 들어가! 멈추지 말고!"

"내가 저놈들 목 딴다! 비켜!"

쉬쉭, 쉬쉬쉭!

앨콧의 몸이 사라지더니, 갑자기 뒤에 나타나 오크 전사들을 마구잡이로 찔러댔다. 중갑옷을 입고 있던 오크 전사들도 그 공격에 무너졌다.

"와아! 앨콧!"

"역시 앨콧이야!"

"이거 올리자! 올려야 해!"

"응?"

앨콧은 흠칫했다. 방금 뭔가 오싹했는데, 뭐였지?

-취익…… 어떤 놈이! 어떤 놈이 문을 함부로 연 거냐!

"맞는 말이다! 어떤 놈들이! 부끄러운 줄 알아라, 이놈들!"

태현은 오크 지휘관 옆에 서서 오크들을 훈계했다. 오크 전사들은 '이 인간 놈은 어디서 굴러들어온 거냐' 하고 노려봤지만 태현은 아랑곳하지 않았다. 이미 부족 내에서 얻은 악명+몬로소에게서 받은 부관 지위까지. 오크들은 어지간하면 말을 들을 수밖에 없었다!

-췍, 이렇게 된 이상 후퇴한다! 후퇴해서 다른 부족들과 합류해야⋯⋯.

"아니지! 아니지! 끝까지 싸워야지!"

-??

"명예! 오크들에게 가장 중요한 건 명예 아니겠어? 여기서 끝까지 싸운다면 그 명예로운 이름 하나만은 끝까지 남을 거다!"

-취익⋯⋯ 맞는 말이다!

[오크 전사들을 설득하는 데 성공했습니다.]

[화술 스킬이 오릅니다.]

[<대중 선동> 스킬을 얻었습니다.]

[악명이 오릅니다.]

여기서 오크들이 뒤로 빠져봤자 나중에 방해만 될 테니, 태현은 여기서 다 끝내려고 들었다.

"자! 내가 너희들에게 힘을 빌려주지. 음⋯⋯."

순간 아키서스 관련 버프를 걸어주려던 태현은 멈칫했다. 그래도 혹시 모르니까 정체를 들킬 일은 안 하는 게 낫겠지?

그러면…….

[사디크의 화염을 부여합니다. 장비의 내구도가 빠르게 하락합니다. 사디크의 화염이 장비에 깃듭니다.]

-취익! 이 무기, 강해져서 좋다!
-칙, 그런데 이 화염…… 어디서 들어본 거 같은데……
대족장의 부상을 만든 화염과 같은 화염!
물론 태현은 오크들이 고민하도록 내버려 두지 않았다.
"녀석들! 지금 고민할 때냐! 가서 싸워야지!"
-칙! 맞다!
오크들은 우르르 몰려갔다. 남은 태현은 고개를 저었다.
"후. 힘들군."
"빈틈! 죽어라! 핫하!"
상대가 말하기도 전에 태현은 몸을 틀고 있었다. 기습한 쪽에서 당황할 정도로 빠른 반응이었다.
"뭔……."
앨콧은 당황했다. 오크 쪽 마법사라고 생각해서 만만하게 보고 있었던 것이다. 마법사는 가까이 접근하는 게 힘들지, 이거리까지 붙으면…….
'어? 저번에도 이런 일이 있었던 거 같은데? 저 마법사 옷도 어디서 본 거 같고…….'
앨콧의 머릿속에 그런 생각이 스쳐 지나간 순간, 마법사 입에서 익숙한 목소리가 나왔다.

"너 나한테 억지로 끌려왔다고 하지 않았나?"

"허, 허어억! 김태현!!"

가면으로 바꾼 얼굴을 돌리자, 앨콧은 기겁하며 바닥에 넘어졌다. 보통 놀라지 않고서야 보여줄 수 없는 반응!

"이게 네 진심이었군. 기습해서 쓱싹하려고 했다 이거지?"

"아, 아니야! 그게…… 오크 쪽 마법사인 줄 알았어!"

"내가 오크 쪽 마법사로 일하고 있는 걸 알고 있지 않았나?"

"아니, 상황이 급하다 보니까…….'

"됐다."

"아니야! 들어줘! 내 진심을!"

"그러고 보니 넌 쑤닝하고 친하다는 말이 있던데…… 너 혹시…….'

"아니야! 난 쑤닝 그놈하고 사이 나쁘다고! 같은 길드라고 엮지 마!"

"흠. 못 믿겠어. 쑤닝하고 정말 사이가 안 좋은 거 맞아?"

"아니라니까! 들어봐!"

안달이 난 앨콧은 쑤닝의 단점을 말하기 시작했다. 아주 쪼잔해 가지고…… 사람을 부려먹는데 지가 망쳐먹은 일은 생각도 안 하고…….

"흠, 흠. 좋아. 더 해봐."

"응?"

"더 해보라고. 너 쑤닝 친구냐?"

"아, 아니. 이 정도면……."

"더 하라고."

"응……."

앨콧은 짜내기 시작했다. 쑤닝의 단점을! 태현은 흐뭇한 얼굴로 듣다가 앨콧의 어깨를 두드려 주었다.

"잘했다."

"……??"

"난 이만 간다."

"어…… 어?"

"장쓰안도, 앨콧도 우르크 지역에서 퀘스트를 하고 있다고……."

"……네."

"그래. 그럴 수도 있지."

쑤닝의 관대한 모습에 길드원들은 당황했다.

뭘 잘못 드셨나?

"그럴 수도 있지…… 그럴 수도 있지…… 분명 무슨 사정이 있었을 거다. 내가 모르는 그런 사정이. 그렇지?"

"헤헤. 그렇겠죠?"

"말이 되냐 이 자식들아! 그걸 말이라고!! 당장 이 자식들 불러!"

"그런데 원칙적으로, 김태현하고 같이 퀘스트 하는 게 문제는……."

"원칙? 원칙?? 김태현한테 당한 놈들이 얼마인데 지금도 원칙 소리를……."

"쑤닝 님. 앨콧이 쑤닝 님을 욕한 것 때문에 화나신 건 알겠지만……."

"……뭐? 잠깐만. 앨콧이 날 욕했다고? 난 처음 듣는 소리인데?"

쑤닝은 멈칫했다. 길드원들도 멈칫했다. 아직 못 봤구나!

"……하하하."

"하하하하하!"

"하하하하하…… 웃지 마라. 당장 동영상 갖고 와."

"어휴, 힘들었다. 오늘 퀘스트는 어려웠어. 하필 랭커 한 명만났는데, 확인해 보니 걔가 레벨이 180 가까이 달려가고 있더라고. 요즘 랭커들 무서워. 조금만 밀리면 바로 떨어진다니까."

캡슐에서 나온 최상윤. 같이 캡슐에서 나온 태현과 케인, 정수혁에게 그렇게 말했다.

"나도 힘들었다. 오크들 속여서 요새 문 열게 한 다음 다 죽게 만드느라."

"어…… 그래…… 고생이 많았다……."

뭐라고 반응하기 힘든 태현의 일화!

"나, 나도 힘들었지. 음음. 서로 고생이 많았군."

케인도 은근슬쩍 끼어들었다. 최상윤은 궁금해서 물었다.

"오, 넌 뭐 했는데?"

"어, 그게, 음, 그러니까."

케인이 말을 못 하자 태현이 친절하게 대신 대답해 줬다.

"포로로 잡혔지."

"……포, 포로로? 플레이어한테?"

"아니. NPC한테."

"……그, 그럴 수도 있지!"

최상윤은 상냥하게 케인을 배려해 주려고 했다. 그 상냥함이 더 아팠다.

'크흑……!'

"밥이나 먹자. 맞다. 너희 좀 있으면 창단 관련으로 기자회견 할 건데, 적당한 옷 있지?"

"어."

"네. 대학교 입학할 때 친척분께 정장 받았습니다."

"어? 뭔 옷??"

순간 케인에게 쏟아지는 시선들. 케인은 민망하다는 듯이 대답했다.

"내가 대학 간 지가 언젠데……! 없을 수도 있지……!"

"뭐, 괜찮아. 어차피 기자들도 몇 명 안 올 거고 그냥 구색 맞추기 식으로 하는 거니까."

"……그럴까?"

최상윤은 고개를 갸웃거렸다. E스포츠 관련으로 태현한테 쏟아지는 관심은 장난이 아니었다. 국내 선수 중 탑급의 위치를 달리는 선수 아닌가. 말하자면 일종의 아이콘!

"야, 게임단도 좀 이름 있는 기업에서 새로 만들고 해야 기자들도 관심 가지고 하는 거지, 이렇게 소규모 인원들이 모여서 자기들끼리 하는 거면 다들 관심을 안 가져요."

"그, 그런가?"

"그럴걸."

태현이 하도 단호하게 말하니 최상윤도 '그런가?' 싶었다.

개소리도 그럴듯하게 들리게 만드는 태현의 재능!

그러나 케인은 달랐다.

"몇 명 안 오더라도 사진 찍힐 텐데, 멋지게 입고 갈래!"

"……상윤아. 네가 쟤 옷 고르면 그거 좀 확인해 주라. 혹시 몰라서 불안한데."

"오케이."

"후후…… 후후후……."

"회장님. 기분이 좋으신 것 같습니다."

"기분 안 좋을 일이 뭐가 있겠나."

유 회장은 기분이 좋았다. 눈에 넣어도 안 아플 손녀가 수능을 성공적으로 봤고, 게다가 최근에는 '그' 태현 놈이 도와달라고 손을 내민 것이다.

'녀석, 이걸로 내 부탁을 거절하지는 않겠지. 이제 적당한 때를 잡아서 게임단 이야기나 꺼내면……'

유성 그룹에서 곧 발표할 게임단 창설 소식. 거기에 태현이 들어온다면……. 여러 의미로 완벽한 계획!

'후후…… 기획 쪽에서 게임단 준비하는 놈들이 이 소식을 들으면 얼마나 놀랄지 모르겠군. '역시 회장님이십니다'라고 하려나.'

"그러고 보니 회장님이 좋아하시는 그 친구가 오늘 재밌는 발표를 하더군요."

"응? 뭐라고 했나?"

"예?"

"내가 좋아하는 친구라니, 누구…… 설마…….."

"그, 김태현이란 친구 말입니다."

"뭐…… 뭐? 그놈이 무슨 발표를 했는데?"

갑자기 불안해지는 마음. 수많은 경험으로 단련된 유 회장의 본능이 보내는 신호였다. 정 비서실장도 그걸 눈치챘는지 머뭇거리며 대답했다.

"게임단…… 발표를 했는데요."

"입단을 했다고?! 어떤 놈들이 데리고 갔지?!"

유 회장은 진심으로 놀랐다. 분명 확인한 바에 따르면, 뉴욕 라이온즈나 보스턴 타이거즈 같은 해외 쟁쟁한 게임단의 제안도 태현이 거절했다고 들었다. 물론 제안이야 완벽했겠지만 그 둘에게는 해외 팀이라는 치명적인 약점이 있었다. 국내 다른 팀은 사정상 그들보다 낮은 제안을 할 수밖에 없었고!

그에 비해 유 회장이 작정하고 밀어주는 유성 게임단은 국내 팀에, 파격적인 제안까지 가능한 완벽한 상황이었는데……. 대체 어떤 놈이?!

"그, 그게. 데리고 간 게 아니라…… 그 친구들끼리 모여서 게임단을 직접 만들었다고 발표를 했습니다."

그 순간, 유 회장은 저번에 태현과 자선대회에서 만났을 때 일이 떠올랐다. 그 이후로 별말 없어서 '그래, 그놈도 사람이니까 아무리 그래도 그런 미친 짓은 안 하겠지' 하고 넘어갔는데…… 정말 만들었다니!!

"회장님…… 혹시 그 친구를 유성 게임단에 데리고 오실 생각이셨습니까?"

"……그래."

정지용도 일이 꼬인 걸 깨달았다. 이제 어쩐다?

"게임단은…… 그대로 진행하도록 해. 지원은 제대로 해주고."

"괜, 괜찮겠습니까?"

"이 늙은이 욕심 때문에 일 진행한 놈들 피해 줄 수는 없잖나. 어쩔 수 없지. 진행은 제대로 해주고…… 남은 선수들은 최대한 잘 모아보도록."

유 회장은 갑자기 불안해졌다. 왜 갑자기 머릿속에 '다시 창설된 유성 게임단…… 떨쳐내지 못하는 연패의 아이콘……'이란 문구가 스쳐 지나가는 걸까?

[김태현, 깜짝 발표…… 〈팀 KL〉 창단.]
[벌써부터 화제인 〈팀 KL〉. 멤버 구성은?]
[스폰서 없는 게임단에 우려의 시선 모여…….]
[지원 따위는 필요 없다! 〈팀 KL〉을 소개합니다.]

그날 기사는 전부 게임단 창단에 대한 기사로 도배되었다. 온갖 명문 게임단의 제안을 거절하고 직접 게임단을 만들지는 아무도 몰랐기에, 그 충격은 더욱 컸다. 게시판만 가도 이번 일에 대해 떠들고 있었다.

-에이, 오래 못 갈걸. 게임단은 원래 후원하는 곳 없으면 오래 못 가잖아.

-김태현이 있는데 후원 못 받겠냐? 광고 넣으려는 기업이 줄을 서겠다.

-맞아. 구성만 보면 어지간한 프로게임단 뺨치는 구성인데. 김태현에, 케인에, 정수혁까지.

-정수혁은 누구야?

-그, 신컨으로 유명한 애 있잖아. 팀원 운이 없어서 대회에서는 아쉽게 떨어졌지만.

-그런 선수가 있었어? 김태현은 어떻게 그런 선수들을 모았대?

-인덕이지. 인덕. 사람을 끌어모으는 능력이 있는 거야. 케인 봐. 다

른 명문 게임단에서 제의 왔을 텐데 그거 다 거절하고 의리 지켜서 김태현하고 같이 하는 거.

-진짜 대단하다. 아직 저런 의리가 살아 있었다니!

케인은 복잡한 표정으로 반응들을 쳐다보았다.

'제안 못 받았는데……'

그렇지만 고쳐줄 생각은 없었다. 쪽팔리니까!

-근데 케인 패션이 왜 이러냐?

-좀 그렇다. 그치?

-원래 프로게이머 중에 패션 테러리스트들 많잖아. 케인도 그런 편이지.

-난 보다 보니까 정들어서 귀엽게 느껴지는데? 그렇지 않냐?

-그건 아닌듯.

-케인 님, 여기서 이러시면 안 됩니다.

'개××들……!'

케인은 부들부들 떨었다.

최상윤이 '아, 그건 아니지 않나? 그건 진짜 아니지 않나?'라고 말렸음에도 불구하고 야심 차게 고른 옷들! 그 덕분에 지금 리플에 꾸준히 '다 좋은데 케인 패션은 좀 아니지 않냐?' 같은 글들이 나오고 있었다.

"실력을 보라고! 실력을!"

-근데 다른 선수들은 누구지?

-사유는 유명한 랭커고, 이다비는 파워 워리어 길마.

-사유는 안 나왔나? 안 보이네. 근데 사유야 그렇다 치더라도 이다비가 유명한 플레이어였나? 그냥 길마인 줄 알았는데.

-그러게? 상인 직업 아니었나?

-다른 건 몰라도 너무 예쁘다. 헉헉.

케인은 갑자기 궁금해져서 물었다.

"근데 왜 발표식 때 안 나온 거야?"

"하하하. 신비주의 컨셉이라."

"안녕하세요!"

"안녕. 뭐 불편한 건 없지?"

"네!"

태현은 이다비의 동생들과 만나서 이야기를 나누고 있었다. 물론 이다비는 지금 이런 일이 일어나고 있다는 걸 모르고 있었다.

'미안, 이다비. 그렇게 네가 평소에 고민을 좀 잘 털어놨어야지.'

어지간한 고민은 혼자 숨기고 끙끙대는 이다비 때문에 태현은 다른 방식으로 행동하기로 했다. 동생들과 친해져서 정보를 캐낸다! 적극적이고 전투적인 걱정 방식이었다.

"그래. 그래. 너희 언니는 뭐 이상한 점 없지? 막 혼자 한숨 쉰다거나……."

"요즘 한숨은 자주 쉬는데요."

"뭐? 진짜?"

태현이 놀라자 이다솔은 손을 흔들었다.

"아, 아니요. 그게 그런 의미가 아니라…… 좋은 의미로……."

"좋은 의미로 쉬는 한숨이 있나?"

"있잖아요! 그, 그러니까……."

"……?"

"……아무것도 아니에요. 어쨌든 별문제 없어요!"

"다행이군."

태현은 고개를 끄덕였다. 일 처리는 완벽하게 했지만, 태현은 완벽에 완벽을 기울이는 사람이었다. 게임에서도 그렇지만 현실에서는 더더욱 완벽하게 해야 한다! 실수하면 돌이킬 수 없으니까!

'어설픈 빈틈은 케인이나 하는 짓이지.'

"아, 혹시 하나 여쭤봐도 되나요?"

"뭐든 물어봐라. 케인의 비밀이라도 알려줄까?"

동생들의 호감을 사기 위한 태현의 친절함! 물론 그런 친절함이 바로 통하는 건 아니었다.

"아, 아니. 그런 건 됐는데요……."

"그래? 다른 놈들은 알려주면 돈 주고 산다던데."

"……그게 아니라, 언니가 요즘 혹시 뭐 필요해하는지 아세요?"

"흠…… 쓸 만한 길드원? 근데 그건 왜?"

"곧 있으면 언니 생일이거든요. 12월 첫째 주에."

"어? 그랬어?"

"저희가 물어봐도 필요 없다는 말만 하거든요. 오빠라면 잘 알지 않을까 해서요."

"이런 기특한 녀석들……!"

"앗. 알아다 주실 건가요?"

"아니."

"……네?"

"내가 알아낸 건 내가 선물해야 하니까 안 돼. 너희들 선물은 너희들이 알아내서 해라."

"……."

"흠, 이다비 성격상 또 미안하고 번거롭다고 해서 말 안 한 거겠지. 알려줘서 고맙다."

동생들의 눈빛이 살짝 식었지만 태현은 눈치채지 못했다.

"아. 대표님."

-잘했어! 아주 잘했어! 방송 화제가 잦아들 때쯤 되자 게임단 발표라니. 정말 전략적이야. 타고났어! 이제 완전 연예인 다

됐는데?

"어…… 별생각 없이 한 건데……."

-무슨 겸손을!

이동팔 대표는 신이 난 목소리로 말했다. 저번에 이세연과 같이 나간 방송도 엄청나게 히트를 쳤고, 덕분에 태현을 원하는 곳도 더 많아졌다. 그런 상황이 살짝 잦아들 때쯤 터뜨린 대형 발표!

-역시 젊음이 좋다니까. 그렇지?

"그런데 무슨 일로 전화 주셨습니까?"

-꼭 무슨 일이 있어야 전화를 할 필요는 없지. 그냥 칭찬하러 전화를 한 걸 수도 있는데.

"그러면 이만 끊……."

-그런데 오늘은 무슨 일이 있어서 전화한 거 맞아.

"……."

-다름이 아니라 제안이 들어왔어.

"……?"

-광고 찍어볼 생각 있나?

"광고요? 제가요?"

태현은 말도 안 된다는 듯이 반문했다.

-왜? 자네 정도면 충분한데? 키 크고 비율 괜찮고, 얼굴은…… 음, 메이크업을 꼭 하자고.

"마지막을 군이 말할 필요는…… 어쨌든 그거 전문적으로 하는 사람만 하는 건 줄 알았는데요."

-전문 모델들도 있지만 유명 연예인들이나 배우들도 자주 하지. 무엇보다 광고가 목적이니 인지도가 생명 아니겠어? 처음 하는 거라 부담되는 거면 걱정할 필요 없어. 그쪽에서 하나부터 열까지 다 가르쳐 주면서 진행하겠다고 했으니까. 그냥 보내주기만 해달라는군. 아주 원하나 봐.

"으음…… 별로 안 땡기는……."

-한 가지 더. 여기 브랜드가 판온 회사랑 계약 맺고 이것저것 출시하는 곳이야.

"그래요?"

-즉 친해지면 게임단 후원도 받을 수 있을지도 모른다는 거지. 스폰서십 필요하지 않나?

"그건 좀 솔깃하네요."

-그러면 하는 걸로 알고 있지.

"네. 알겠습니다."

태현은 수긍했다. 원래라면 거절했겠지만, 지금 그는 게임단을 만들고 이끄는 입장이었다. 호화로운 집 안에서 뒹굴거리고 있는 팀원들을 위해 스폰서와 광고들을 물어다 줘야 한다!

-아, 그리고 내 조카도 같이 찍게 될 거야. 어쩔 수 없어. 그쪽 부탁이라.

"네? 잠깐, 대표님……."

뚝-

당했다! 태현은 실감했다. 연예계에서 오래 구른 사람들은 정말 보통이 아니구나!

'다시는 속지 말아야지.'

그 순간 다른 전화가 걸려왔다.

"여보세요?"

-아, 태현 씨! 저 기억하십니까?

"어. 그러니까, 그게……."

-하하. 물론 기억하시겠죠. 농담입니다.

기억 못 했지만 상대가 알아서 저렇게 나와주니, 태현은 편안하게 고개를 끄덕였다.

-다름이 아니라 이번 게임단 발표 봤습니다. 축하드려요.

"아, 네."

-그런데 보니 다들 숙소 생활을 한다고 하시더라고요. 맞습니까?

"네. 그런데요?"

-그렇다면 〈혼자 사는 인간들〉에 출연할 때도 되지 않았습니까?

이 인간, 그 PD였구나! 태현은 질색했다. 번호는 또 언제 바꼈어?

"아니, 제가 혼자 사는 게 아니라 다른 선수들이랑 같이 사는 건데……."

-하하, 그 정도는 괜찮습니다! 젊은 선수들끼리 모여서 사는 거면 그것도 충분히 재밌거든요. 이미 그런 사람들 몇 번 나와서 괜찮아요!

"아니, 그래도 방송의 취지와 의의를 살려야 하지 않을까요?"

보지도 않은 방송의 진정한 의미를 주장하는 태현!

-하하! 그렇게 걱정해 주실 줄이야! 정말 괜찮습니다!

'내가 안 괜찮은데……!'

-요즘 아이돌들도 그렇고, 숙소에서 같이 지내는 친구들이 얼마나 많은데요! 정말 괜찮으니 나오시죠!

태현의 머리가 빠르게 돌아갔다. 어떻게 해야 이 상황에서 벗어날 수 있을까?

"저, 다른 애들 의사도 물어봐야……."

-그러면 제가 물어보도록 하겠습니다!

"아, 아니. 잠깐……."

그렇게 되면 분명 100% 출연 확정이다! 태현은 결국 포기했다. 방법이 없었다.

'크윽……!'

하루에 두 번이나 당하다니……!

"……이런 일이 있었지."

"……어, 그, 그게 당한 건가요?"

이다비는 이해가 안 간다는 듯이 고개를 갸웃거렸다. 아무리 봐도 좋은 거 아닌가?

"당한 거지!"

"어…… 네…… 그런데 거기 브랜드 어디에요?"

"프…… 프…… 프 뭐시기였는데."

"프로스다스?"

"아, 거기였네."

"엄청 유명한 곳이잖아요?!"

유명 패션 회사. 의류부터 시작해서 스포츠용품 등 다양한 분야에서 활동하고 있는 브랜드! 그리고 무엇보다 판온 유저들한테는 판온과 관련된 제품들을 종종 출시한다는 걸로 기억에 깊게 남아 있었다.

"저번에 나온 활력의 운동화는 참 예쁘게 나왔었는데요."

"……그런 걸 현실에서 신고 다니나?"

"예쁘게 잘 나왔으니까 그렇죠. 안 봐서 그래요. 직접 보세요. 보시면 알걸요?"

"앗. 너 혹시 그 운동화 갖고 싶어?"

"네? 아뇨. 전 이미 운동화 있는데요."

"그렇군……."

태현은 생각에 잠겼다. 사실 '너 곧 생일이라면서? 너 필요한 거 있니?'라고 묻는 게 태현의 성격에 맞았다. 그렇지만 그럴 수 없었다. 동생들의 부탁 때문이었다.

"그랬다가는 저희가 말한 게 들키니까 절대 그러시면 안 돼요!"

"맞아요. 그리고 저희도 깜짝 선물해 드리고 싶다고요! 직접 물으시면 절대 안 돼요!"

'으음…….'

저렇게 부탁했는데 어길 수는 없고……. 어떻게 해야 할까?

"이다비."

"네?"

"내가 고민이 있는데 말이야."

"앗! 뭐든지 말해주세요! 들어드릴게요!"

"……? 너 왜 기뻐 보이는 거 같냐?"

"기분 탓이에요, 기분 탓!"

이다비는 손사래를 치며 말했다.

"내가 아는 사람한테 선물을 하려고 하는데, 그 사람이 뭘 좋아할지 모르겠어."

"음. 일단 그 사람이 어떤 사람인지가 중요하죠. 어떤 사람이에요? 여자? 남자?"

"여자야."

움찔-

이다비는 순간 움찔했다.

"그, 그렇군요. 나이가 있으신 분인가요?"

"아냐. 나랑 몇 살 차이 안 나. 어려."

"그…… 그…… 그, 그렇군요!"

"걔가 뭘 좋아하는지 모르겠단 말이지. 요즘 뭐가 유행하는지 알아? 너라면 뭘 받고 싶겠어?"

사악한 유도신문! 그러나 태현은 이다비가 지금 무슨 고민을 하고 있는지 알지 못했다.

"그, 글쎄요? 저는 잘……."

"그래? 물어볼 곳이 너밖에 없었는데……."

이다비는 갈등했다. 태현이 이렇게 그녀에게 힘을 부탁하는 기회는 흔치 않았다. 이럴 때 최대한 도와주고 싶었다.

그렇지만……!

'못 도와주겠어……!'

이다비 스스로도 놀랐다. 자신이 이렇게 질투심이 많을 줄이야. 누군지는 몰라도 도와주고 싶지 않았다!

'이세연 씨인가? 역시? 저번에 방송도 같이 나왔고…….'

고민하고 고민하던 이다비는 결국 타협을 했다. 양심을 벗어나지 않는 한에서 최대한 이상한 선물을 추천해 주기로!

"판……."

"판?"

"판온은 어떨까요?"

"판, 판온?"

"판온이 엄청난 인기잖아요. 젊은 사람이라고 했으니, 그 사람도 판온을 즐기고 있을 거예요."

"그렇긴 한데……."

"그렇다면 판온 아이템! 아이템을 선물해 주는 거죠!"

"……진, 진짜? 이런 게 유행하나?"

태현은 도저히 믿기지 않았다. 요즘 이런 선물이 유행한다고? 그렇지만 눈앞에 가장 잘 아는 당사자가 있었고, 그 사람이 말하는데 믿지 않을 수가 없었다.

"네! 요즘 은근히 유행이에요! 아는 사람만 아는 유행!"

"어, 어떤 아이템인데? 뭐 꽃 같은 거?"

"……더, 더 실용적인 거요! 그런 꽃은 위험해요!"

"뭐가 위험해? 폭탄도 아닌데?"

"어쨌든 위험해요. 최대한 실용적이고 상대가 쓸 만한 아이템을 선물해 주는 거예요."

"으으음…… 아니, 진짜 아닌 거 같은데. 진짜? 진짜로?"

마지막 남은 태현의 이성이 저항했다. 그러나 이다비는 단호했다.

"진짜예요!"

"그, 그래. 네가 그렇다면 그런 거겠지."

결국 태현은 꺾였다. 당사자가 그렇다는데!

"그래. 그러면 판온에서 아이템이라도 찾아봐야겠다."

"좋은 생각이에요!"

"앗! 안녕하세요! 헉! 영광입니다! 네! 네! 어디냐고요? 여기가 그러니까…… 네? 거짓말 아닌데요? 진, 진짠데……."

숙소에서 뒹굴거리고 있던 최상윤은 의아하다는 듯이 케인을 쳐다보았다. 뭔 전화길래 케인이 저러지?

"누구 전화야?"

"P, PD님이래! SBC 방송사!"

"그 사람이 왜?"

"방송 나올 생각 없냐고 하시는데?"

"관두는 게 좋지 않을까?"

진지한 최상윤의 조언! 케인은 당황해서 되물었다.

"왜!"

"방송에 나오면 또 패션 가지고 욕을……."

케인은 반박할 수 없었다. 그렇지만 그런 욕 몇 개 때문에 방송 출연을 포기할 수는 없었다.

"무슨 소리! 그 정도는 상관없어! 나갈 거야!"

"그래…… 네가 그렇다면 그런 거겠지……."

최상윤은 마음대로 하라는 듯이 고개를 끄덕였다. 케인은 다시 핸드폰을 붙잡았다.

"네! 네. 김태현도 같이 나온다고요? 아, 숙소를…… 네! 주소 여기 맞아요! 아니, 진짜라고요! 어떻게 구했냐고요? 어, 김태현이 구했는데……."

최상윤은 앞에 아무도 없는데 케인이 굽신거리며 전화를 하는 걸 지켜봤다. 전화가 끝나자, 궁금해진 최상윤이 물었다.

"근데 넌 왜 다른 게임단 제안을 거절한 거야? 물론 태현이가 만든 게임단이 어디 가서 꿀리지는 않겠지만 다른 곳 제안도 엄청 좋았을 텐데."

"그게…… 안 오던데."

최상윤은 이해가 가지 않았다.

"안 왔다고?"

"응······."

"뭔가 오해가 있었던 것 아니고?"

"내가 바보냐! 그런 걸 착각하게!"

"붉은 바위 요새가 함락되다니! 너희들은 뭘 하고 있었던 거냐! 이 도움 안 되는 놈들!"

-췍, 우리가 도와주러 가기도 전에 벌써 함락되어 있었······.

"그걸 말이라고! 이래서 오크 놈들은 싫다니까! 이런 무능한 놈들!"

몬로소는 펄쩍 뛰면서 오크 족장들을 비난했다. 오크 족장들은 몬로소를 노려보았지만 반발하지는 않았다. 실제로 요새는 함락 당했으니까.

그사이 접속한 태현은 은근슬쩍 끼어들었다.

"크윽······ 죄송합니다······! 모험가 놈들의 공격이 너무 악랄하고 집요해서······ 어쩔 수 없었습니다······!"

"그래! 오크 놈들아! 여기 내 부관은 직접 요새에 가서 싸웠는데 너희들은 뭘 하고 있었던 거냐!"

부족 전사들을 모아서 요새로 가려고 했던 오크 족장들은 고개를 들지 못했다. 너무 빠르게 함락당한 붉은 바위 요새! 내부에 첩자가 몰래 문이라도 열어준 게 아니라면 불가능한 상황! 그렇지만 몬로소는 항의를 받아들이지 않았다.

"움직여라! 다음 요새도 함락당하면 너희들을 가만히 두지 않겠다! 대족장님께서 너희들을 탓하고 계시니까!"

-취익, 대족장님을 뵙고 싶다. 뵙게 해다오.

"너희들한테 실망해서서 못 나오신다! 가서 너희들 일이나 해라!"

'이야. 잘하네.'

태현은 감탄했다. 저렇게 당당하게 사기를 칠 수 있다니. 이런 곳에서 배울 점을 찾는 태현이었다.

"<붉은 바위 요새>가 함락당한 이상 다음은 그 위에 있는 <강철의 대가 요새>다. 거기로 오크들을 불러 모아! 저 오합지졸 모험가들 상대로 이 무슨 추태냐!"

-칙, 알겠다.

오크 족장들은 투덜거리면서도 결국 몬로소의 말을 받아들였다. 일단은 틀린 구석이 없었으니까.

"몬로소 님. 지금 악마의 피를 마신 족장들은 어디 있습니까? 그들이라도 불러서 돕게 해야…… 모험가 놈들 기세가 만만치가 않습니다."

"대족장처럼 지금 천막에 들어가서 쉬고 있다."

"내보내면 안 됩니까?"

"안 돼. 겉모습이 완전히 달라져서 바로 눈치를 챈다고."

"하하, 그렇군요."

은근슬쩍 정보를 모아가는 태현.

'그렇단 말이지?'

"저도 〈강철의 대가 요새〉로 가서 싸우겠습니다. 제 부하 몇 명도 불렀으니 곧 도착할 겁니다."

"좋은 마음가짐이야, 역시 내가 부관으로 임명한 사람답다. 가서 막아라!"

"저, 몬로소 님. 에다오르는 언제 소환하실⋯⋯."

"지금은 무리지. 제물로 오크들을 바쳐야 하는데 그렇게 모을 시간이 없어. 모험가 놈들이 저 요새 앞마당에서 날뛰고 있다고 하잖아."

"그렇군요."

"⋯⋯방금 웃은 거 같은데?"

"아닙니다. 분노로 얼굴을 찡그린 겁니다."

"왔습니다! 태현 님."

"왜 나까지⋯⋯?"

자칭 대도적 에드안과 악마 대장장이 사루온.

둘은 도착해서 요새 밖 숲에서 태현과 만났다.

"에드안. 널 부른 이유는 간단하다. 사실 한 가지밖에 없지. 훔칠 게 있어서야."

"후후, 그러실 줄 알았습니다."

사루온은 경멸하는 눈빛으로 에드안을 쳐다보았다. 처음에 불렀을 때도 도망치려고 하다가 갈락파드한테 붙잡힌 도둑놈!

품위 없는 이런 놈을 왜 같이 부른 건지 알 수가 없었다.

"자, 저기 가서 대족장의 권위를 상징하는 해골 목걸이를 훔쳐와."

"……네? 저기 오크 대족장이 있는 심장부 요새 아닙니까?"

"오. 용케 아는데?"

"저야 온갖 곳을 돌아다녔으니 이런 지리 정도야…… 아니, 잠깐만요. 태현 님! 저기로 들어가는 건 미친 짓입니다! 게다가 대족장의 목걸이라니. 대족장이 눈치챘다면 절 갈아 마실 겁니다!"

"괜찮아. 난 멀리 가 있을 테니까."

"……."

"농담이고, 지금 대족장은 정상이 아니야. 목걸이는 다른 놈이 갖고 있다. 몬로소라는 마법사인데, 별거 아닌 놈처럼 보여. 아마 별거 아닐 거야."

"……정말입니까?"

에드안은 못 믿겠다는 듯이 되물었다. 다른 교단에서는 볼 수 없는 불신! 사루온이 어이가 없다는 듯이 에드안을 구박할 정도였다.

"이 도둑놈. 교단을 이끄는 교황 앞에서 무슨 말버릇이냐? 교황이 무슨 시정잡배도 아니고 당연히 이런 걸로 거짓말을 안 하겠지. 그렇겠지?"

사루온은 말과 함께 태현을 쳐다보았다. 태현은 찔리는 표정을 짓고 있었다.

"그, 그렇지!"

"방금 말 더듬으셨습니다! 말 더듬으셨다고요!"

"잘못 들었겠지. 어쨌든 네가 가서 잘 판단하고 알아서 갖고 나와라. 아, 그리고 저기 창고 있는데, 창고에서 뭐 좀 괜찮은 거 있으면 다 갖고 나와."

"대족장이 있는데……."

"……근데 그 대족장이 지금 정상이 아니니까 기회라고. 대족장 따르던 정예 놈들도 지금 대족장이 정상이 아니라서 제대로 보이지도 않고 있어. 지금이 기회야!"

[고급 화술 스킬을……]

[교단 내 지위를……]

[높은 악명을……]

[이제까지 에드안에게 제안했던 도둑질들이 있어서……]

[에드안의 설득에 성공합니다.]

"그렇다면 맡겨만 주십시오!"

"그래. 그래. 가서 좀 알뜰살뜰하게 챙겨 와라. 내가 가져가려고 하니까 오크 놈들이 눈치 주더라."

후다닥!

숲 사이로 사라지는 에드안. 태현은 사루온에게 시선을 돌렸다.

"그래서 나는 왜 불렀지?"

"아, 그게 별건 아닌데……."

"……별거 아닌데 불렀다고? 지금 뛰어난 대장장이들에게 새로운 비전 폭탄에 대해 가르쳐 주고 있었는데!"

"혹시나 해서 묻는데, 뭔 폭탄이지?"

"〈그림자 잠입 폭탄〉이라고, 악마 대장장이 사이에 내려오는 비전 중 하나지. 상대방의 그림자에 몰래 숨겨 넣는 폭탄으로 당하는 놈은 아무도 모르는……."

태현은 진지하게 사루온을 쫓아내야 하지 않을까 고민했다. 지는 다른 도시에 비하면 부족하게 많은 영지였다. 그런 부족함을 받쳐주는 게, 다른 도시에 없는 특별한 것들이었다. 그런데도 불구하고 사루온과 기계공학 대장장이 플레이어들은 너무…… 불길했다.

언젠가 '태현 님! 영지가 활활 타고 있습니다! 사고가 났나 봐요!'라는 말이 들려올 것만 같았다.

"……그 제작법은 나한테도 알려주고, 어쨌든 오늘 부른 이유는 에슬라 때문이다."

"에슬라 님! 에슬라 님 때문에 불렀다고? 무슨 일이지?!"

"에슬라하고는 사실 관계가 없을 수도 있는데……."

태현은 있었던 일을 설명했다.

'생각해 보니 에슬라한테는 별문제 없고, 피 조금 뽑아서 일으킨 일이니 사루온은 별생각 없으려나?'

그러나 사루온의 반응은 격렬했다.

"이런…… 건방지고…… 같잖은 놈이……!"

분노로 부들부들 떠는 사루온!

"가서 죽이자! 죽여야 한다!"

"아니, 지금은 안 되고."

"지금은 안 된다니! 저놈이 에슬라 님의 피를 이용하고 있다는데!"

"지금 가면 죽는다니까. 저기 오크들이 얼마나 많은데. 악마 레이드를 내가 다시 구경하고 싶지는 않다."

태현은 간신히 사루온을 진정시켰다.

"자. 들어봐."

"후욱, 후욱, 후욱……."

"저놈이 에슬라 피를 오크들한테 먹인 다음 그걸로 부려먹으려는 계획 같은데. 네가 가면 저놈보다 네 말을 듣지 않을까? 일단은 네가 에슬라하고 가까운 악마잖아."

"음…… 그럴듯하다. 확실히 가능성 있다."

사루온이 고개를 끄덕이자 태현은 주먹을 불끈 쥐었다. 계획의 조건 중 한 가지가 해결된 것이다.

"그렇지만 확인하려면 들어가야 할 텐데?"

"들어가면 되지 왜."

"아니, 뛰어난 악마술사라면 내가 들어가는 것만으로도 눈치챌 텐데?"

태현은 아차 싶었다. 몬로소가 입이 가볍고 만만해 보여도, 저렇게 악마의 힘을 이용하고 소환할 자신이 있다는 점에서 악마술사로서의 능력은 확실했다. 그렇다면 사루온이 더 가까이 다가가면 들킬 게 분명했다.

"흠. 그러면……."

"……?"

"여기서 기다리고 있으면 되겠군."

"……그냥 여기서 기다리고 있으라고?"

사루온은 황당하다는 듯이 되물었다. 아무것도 없는 울창한 숲속에서 뭘 하고 있으라는 것이지?

"음, 그러면…… 고블린들이나 소개해 줄까?"

"……그냥 여기서 기다리고 있지. 고블린들은 좀……."

'같이 기계공학 하면서 고블린들은 싫어하나?'

태현은 의아해했지만 사루온이 싫다니 굳이 억지로 시키지는 않았다.

"미친 교황 같으니……."

중얼거리던 에드안은 말하고 나서 혹시 몰라 주변을 두리번거렸다. 다행히 태현은 보이지 않았다.

"저걸 어떻게 훔치라는 거야?"

태현은 에드안에게 일을 맡기기 위해 몬로소를 형편없이 묘사했지만, 에드안은 한눈에 알아봤다. 몬로소가 만만치 않은 상대라는 것을!

'저 로브에 마법이 몇 개나 걸려 있다. 잘못 다가가면 은신

풀리고 죽겠군!'

에드안은 슬금슬금 뒤로 물러섰다. 태현이 이런 일을 시킨 이유는 하나였다. 에드안은 지가 알아서 불리하다 싶으면 잘 도망칠 놈이기 때문이었다. 충성심이라고는 찾아볼 수 없는 아키서스 교단!

"창, 창고를 털면 되겠지?"

몬로소는 못 털더라도 창고를 털면 나름 해야 할 일은 한 셈 아니겠는가. 에드안은 그렇게 생각하고 발걸음을 옮겼다.

"그래. 나는 시킨 일을 하고 있는 거야!"

다행히 창고는 보초 몇 명이 돌아다니는 것 말고는 더 없어 보였다. 오크 대족장들이 이끄는 정예 부하들은 보이지 않았다. 에드안은 안도의 한숨을 내쉬며 창고 안을 뒤지기 시작했다. 과연 뭘 가져가야 잘 가져갔다고 소문이 날까?

'저놈에게 대족장 목걸이 가져가는 건 무리일 테니까 여기서 최대한 벌충을……'

툭—

창고 안을 돌아다니던 에드안은 뭔가 발에 차이는 걸 보고 시선을 내렸다. 녹슬고 볼품없는 창이었다.

"〈카르바노그의 무딘 창〉? 뭐 이런 약한 무기가…… 에이, 이건 별로겠군. 게다가 다른 신의 무기라니. 태현 님이 화를 내실지도 모르겠어."

평소에는 그렇게 신실하지도 않던 에드안이었기에, 이럴 때라도 좀 신실한 티를 내려고 했다. 그렇지만 자꾸 발목을 잡는 무언가!

"……그래도 세상에 필요 없는 아이템이란 없는 법이지."

에드안은 슬쩍 가방을 열고 〈카르바노그의 무딘 창〉을 집어넣었다. 카르바노그가 무슨 신인지는 모르겠지만 나중에 그 신전에 가서 팔면 비싸게 팔 수 있지 않을까?

-취익. 그 마법사 놈의 시선이 음흉했다. 혹시 모르니 대비해야 한다.

-칙, 마법사가 왜 우리들의 무기에 관심을 가지겠나. 지나친 걱정 아닌가?

-취익. 날 못 믿겠다는 건가?

-칙, 그건 아니지만…….

에드안은 기겁했다. 밖에서 오크들의 대화 소리가 들렸던 것이다. 여기까지 오는 소리가 전혀 안 들렸는데?!

-취익. 대족장님께서 상처를 회복하느라 나오시지 않는 이상, 우리가 더 잘해야 한다.

-칙. 맞는 말이다.

에드안은 대화를 듣고 상대방의 정체를 바로 눈치챘다. 에드안이 괜히 대도적이 아닌 것이다. 상대는 바로, 대족장 직속 정예 전사들! 우르크 지역의 오크 중에서 가장 강하고, 가장 악랄한 오크 전사들만 모아놓았다는 대족장 친위대 출신 오크들. 어중간한 오크 족장이 이끄는 오크 부락 하나보다 훨씬 더 무서운 상대였다.

'망했다!'

-칙, 아무리 생각해도 그 마법사가 수상하다. 대족장님이 그 이후로 나오시질 않는다.

-취익. 그렇지만 상처는 회복하셨지 않나.

-칙. 그건 그렇지만…….

에드안은 침을 삼켰다. 상대방이 워낙 뛰어났기에 여기까지 오는데 소리도 내지 않고 온 게 분명했다. 덕분에 에드안은 빠져나갈 길이 막혔다. 이대로 밖으로 나가면 둘과 마주칠 것이고, 나가지 않더라도 곧 들어올 둘과 마주치게 될 것이다. 은신 스킬이 있다지만 상대방 정도라면 눈치챌 것 같았다. 남은 방법은…….

"에잇!"

에드안은 품속에서 횃불을 꺼내 집어 던졌다.

화르륵!

-칙! 뭐냐!?

-취익! 침입자다! 침입자다!

"불 질렀으니까 안 끄면 너희 아이템 다 탈 거다! 대족장님께서 보시면 눈물을 흘리실 거야!"

-칙! 저놈이 감히!!

에드안은 필사적으로 앞으로 달려 나갔다. 잡히면 죽는다!

-칙! 죽여 버린다, 침입자!

오크 친위대 전사가 분노한 눈빛으로 무기를 휘둘렀다.

스격!

"으헉!"

에드안은 뒤에서 날아오는 붉은색 오러에 기겁하며 달려 나갔다.

-칙! 북을 울려라! 침입자다!

-취익! 침입자다! 침입자다!

"어? 왜 북소리가 울리지?"

"……뭔가 잘못된 거 아닌가?"

"하하. 그럴 리가. 그냥 오크들이 심심해서 울리나 보지."

"그게 말이 된다고……."

사루온은 태현을 보고 항의했다. 저 멀리서 들리는 북소리. 아무리 봐도 멀쩡한 상황은 아니었다.

"여기 계속 있으면 위험한 거 아닌가?"

"아니야. 괜찮아. 아마 그럴걸? 어쨌든 난 이만 가보도록 하지. 가야 할 요새가 있어서."

"잠, 잠깐……!"

태현은 후다닥 가버렸다. 왠지 모르게 불길한 뒷모습! 사루온은 이대로 계속 있어도 되나 고민했다. 만약 저 요새 최심부에 있는 오크들이 밖으로 나와서 수색이라도 시작한다면…….

'위험한 거 아닌가?'

사루온은 악마였지만 전투 능력은 형편없었다. 사루온은 진지하게 이래도 되나 고민했다.

'일단 함정이라도 깔아야겠다.'

CHAPTER 6

-칙! 몬로소. 이걸 봤겠지! 침입자가 들어왔다. 그것도 인간이!

"나보고 어쩌라는 거냐! 내 책임이라는 거냐?!"

-취익. 오크들만 있을 때는 이런 일이 없었다. 네가 들어오고 다른 놈들을 불렀을 때부터 이런 일이 생기고 있다!

"헛소리하지 마라! 지금 이 근처에 너희들을 공격하려고 모인 모험가들이 얼마나 많은데! 그놈들이 여기 들어왔다고는 생각지 못하냐? 너희들이 제대로 보초를 서지 못하고서 내 책임으로 돌리려 하다니. 뻔뻔한 것도 정도가 있지!"

-칙! 어떻게 저 밖에, 멀리 있는 모험가들이 산맥에 있는 요새들에 둘러진 삼엄한 경계망을 뚫고 안으로 들어온단 말인가? 말도 안 되는 소리 하지 마라. 이건 요새 안에 있는 인간 놈의 짓이다!

"말도 안 되는 소리! 내 부관을 의심하지 마라! 세상에서 가장 악독하고 사악하고 믿음직스러운 놈이다!"

자리에 없는 태현이 들었다면 민망해했을 소리였다.

몬로소가 강력하게 반박하자 친위대 오크들은 더 이상 밀어붙이지 못했다. 대신 다른 상대를 노렸다.

-칙, 그렇다면 그놈! 우리가 잡아 온 그놈은?

"뭐?"

-그놈은 아직도 팔팔하게 살아서 우리 안에 있지 않나! 그놈이 수상하다. 그놈이라도 죽여야 한다!

"그건…… 그래, 알겠다."

몬로소는 잠깐 고민하다가 고개를 끄덕였다. 대족장이야 손에 들어왔지만 친위대는 여전히 몬로소를 적대하고 경계하고 있었다. 불만을 잠재우기 위해서 이 정도는 해줄 수 있었다. 물론 천막 안에 있는 케인은 이 상황을 꿈에도 몰랐다.

"아, 언제까지 이러고 있어야 하나."

케인은 누워서 뒹굴거리고 있었다. 태현이었다면 남는 시간에 스킬 연습을 했겠지만, 케인은 지루해져서 벌써 포기한 상태였다. 다른 재미있는 게 많은데 지루한 스킬 반복을 하는 건 아무나 할 수 있는 게 아니었다. 괜히 태현이 대단한 게 아니었고, 괜히 태현이 정수혁을 좋게 평가해 주는 게 아니었다. 근성과 끈기가 있어야만 할 수 있는 것!

펄럭!

"……!?"

천막의 문이 열리고 누군가 들어오자, 케인은 재빨리 외치기 시작했다.

"으흑! 으허억! 살려줘! 크어억!"

그리고 슬쩍 눈을 떠서 쳐다보았다. 김태현인가?

불행히도 아니었다.

-칙, 끌고 나가라.

-취익, 우리가 죽이면 안 되나?

-칙. 몬로소가 직접 죽인다고 했으니 그걸 보도록 하자. 그게 낫겠지.

케인은 영문도 모른 채 끌려갔다. 밖에는 몬로소가 고개를 저으며 기다리고 있었다.

"내 부관이 널 처리하겠다고 했지만, 어쩔 수 없지. 내가 손수 널 처리하겠다. 영광인 줄 알도록."

"아니, 네? 잠깐만요. 잠깐만!"

"잡아라."

두 오크가 케인의 양팔을 붙잡았다. 케인은 저항했지만 움직일 수 없었다.

[힘이 압도적으로 차이 납니다. 움직일 수 없습니다.]

'이 자식들 보스 몬스터인가?!'

괜히 친위대 소속 전사들이 아니었다. 몬로소가 다가와 그릇을 케인 얼굴 위에 들었다. 검고 붉은 무언가가 펄펄 끓고 있었다. 딱 봐도 뭔가 안 좋게 생긴 것!

'김태현이 사람 엿 먹일 때 요리하는 거랑 비슷하게 생겼잖아!'

갑자기 케인은 옛날에 봤던 사극이 떠올랐다. 죄인들이 저런 거 먹으면 죽던데!

"안 돼! 안 돼!"

"내 영광스러운 실험체가 되는 걸 감격스럽게 여겨라."

[<정제되지 않은 악마의 피 원액>을 마셨습니다. 악마화가 진행됩니다. <아키서스의 노예>가 가진 특성에 의해 저항합니다. HP가 급격히 감소합니다. 화염 저항이 내려갑니다. 냉기 저항이……]

수십 개가 넘는 디버프 메시지창. 케인은 기겁했다. 이거 그냥 로그아웃당하는 거 아냐?! 몬로소는 바닥에 쓰러져서 부들부들 떠는 케인을 보며 고개를 저었다.

"역시 정제되지 않은 피는 너무 독한가. 인간이 받아들이기는 무리였나 보군. 저리 치워라."

-칙, 죽은 거 맞나?

"어차피 곧 죽을 거다. 시체를 확인하고 싶으니 저기다 가져다 놓도록. 언데드로 써먹어야겠다."

-칙, 마법사. 기분 나쁘다.

"닥쳐라."

✤

　강철의 대가 요새. 최심부 요새 중심으로 곳곳이 설치된 오크들의 요새 중, 비교적 최심부에 가까운 요새였다. 그래서 그런지 거의 성채에 가까운 겉모습을 갖고 있었다.

　벽 곳곳은 강철을 발라 강화시킨 상태! 공성 병기나, 강력한 스크롤, 그도 아니면 랭커 마법사 파티를 끌고 와야 공성을 해야 하지만……. 그런 거 없었다. 그런데도 모인 플레이어들의 얼굴은 자신감이 넘쳤다.

　"장쓰안! 장쓰안!"

　"어떻게 하면 됩니까?!"

　장쓰안을 바라보는 수백 명이 넘는 눈빛들. 그는 당황했다. 사실 이 전의 공성전은 그가 잘해서가 아니라, 태현이 안에서 문을 열어서 이길 수 있었던 거였는데…….

　'그걸 말할 수는 없다!'

　"어, 음, 그러니까, 돌격!"

　-미쳤어요!?

　이다비가 놀라서 물었다. 지금 저 살벌한 요새에 돌격을 하겠다고?

-그, 그러면 어떻게 하지?

-일단 성벽 무너질 때까지는 계속 원거리 공격만 해야죠! 아까 요새랑은 딱 봐도 차원이 다르잖아요!

-그렇군! 그런 오묘한 전략이……!

장쓰안은 다급히 플레이어들을 부르려고 했다.

"다들 돌아……."

"와아아아아아아!"

"돌격! 돌격!"

그러나 이미 늦었다. 플레이어들은 우르르 돌격하기 시작했다. 요새 위에서 어떤 공격이 오든 신경 쓰지 않는 과감한 돌격!

-칙, 모험가 놈들, 죽어라!

-취익!

파파파파파팍!

하늘을 덮을 정도의 화살 세례. 그러나 플레이어들은 탱커를 앞세우고 계속해서 돌격했다. 길드 단위의 공성전에서도 쉽게 볼 수 없는, 몸을 사리지 않는 총공격!

뒤에서 지켜보고 있던 파워 워리어 길드원들은 당황해서 이다비에게 물었다.

"이, 이 사람들 뭐 잘못 먹었습니까? 왜 이래요? 다 같은 길드 소속도 아닌데?"

"……착각이야."

"네?"

"사람들이 착각하고 있어!"

이다비는 상황을 깨달았다. 여기 모인 플레이어들은 집단 최면에 걸려 있었다. 잘될 거라는 최면에!

이전 요새의 공성전을 너무 성공적으로 한 게 탈이었다. 뭐 별로 한 것도 없는데 돌격했더니 성문이 열리고 끝! 그 덕분에 이 자리에 모인 플레이어들은 '아, 저 장쓰안 같은 리더들이 다 뭔가 준비를 했나 보다'라고 생각하고 있는 것이다.

'다 알아서 준비했겠지.'

'어? 돌격하라는데? 저 요새 벽에 돌격하라고?'

'에이, 설마 아무 생각도 없이 돌격하라고 했겠어? 뭐 생각이 있겠지. 돌격하면 저 벽이 우르르 무너져 내리나?'

'괜히 나만 뒤에 있다가 보상 적게 먹으면 아까우니까 전력으로 달려야지.'

'어? 공격이 심한데? 에이, 다들 안 튀니까 괜찮겠지. 일단 포션 쓰면서 버티자. 다른 방패도 하나 더 있으니까⋯⋯.'

상황을 깨달은 파워 워리어 길드원이 경악해서 물었다.

"이, 이래도 괜찮은 걸까요?"

"⋯⋯일단 좀 뒤로 물러서자."

"네!"

이런 부분에서는 의견이 참 잘 맞는 파워 워리어 길드였다.

"이런, 사루온이랑 이야기하느라 너무 늦었나?"

태현은 요새의 뒤로 달려가며 혀를 찼다.

'에이, 그래도 이다비도 있으니까 미친 짓은 안 했겠지. 장쓰안…… 은 좀 그렇지만 이다비가 있으니까…….'

장쓰안에 대한 신뢰는 조금도 찾아볼 수 없었다.

요새에 도착한 태현은 눈을 깜박였다. 지금 저 요새 벽 위에 우르르 몰려 있는 건 누구지? 답은 곧바로 나왔다. 플레이어들이었다.

"공격! 공격!"

-칙! 모험가 놈들, 미친 것 같다! 후퇴를 모른다!

뒷일을 생각하지 않는 무모한 돌격. 그 피해는 참담했다. 자리에 모인 모험가 중 20% 정도가 바로 로그아웃당한 것이다. 탱커가 온갖 스킬과 버프를 받고 앞에 서서 돌격했는데도 그 정도 피해! 오크 궁수들의 공격이 심해지고, 위에서 온갖 주술이 날아오는데도 '에이 괜찮겠지!' 하고 돌격한 대가였다.

그러나 그런 만큼 얻은 것도 있었다. 변변찮은 공성 수단도 없이 요새 벽을 올라 점령하는 데 성공한 것이다. 인해전술! 자리에 모인 플레이어들이 숫자로 무식하게 밀어붙인 결과였다.

"와! 오크들이 물러선다!"

"역시, 이길 줄 알았다니까! 뭔가 생각이 있는 줄 알았지!"

"장쓰안이 생각보다 대단한데?"

뒤늦게 요새 벽 위로 올라온 장쓰안은 식은땀을 흘렸다. 이거…… 플레이어들이 나중에 진실을 알게 되면 어떻게 되는 거지?

그러나 다행히 그런 일은 일어나지 않았다. 왜냐하면 초반에 오크 요새에서 쏟아지는 맹공을 받고 로그아웃 당한 플레이어들은 이 자리에 없었으니까! 죽은 자는 말이 없다. 조금만 생각해 보면 이상한 장쓰안의 전략이었지만, 아무도 지적하지 않고 넘어간 것이다.

"장쓰안! 장쓰안!"

"다음에도 장쓰안이 지휘를 하면 순식간에 이기겠네!"

"맞아!"

'너희들……!'

장쓰안은 뭉클해졌다. 평생 거만하게 살아온 장쓰안이었다. 이런 식으로 생각지도 못하게 칭찬을 받자 마음이 뭉클했다.

"썩어도 랭커지, 역시!"

"김태현한테 그렇게 당해서 호구인 줄 알았는데 생각보다 대단하잖아!"

"어떤 자식이야?!"

장쓰안은 울컥해서 화를 냈다. 이 좋은 칭찬하는 시간에 감히!

"이 기세를 몰아서 쭉쭉 갑시다!"

"맞아요! 오크들 보니까 별거 아니네!"

자리에 모인 플레이어들의 분위기는 열광적이었다. 대형 길드이 주도한 게 아닌, 플레이어들끼리만 모여서 두 개의 요새 공성전을 빠르게 성공시켰다. 즐거울 수밖에 없는 분위기! 아무도 패배를 걱정하지 않았다.

그 분위기에 장쓰안도 전염되었다. 아, 뭔가 잘되나 보다!

"그래! 지금 여기서 이러지 말고 다음 공격을 준비하자!"

"와아아아아아아아아!"

그리고 그 모습을 본 이다비는 중얼거렸다.

"불안한데……."

"왜 그러십니까?"

"지금 이긴 게 정상적으로 이긴 게 아닌데 다들 저러잖아."

"말릴까요?"

"가서 말린다고 들을 분위기가 아니니까…… 계속 잘 풀려야 하는데. 만약 일이 꼬이면……."

"꼬이면?"

"장쓰안이 가장 먼저 매달리지 않을까?"

"……그러면 저희는 괜찮겠네요?"

"그렇긴 하겠네. 거리를 두면."

슬슬-

이다비와 파워 워리어 길드원들은 신나서 플레이어들과 떠드는 장쓰안에게서 거리를 벌렸다.

'도와주러 왔는데 알아서 잘하잖아? 뭐야, 장쓰안 녀석. 생각보다 머리가 좋았나?'

요새에 있던 오크들을 방해하러 왔던 태현이었지만, 플레이어들끼리 알아서 잘하자 할 일이 없어졌다.

"응?"

그 순간, 남쪽 언덕에서 뭔가 녹색으로 우글거리는 것들이 보였다.

'꼭 오크처럼 생긴 것들이…… 오크잖아?!'

엄청난 기세로 몰려오고 있는 오크 전사들! 규모로 봤을 때 이 근처에 있는 부족 하나가 통째로 온 것 같은 수준이었다. 지금 요새에 있는 플레이어들의 규모와 맞먹는 수준!

'그래도 요새 안에 있고, 플레이어들이 유리하겠지?'

같은 레벨의 플레이어와 몬스터가 붙으면 어지간히 밸런이 아닌 이상 플레이어가 유리했다. 장비도 그렇고, 스킬도 그렇고, 스탯도 그렇고……. 지금 요새에 있는 플레이어들은 대부분이 레벨 100은 넘긴 고렙 플레이어들이었다. 평범한 오크 전사들보다는 강할 게 분명!

-취이익! 북을 울려라! 침입자 놈들에게 죽음을!

남쪽 언덕에서 오크들이 오고 있는데 왜 동쪽 산에서도 오크들의 소리가?! 태현은 기겁해서 고개를 돌렸다. 이건…….

-칙! 저기 요새에 모험가 놈들이 있다! 죽이러 가자!

-취이익! 뼈 갑옷 부족 여기 왔다!

-취익! 녹색 피 부족 여기 왔다!

-칙! 침입자들에게 죽음을!

사방팔방에서 나타나는 오크 지원군들. 부족 하나가 온 게 아니었다. 플레이어들이 요새 두 개를 뚫고 최심부 앞까지 진격하자, 이 근처에 있던 오크 부족들이 전부 몰려온 것이다.

'미친……!'

플레이어들의 숫자와는 비교가 안 되는 수준의 물량! 요새 근처는 오크 반, 수풀 반일 정도로 오크가 많았다.

"어, 어……?"

"뭐임? 도대체 뭐임??"

태현이 먼저 봤지만, 요새 안의 플레이어들도 금세 상황을 알아차렸다. 시력이 좋은 궁수 플레이어들이 가장 먼저 보고 말을 전해준 것이다.

"포, 포위됐……."

"아, 아직 아냐! 저기 뒤에는 길이 있으니까……."

-취익! 우리 부족 여기 왔다!

"이제 포위됐네."

"괜, 괜찮아! 요새가 있잖아!"

"장쓰안도 있고…… 장쓰안? 장쓰안?"

"어, 어?"

장쓰안은 혼이 빠진 표정을 지었다가 고개를 흔들었다. 플레이어들은 그걸 보고 수군거렸다.

"방금 엄청 당황하지 않았냐?"

"아, 아닐 거야. 이 정도는 예상하고 있었겠지? 우르크 지역에 들어와서 퀘스트 하는데 설마……."

"맞아. 장쓰안이 그것도 모를 리가……."

"물론이다. 당연히 예측하고 있었다!"

"역시!"

"장쓰안이야!"

"어떻게 해야 하지, 그러면?"

"이…… 일단……."

장쓰안은 머리가 새하얗게 변하는 기분을 느꼈다. 수십 가지 생각이 한 번에 지나가고, 무의식적으로 한 마디가 튀어나왔다.

"돌격?"

"……돌격?"

"진짜로?"

"뭐, 장쓰안이 한 말이니까……."

플레이어들은 의아해했지만, 아직까지는 장쓰안을 믿고 있었다.

끼이이익-

"저 미친놈들은 왜 요새 문을 여는 거야?!"

태현은 기겁했다. 지금 어떻게 저 요새 플레이어들을 도울까 고민하고 있었던 것이다. 다른 건 몰라도 여기 있는 플레이어들이 전멸이라도 한다면, 우르크 지역 퀘스트는 끝장이라고 봐야 했다. 다른 플레이어들은 겁이 나서 도망칠 테고, 부활한 플레이어들도 더 이상 모이지 않고 다른 곳으로 갈 테니까. 이 전력을 최대한 아껴야 오크들과 싸움을 붙일…… 아니, 오크들과 싸울 때 도움을 받을 수 있었다.

-장쓰안, 미쳤냐?! 수비를 해도 모자랄 상황에 뭐 하는 거야!

-어, 어? 다시 불러야 하나?

-미친놈아! 지금 성문 열고 돌격하는데 어떻게 다시 불러!

-미리 말해줬어야지!

-오크들이 사방에서 몰려오는데 성문 열고 돌격하지 말라는 것도 말해줘야 하냐?!

"가자! 가자!"

말을 탄 플레이어들이 앞장서서 돌격을 시도했다. 탈것을 탄 상태에서의 공격은 여러 가지 보너스가 붙었다.

-취익? 저놈들 뭐냐?

-칙, 겁이 없다, 모험가 놈들!

"야, 너무 많은 거 같은데? 진짜 괜찮은 거 맞냐?"

"어, 좀……."

돌격하던 플레이어들은 막상 앞에 오크들의 숫자를 눈으로 확인하자 흠칫했다. 많아도 너무 많았던 것!

탁!

"비켜, 이 자식아."

"어?!"

갑자기 옆에서 튀어나온 태현! 말을 타고 있던 플레이어는

어, 어 하는 사이에 말을 빼앗겼다.

"멈추지 마라! 저 정도 오크들은 한 번에 돌격하면 뚫어낼
수 있다!"

"어? 저건……."

"김태현! 김태현이잖아!!"

변장을 풀고 나타난 태현. 그 모습에 돌격하던 플레이어들
은 깜짝 놀랐다. 그리고 태현에게 말을 뺏겨서 뒤에 밀려나 있
던 플레이어도.

"김태현?!"

"아, 시끄러. 작게 말해."

"앗, 네, 죄송합니다."

플레이어는 말을 뺏겼는데도 항의 한 번 하지 않았다. 눈빛
에는 존경과 흠모가 가득!

'역시 김태현이야! 과감해!'

'등 뒤가 이상하게 찜찜한데.'

"김태현이다!! 김태현!!"

스타 플레이어가 한 번 나타나면 자리의 분위기가 바뀌었
다. 그냥 레벨만 높은 랭커는 할 수 없는 일. 온갖 퀘스트와 대
회에서 불가능한 일들을 해냄으로써 명성을 얻은 사람만이
가능한 일이었다.

"따라와라! 가자!"

"와아아아아아아아아아아!"

[고급 전술 스킬을 갖고 있습니다.]
[파티의 돌격에 추가 보너스를 받습니다!]

원래 갖고 있던 채찍질 스킬과 전술 스킬 고급을 찍고 나서 얻은 〈직감과 행운의 지휘〉까지.

-대지 정령의 분노!
-파도치는 정령의 저주!

콰르르르릉!
달려드는 플레이어들 위로, 오크 주술사들의 주술이 쏟아지기 시작했다. 파괴적인 마법은 아니지만, 오크 주술사들은 온갖 종류의 디버프 스킬들을 능숙하게 사용했다. 지금 싸우기 직전에 저런 디버프를 당하면 엄청나게 불리해졌다.

[이동 속도가 내려갑니다.]
[물리 방어력이 내려갑니다.]

태현은 바로 대응했다.

-화신의 함성!

[〈화신의 함성〉을 사용했습니다. 모든 상태 이상이 해제됩니

다!]

"와아아아아! 김태현! 김태현!"

디버프가 풀리는 걸 본 플레이어들은 열광했다. 그들은 가장 앞에서 미친 듯이 말을 몰고 있는 태현의 등만을 죽어라 쫓아 달렸다.

[칭호: 비정한 지휘관을……]

오크 부족에 직격하기 3초 전 태현은 손을 들고 스킬을 사용했다.

-아키서스의 축복!

기적에 가까운 돌격이었다. 성문을 열고 몰려드는 오크들에게 다짜고짜 돌격했는데도 플레이어 한 명 다치지 않고 무사히 돌아온 것이다. 그것도 덤벼오는 오크 전사들을 박살 내놓고!

[오크들의 사기가 대하락합니다.]
[참가한 플레이어들의 명성이 크게 오릅니다!]
[칭호: 돌격 생존자를 얻었습니다.]

별생각 없이 참가했다가 '어? 뭐야? 너무 많은데?' '어? 김태현이 왜 갑자기 나와?' '어?? 어?? 뭔가 되는 거 같은데?' 같은 인생의 회로애락을 모두 겪은 플레이어들은 기뻐했다. 생각지도 못한 보상들이 몰려나온 것이다.

"와, 저걸 살려서 나오네."

"인간인가?"

파워 워리어 길드원들은 방금 멀리서 본 장면에 질린다는 듯이 중얼거렸다. 태현이 날뛰는 걸 동영상으로 본 적은 있었지만 이렇게 실제로 보니 충격이 몇 배는 컸다. 저렇게 수천 명이 넘게 있는 전장에서 혼자 힘으로 상황을 바꾸다니.

돌격하는 기병에 접근해서 말을 뺏어 탄 다음 지휘를 해서 능숙하게 오크들을 휘젓고 나오는…… 하여튼 어마어마하게 굉장한 장면!

"이거 올리면 〈이번 주의 가장 대단한 판온 순간들〉에 확실하게 들어가겠다."

"야! 나도 올리려고 했는데!"

길드원들의 대화를 듣던 이다비가 조용히 끼어들었다.

"애들아?"

"네? 길마님?"

"내가 올릴 거야."

'치, 치사해!'

"역시 장쓰안! 태현 님이 있는 걸 알고 돌격하라고 한 거군요!"

"난 갑자기 돌격하라길래 미친 줄 알았어!"

몰려들어서 장쓰안을 칭찬하는 플레이어들. 심지어 앨콧마저 옆에서 대단하다는 눈빛으로 처다보고 있었다.

"너, 이런 재주도 있었냐?"

장쓰안은 화를 낼 여유도 없었다. 이미 귓속말로 태현한테 욕을 푸짐하게 얻어먹고 있었기 때문이었다.

-이런 케인보다 못한 놈! 야! 케인도 그런 돌격은 안 한다! 돌았냐! 어? 돌았냐?!

-미, 미안하다…….

-미안하다는 말만 하면 다냐! 앞으로는 너 숨 쉬는 것도 나한테 보고하고 숨 쉬어라. 이상한 짓 하지 말고 요새 안에서 버티고만 있어! 뭐 하고 싶은 거 있으면 이다비한테 다 물어보고 해! 또 한 번 돌격하면 널 생체 폭탄으로 써버릴 테니까!

진심 100%인 협박! 장쓰안은 태현이 케인을 폭탄으로 쓴 걸 본 적이 있었다. 그걸 당하다니!

'그건 절대 안 돼……!'

"자! 자! 이제 한 방 먹여줬으니 수비할 때다! 모두 다 요새를 수비할 준비를 하자고!"

"네! 장쓰안 님!"

기분 좋게 한 방 먹여준 덕분에, 플레이어들은 장쓰안의 말을 의심하지 않았다. 그들은 일사불란하게 요새의 수비를 준비했다. 주변의 오크들이 빽빽하게 포위망을 만드는데도 겁을 먹은 표정이 아니었다.

"야, 장쓰안."

앨콧이 은근한 표정으로 장쓰안의 옆구리를 찔렀다.

"근데 김태현 어디 갔냐? 나 이야기할 게 좀 있어서……."

"……몰라, 이 자식아."

"이게 좋게 말을 꺼냈는데도 이러네?!"

"아, 저리 가라고. 좀."

안 그래도 폭탄 될까 봐 심란한 상황에서 부채질을 하니, 장쓰안 입장에서는 짜증이 날 수밖에 없었다. 앨콧은 투덜거리며 물러섰다. '치사한 놈!'이란 말을 남기고.

사실 지금 장쓰안보다 더 고민이 많은 건 태현이었다. 요새 안에 갇힌 플레이어들은 '와! 김태현도 왔네! 신난다!' 하면서 대부분 상황 파악을 못 하고 있었다. 한 방 먹여주기는 했지만 여전히 오크 대군에게 포위당한 상태인 것이다.

"공중으로 튀면 안 되…… 와, 미친."

태현은 공중을 보고 중얼거렸다.

-까아아아악!

오크 와이번 라이더! 와이번을 타고 있는 오크 투사들이 요새 근처를 맴돌기 시작했다.

"쏴! 쏴서 떨어뜨려!"

파파파파팍!

플레이어 중 궁수들이 요새 위에 서서 쏘아댔지만, 와이번들은 재빨리 물러서서 피해냈다.

-주인님. 공중은 무리일 것 같습니다.

흑흑이의 냉정한 판단. 물론 이 상황에서 말을 꺼내는 이유는 하나였다. 그러니까 날 내보내지 마라!

"녀석. 왜 스스로의 능력을 한계 지으려고 하니?"

오싹!

흑흑이는 오랜만에 두려움을 느껴야 했다.

-주인님은 절 너무 싫어하십니다! 흑흑!

"아냐, 인마. 널 싫어했다면 벌써 해체해서 요리 재료로 썼겠지."

눈물 작전이 조금도 통하지 않는 태현. 흑흑이는 속으로 생각했다. 이거 진짜 사디크의 화신 아냐?

"어쩐다…… 방법이…… 이 오크들을 돌려보내거나 할 방법이……."

태현은 생각에 잠겼다. 그사이 공격은 시작되고 있었다.

쿠르르르릉-

조잡하지만 거대한 공성 병기를 앞에 내세우고, 뒤에서 따라 뛰어들어 오는 오크 전사들. 그들을 지원하기 위해서 온갖 주술로 버프를 걸어주고 원거리 공격을 퍼붓는 오크 주술사와 궁수들.

"쐈! 쐈!"

"아니, 뭐 이렇게 많아?!"

"많으면 좋지! 오늘 레벨 120 찍겠다!"

움찔!

멀리서 들리는 플레이어들의 목소리에 태현은 입맛을 다셨다.

'레벨 업을 하긴 해야 하는데……'

이번 퀘스트를 어떻게 끝내느냐에 따라 레벨 업이 달려 있었다.

'아키서스 교단 전도하고, 동시에 오크 부족들 처리해야 하고…… 으. 머리가 아프군.'

콰콰쾅!

"저 투석기 부숴! 저거 내버려 두면 골치 아프다!"

"내, 내가 가서 부수고 오겠다!"

"앗! 장쓰안 님!"

"저 희생정신이라니……!"

"야, 장쓰안! 너 왜 그래! 너 그런 놈 아니잖아!"

뒤에서 들리는 소리는 무시하고 태현은 어떻게 해야 할지 생각했다. 나오는 답은 하나밖에 없었다.

"족장님들을 뵈러 왔습니다."

-칙! 마법사. 뭐 하는 거냐? 지금은 바쁘다. 네가 몬로소의 부관이더라도…….

"지금 당장 뵙게 해주십시오!"

-취익…… 알겠다!

[고급 화술 스킬을…… 설득에 성공합니다.]

태현은 오크 족장을 만나는 걸 허락받았다. 부관 자리에 화술 스킬까지 있으니 당연한 일이었다. 오크 족장들은 태현을 보자 불만족스러운 표정을 지었다. 명백한 이방인 취급!

-췍, 뭐냐?

"족장님! 저는 오늘 제 정의로운 마음과 뜨거운 심장으로 몬로소를 고발하기 위해 이 자리에 왔습니다!"

-주인님??

-주인이여??

흑흑이와 용용이가 둘 다 당황할 정도의 발언!

같이 짝짜꿍해 놓고 뭔 소리?

-췍! 무슨 소리냐, 그게?!

-취익. 일단 들어보도록 하자고, 뼈 부족 족장!

자리에 있던 족장들은 태현의 고발에 당황스러운 표정을 지었다. 몇 명은 '그럴 줄 알았다!'는 표정으로 재촉했다.

태현은 최대한 간절하고 비장한 얼굴로 말했다.

"크흑…… 저는 몬로소에게 협박당해서, 그 밑에서 일하고 있었습니다. 그렇지만 이렇게 명예롭게 싸우는 오크들을 보니 더 이상 가만히 있을 수가 없었습니다! 몬로소 그놈은 대족장을 속여서 타락시킨 다음 자기 손아귀에 넣고 멋대로 부려먹고 있습니다!"

태현이 던진 말. 그 충격은 대단했다. 자리에 있던 오크 족장들은 벌떡 일어서며 분노했다.

-칙! 그 말이 사실인가!

-취이이익! 몬로소 이 찢어 죽일 놈! 어쩐지 수상하다 했는데!

-칙! 잠깐, 저 인간 놈의 말이 사실인지 어떻게 알지?

"믿어주십시오! 제가 한낱 인간이지만 저는 위대한 오크 부족의 대족장 카라그 님을 존경하고 있었습니다. 그런 카라그 님이 이런 모욕을 당하다니!"

카라그를 사디크의 화염으로 지져서 일어나지 못하게 만든 태현이 할 소리는 아니었다. 그렇지만 오크 족장들은 태현의 뜨거운 웅변에 감동하고 있었다.

"지금 이 자리에 없는 오크 족장들은 마찬가지로 몬로소의 계략에 빠진 겁니다!"

-칙! 지금 당장 돌아간다! 몬로소 놈을 찢어 죽여야 한다!

-칙! 맞다! 몬로소를 찢어 죽이자!!

오크 족장들은 대분노!

태현은 그걸 보고 한숨을 내쉬었다. 퀘스트 한 번 깨기 더럽게 힘들었다.

'젠장, 몬로소랑은 아직 사이좋게 지내려고 했는데. 어쩔 수 없나…… 일단 몬로소 죽인 다음 오크 부족들끼리 어떻게든 분열시켜 보자.'

이간질할 생각부터 하는 태현이었다.

"오크들이 성벽 타고 오른다!"

"찔러서 떨어뜨려!"

"무리야! 너무 많아!"

인해전술로 재미를 본 플레이어들이었지만, 진정한 인해전술이 뭔지 제대로 경험하고 있었다. 죽이고 죽여도 계속 밀려들어오는 오크 대군! 마치 디펜스 게임을 하는 기분이었다. 요새 벽 위에서 오크들을 밀어내려고 해도, 공성 병기와 화살들이 수백 개 넘게 날아왔다. 하나하나는 약해도 공격이 워낙 많으니 어떻게 견뎌낼 수가 없었다.

"뚫렸다! 동쪽 벽 뚫렸어!"

"가서 막아! 사제님들! 저기 지원 좀요!"

"무리예요! 여기도 지금 올라오고 있다고요!"

"장쓰안 님! 어떻게 하죠?!"

"버텨라! 버텨!"

"뭐래?"

"버티래!"

"아니, 이 상황에서 그냥 버티라고? 진짜? 뭐 후퇴해야 하는 거 아니야?"

"생각이 있으니까 하는 거겠지!"

"확실히 장쓰안이라면…… 헉! 오크들이 물러선다!"

플레이어들은 경악했다. 마치 썰물처럼 오크들이 우르르 후퇴하기 시작한 것이다.

"쫓아가서 공격해 볼까?"

"미쳤냐? 가만히 있어. 다시 공격하면 어쩌려고."

장쓰안은 후퇴하는 오크들을 보고 안도의 한숨을 내쉬었다. 어떻게든 살았구나!

"장쓰안! 장쓰안! 장쓰안!"

"우리의 영웅! 장쓰안!"

"……그, 그만! 그만!"

장쓰안은 양심의 가책 때문에 더 이상 칭찬을 받을 수가 없었다. 그러나 그런 태도가 플레이어들의 마음에 불을 질렀다.

"겸손하기까지!"

"우리가 오해하고 있었어! 재수 없는 놈인 줄 알았는데!"

짝짝짝-

그걸 본 앨콧이 옆에서 말했다.

"너 이런 놈이었냐? 진짜 신기한데?"

-췩! 몬로소를! 죽이자!

-취이익! 몬로소를! 죽여야 한다!

성난 파도처럼 최심부로 향하는 오크 군세. 각 오크 부족들의 부족장들이 앞장섰고, 그 옆에는 태현이 있었다.

"사실 저번에 대족장님께서 다치신 것도 그 몬로소 놈이 계획한 겁니다."

-쿠이이이익! 그런 사악한 놈이!!

"그렇지 않다면 어떻게 대족장님께서 다치셨겠습니까? 그때 있던 놈들도 몬로소의 수하였던 거죠."

-쿠익! 찢어 죽일 놈!

"그 대족장님의 아들을 죽인 케인이란 놈도 몬로소의 수하입니다."

-쿽!!

-쿽, 그러고 보니 케인이란 놈이 잡혔다고 들었는데?!

"그놈을 몬로소가 데리고 갔습니다. 자기 부하니까 챙기려고 그런 거겠죠."

[오크들의 분노가 최대치에 달합니다.]
[오크들이 <끓어오르는 피의 광폭화> 상태에 빠집니다.]
[모든 부상과 상태 이상이 회복됩니다.]
[모든 능력치가 100% 일시적으로 향상됩니다.]

'응?'

태현은 의아해했다. 지금 곧 몬로소를 죽이러 가는 건 맞긴 한데, 이건 너무 강해진 거 아닌가? 오크들이 다혈질이고 잘 화를 내는 종족인 건 알고 있었다. 분노하면 여러 버프가 들어가는 것도. 그런데 이 정도로 버프가 걸릴 줄이야.

'어, 너무 분노하게 만들었나?'

한쪽이 너무 강해지면 태현에게 좋을 게 없었다. 오크 부족들이 진실을 알아차리면 그 분노가 누구에게 향하겠는가?

콰드득! 콰득!

오크들이 들고 있던 무기가 박살 나는 걸 보고 태현은 기겁했다. 무시무시한 분노 버프 효과!

"뭐야? 왜 돌아오는 거지? 부관! 설마 또 요새를 잃었나? 아니 아무리 그래도 이 인원으로……."

멀리서 다가오는 족장들과 태현을 본 몬로소는 반갑게 인사를 했다. 그러나 돌아온 건 도끼였다.

콰직!

-칙! 죽어라, 마법사!

"컥!"

바로 머리부터 내려찍고 시작하는 호쾌한 오크 식 인사!

몬로소는 비틀거리며 물러섰다.

"이, 이게 뭔…… 미친 거냐? 이 목걸이가 안 보이냐?!"

-칙! 네가 대족장님을 속여서 목걸이를 뺏은 걸 알고 있다! 어디서 뻔뻔하게 그 목걸이를!

-취익! 그 목걸이는 오크의 것. 너 같은 잡놈이 가질 게 아니다! 죽여라!

"이것들이 미쳤나! 부관! 막아라!"

그러나 태현은 시선을 돌렸다. 오크 족장들은 신이 나서 외쳤다.

-췩! 이놈은 네 악행을 고발했다! 오크의 마음을 가진 이놈이 네 악행이 얼마나 뻔뻔했는지 고발했단 말이다!

"뭐, 뭐? 그럴 리가 없다! 같이……."

"몬로소! 네 악행의 대가를 받을 때다!"

몬로소는 뒤통수를 한 대 맞은 표정이었다. 원래 태현은 그냥 뒤에서 있다가 굿이나 보고 떡이나 먹을 생각이었지만, 지금 대화를 보니 끼지 않으면 몬로소가 태현을 물귀신처럼 끌고 갈 것 같았다. 여기서 잘라내야 할 때!

"대족장의 아들을 함정에 빠뜨려서 죽인 죄!"

"……?"

"그것도 모자라서 대족장을 불의 함정에 빠뜨려서 죽이려고 한 죄!"

"……??"

"다친 대족장에게 악마의 피를 먹여 네 노예로 만들려고 한 죄!"

"아니, 그건 내가 했지만……."

"저 봐! 저 봐! 저놈이 저렇게 사악한 짓입니다!"

"나머지는 무슨 개소리를……."

"그리고 오크들을 제물로 바쳐 악마를 소환하려고 했던 죄!"

앞에는 자기가 했던 일들을 끼워 넣고, 뒤에는 진짜 몬로소가 한 일을 놓아서 반박하기 어렵게 만드는 태현! 이번 기회에 오크들과의 빚을 아예 청산할 생각이었다.

　-칙, 몬로소. 변명할 필요 없다. 남자라면 당당히 죽어라.

　-취익, 널 찢어서 사지를 뿌려놓겠다.

　몬로소는 상황을 깨달았다. 그리고 태현을 노려보았다.

　역시 이 상황에서 가장 얄미운 놈은 태현!

　"역시 마탑 놈하고는 상종을 하지 말았어야 했는데……!"

　"무슨 소리를 하시는지 모르겠는데요."

　"오냐, 내가 네놈만큼은 반드시 죽여주마!"

　"아니, 널 죽이려는 건 오크들인데 왜 나한테 화를 내?"

　태현의 항의에도 불구하고 몬로소는 결심한 것 같았다. 태현은 재빨리 외쳤다.

　"저 사악한 놈이 무슨 짓을 하기 전에 죽여야 합니다! 지금 당장!"

　-칙, 알겠다! 가자!

　달려드는 오크 족장들. 몬로소는 품속에서 무언가를 꺼내 마셨다. 그 순간…….

　콰드득! 콰득!

　-칙! 공격이?!

　오크들의 무기가 몬로소의 몸에서 튕겨 나갔다. 몬로소의 몸이 붉게 물들더니, 점점 커지기 시작했다. 태현은 슬쩍 뒤로 물러서려고 했다. 그렇지만 이미 뒤에는 오크 족장들이 데려온 전사들이 있었다.

　-칙, 왜 그러나?

“아냐. 아무것도.”

꿈틀거리던 몬로소는 기괴한 목소리로 말했다.

-어디 한번 죽일 수 있다면 해봐라. 나와라! 내 노예들아. 주인이 위험한 상황이다!

쾅!

그 말에 대족장의 천막이 펄럭거렸다.

-칙! 모두 조심해라!

-취익! 이놈이 악마를 불러내려고 한다! 공격 준비!

몬로소의 모습에, 오크 족장들은 극도로 긴장해서 외쳤다. 딱 봐도 뭔가 보여주려는 것 같은 모습!

타타탁-

“어, 어?”

그리고 대족장의 천막에서 나온 건 케인이었다.

악마의 피를 받은 케인. 케인이 쓰러지자 몬로소는 케인을 다른 천막에 내버려 두었다. 레벨 높은 전사일수록 언데드로 만들 시 효과가 좋았던 것이다. 그러나 케인은 로그아웃 당하지 않았다.

[HP가 5% 미만으로 떨어집니다. <아키서스의 노예>의 스킬, <노예의 각성>이 자동으로 발동됩니다.]

[악마의 피를 저항해 내는 데 성공합니다.]

"견, 견뎠다!"

케인은 기쁨에 차서 외쳤다. 평소에는 맨날 '직업명이 이게 뭐야' 하고 불평했었지만, 지금만큼은 감사했다.

역시 노예도 끗발 좋은 놈 노예를 하면 뭔가 달라!

케인은 안도의 한숨을 내쉬며 상태창을 확인했다.

현재 종족 : 반인반마(에슬라)

[추가 스탯]

악마력 : 322

'어?? 어??'

케인은 눈을 깜박였다. 종족과 추가 스탯에 못 보던 게 있었다.

'잠깐, 손도 뭔가 이상한데? 왜 검은색이 되어 있지?'

케인은 스스로의 모습을 다시 확인했다.

"이게 뭐야!!"

마치 저주받은 것처럼 검붉은 색으로 변한 전신!

케인은 당황해서 중얼거렸다.

"이거 해제할 수 있나? 헉. 잠깐. 생각해 보니까 아키서스 교단은 일단 교단이니까 이런 저주도 풀 수 있을지도…… 아니. 잠깐. 아키서스 교단은 무리일지도 모르겠다."

순간 희망을 품었다가, 케인은 냉정하게 현실을 파악했다.

다른 교단이면 모를까 아키서스 교단은 좀 믿음직스럽지 못했다. 냉정한 상황 판단 능력!

뚜벅, 뚜벅-

멀리서 다가오는 소리가 들리자, 케인은 재빨리 움직였다. 만약 멀쩡히 살아 있다는 게 들키면 무슨 일을 당할지 몰랐다.

〈영웅 직업-악마의 피를 이어받은 자 전직 퀘스트〉
진정한 영웅은 피에 구애받지 않⋯⋯.

[〈아키서스의 노예〉 직업을 갖고 있습니다. 자동으로 전직 퀘스트가 취소됩니다.]

"케인은 복잡한 표정으로 천막 뒤를 향해 움직였다.
'다른 직업 전직 막는 건 반칙 아니냐?'
똑같은 생각을 태현도 했었다는 걸 케인은 몰랐다.

〈악마의 피를 강화해라-반인반마 종족 퀘스트〉
당신은 어떤 이유로든 간에 악마의 피를 몸 안에 받아들이고 살아남는 데 성공했다. 그 악마의 피를 더 진하게 만들고 강하게 만들어라.
보상: 반인반마 종족에서 악마 종족으로 진화. ?, ??, ??

〈악마의 피를 제거해라-반인반마 종족 탈출 퀘스트〉

강화하거나 지우거나. 같은 주제였지만 반대되는 퀘스트! 일단 나중에 빠져나가서 고민하기로 하고 케인은 움직였다. 그렇지만 사방에 오크가 너무 많았다. 태현이야 능숙한 변장과 경지에 오른 화술 스킬로 이곳을 자기 집 안방처럼 들락날락했을 것이다. 그러나 케인에게는 그것도 불가능했다.

'큭. 은신 스킬이라도 배워놓을걸…….'

탱커 직업인 케인은 은신 스킬도 없었다.

'앗! 여기도 오크가 있어?!'

'아니?! 여기도?!'

결국 몰리고 몰리던 케인은 아무 천막이나 붙잡고 들어갔다.

'제발 비어 있어라! 비어 있어라!'

크르릉…….

그러나 천막은 비어 있지 않았다. 어디서 많이 본 것 같은 거대한 오크가 안에서 드러누워 자고 있었다.

"휴. 자고 있었군. 일단 여기서 좀 버텨야겠다. 김태현 언제 오나……."

케인은 어디서 많이 본 것 같은 오크의 얼굴에 신경 쓰지 않았다. 오크의 색이 그처럼 검붉은색이라는 것도 신경 쓰지 않았다.

일단 최대한 숨어보자! 그렇게 생각하며 케인은 바닥에 넙죽 엎드렸다. 그렇게 기다리는데 밖에서 이상한 소리가 났다. 오크 군대들이 다가오는 소리, 다투는 소리…… 그러더니 가까운 곳에서 몬로소가 외치는 소리가 들려왔다.

-어디 한번 죽일 수 있다면 해봐라. 나와라! 내 노예들아. 주인이 위험한 상황이다!

-크아아아악!

누워 있던 오크가 벌떡 일어서자 케인은 정말 놀랐다.

"아니, 잠깐. 나 일부러 여기 들어온 거 아니……."

케인이 급히 변명하려고 했지만, 상대 오크는 케인의 말을 들어주지 않았다.

퍽!

오크는 앞으로 돌진했다. 케인은 기겁하며 피했다. 오크는 다시 돌진했다. 피하던 케인은 점점 밀려났다.

'에라, 모르겠다!'

여기서 피하는 건 무리였다. 케인은 천막 밖으로 도망치기로 결심했다.

펄럭!

……대, 대족장은 어디 갔냐?

방금까지 보여주던 위엄은 어디로 가고, 몬로소는 당황해서 말했다. 분명 대족장이 나와야 할 천막에서 왜 처음 보는 놈이 나오지?

-칙, 대, 대족장이 인간처럼 변했다!

-취이익! 몬로소 저놈이……!

"아니야, 이 멍청이들아."

혼란에 빠진 오크 족장들. 태현은 그들을 진정시켰다. 뭔가 이상하게 변했지만 저건 케인이었다.

'쟤는 왜 저기서 저러고 있냐?'

"저 녀석은 몬로소가 부리고 있는 다른 부하다! 몬로소에게 속은 놈이지!"

-칙, 그렇군!

쾅!

"으악!"

곧이어 뒤 천막에서 달려 나오는 대족장. 이번에는 케인도 피하지 못하고 튕겨 나갔다.

"이 자식 뭐야!?"

"누군지 모르겠냐?"

"누군데?"

"대족장이잖아."

태현의 말에 케인의 얼굴이 창백해졌다.

'어쩐지 날 많이 싫어하는 것 같더라니……!'

-크아아아아아아아!

[악마의 피에 미친 오크 대족장, 카라그가 나타났습니다! 대족장 카라그는 악마의 피로 인해 더더욱 강해졌습니다. 혼자 상대할 생각은 하지 않는 게 좋을 겁니다.]

'오크 대족장 카라그가 미치기 전에 추정 레벨이 대충 300 이 상이었지? 근데 여기서 악마의 피를 먹어서 더 강해졌으면……'

지금 플레이어 중 가장 레벨이 높다고 알려진 랭커들도 기껏 200이었다. 그것만 해도 엄청나게 대단한 일이었다. 다른 랭커들은 레벨 100 후반으로 접어들자 필요 경험치가 엄청나게 늘어나 허덕이고 있었으니까. 태현은 뭐…… 말할 것도 없었고…….

어쨌든 플레이어들의 수준으로 봤을 때, 현재 대족장 카라그는 잡을 수 없는 보스 몬스터였다. 이런 보스 몬스터는 보통 플레이어들이 더 강해질 때까지 기다렸다가 잡는 게 순리였지만……. 태현은 그러지 않았다.

'힘이 부족하면 다른 곳에서 빌리면 되지!'

"모두 공격! 대족장님을 악마의 피에서 풀어내야 합니다!"

-칙, 대족장님을?! 어떻게 그런!

"대족장님을 내버려 두면 그게 더 불충입니다! 저걸 보십시오! 얼마나 괴로워 보입니까!"

-크아아아! 너는…… 원수!

대족장이 '원수!'라고 외치자 족장들은 당황했다.

뭔 소리야?

"몬로소를 원수라고 하는 겁니다! 보십시오! 구해 드려야 합니다!"

-……칙! 알겠다! 공격!

-취익. 오크 친위대를 불러와라! 놈들의 도움이 필요하다!

-크아아아아아!

[오크 대족장 카라그가 <전투 포효>를 사용했습니다!]

쿠르르르릉!

오크 종족이라면 개나 소나 쓸 수 있는 <전투 포효>! 가벼운 상태 이상을 없애고 사기를 올려주는 기본 스킬. 그런데 카라그가 쓰자 대지가 울리고 사방의 천막이 날아가는 괴현상이 나타났다.

"미친……."

"넌 뭘 잘못 먹어서 그 모양이냐?"

"아니, 저 몬로소 놈이 나한테 억지로 먹였다고! 이거 풀 수 있겠지? 풀 수 있겠지?"

"몰라, 인마. 앞이나 봐. 죽고 싶지 않으면."

"어…… 저거……."

케인은 말하려다가 입을 다물었다. 카라그 혼자 있었지만 자리에 있는 모든 오크들을 압도하고 있었다.

-크아! 크아아아! 크아아아아아!

[칭호: <공포를 모르는 자>를 갖고 있습니다. 공포에 저항합니다.]
[<아키서스의 노예>의 주인이 곁에 있습니다. 공포에 저항합니다.]

태현은 칭호로, 케인은 직업 특성으로 공포에 저항했지만,

다른 오크들은 그러지 못했다. 족장 뒤에 있던 오크들은 겁에 질려 자리에 쓰러졌다. 아까 분노해서 능력치가 몇 배로 뛰었던 게 거짓말처럼 느껴질 정도!

부우웅- 콰앙!

[오크 대족장 카라그가 <오크식 강타>를 사용했습니다!]

"저거 기본 스킬이잖아?!"

한 번 바닥을 내리찍었는데 앞에 장판이 생기며 주변에 있는 게 모조리 박살 나는 괴력!

케인은 기겁했다. 저걸 이길 수 있나?

"이야, 넌 저런 놈 아들을 죽였냐?"

"지금 이 상황에서 그게 할 소리냐?!"

"농담이다. 그보다 사루온이 빨리 와야 하는데……"

태현은 이 전력만으로 대족장 카라그를 잡을 생각이 없었다. 그러기 힘들 것 같기도 했고. 시간만 벌면 됐다. 사루온이 오면 카라그는 몬로소의 지배에서 풀려날 테니까.

-나와라! 내 노예들아!

-췍! 저 사악한 마법사 놈이!

그 사이 몬로소는 다른 오크 족장들도 불러냈다. 검붉게 변한 오크 족장들의 모습에 다른 오크 족장들은 분노했다.

-취익, 오크 친위대는 뭐 하는 거냐! 빨리 와라!

-크하하! 이 버러지 같은 오크 놈들. 얌전히 내 말을 들었으

면 목숨은 부지할 수 있었을 텐데. 건방을 떨다가 목숨을 잃게 되는구나!

몇 명밖에 안 되는 몬로소의 세력. 그렇지만 이 최심부의 분위기를 완전히 장악한 건 몬로소였다. 몬로소는 태현을 손가락으로 가리켰다.

-그리고 너! 이 마탑의 상종 못 할 호로 자식!

"하하. 무슨 오해가 있었던 것 같은데."

-닥쳐라! 너는 손수 찢어서 죽여주마! 이 힘을 봐라!

콰득!

몬로소는 변한 육체의 주먹을 휘둘렀다. 마법사라고는 볼 수 없는 강력한 힘이었다.

"힘법사는 똥캐라고. 판온 1에서부터 그랬지!"

-반격의 원!

오크 족장들이 대족장을 상대…… 아니, 대족장에게 두들겨 맞는 동안, 태현은 몬로소의 공격을 피해야 했다. 몬로소는 육체가 변한 다음부터 마법을 쓰지 않고 그냥 덤벼오고 있었다. 솔직히 태현한테는 이게 더 편했다. 스킬도 안 쓰고 그냥 육탄전으로 덤비다니!

'변신한 지 얼마 안 되어서 그런가?'

-반격의 원, 치명타 폭발, 강타!

상대방의 공격을 흘려보내고 빗겨낸 다음 적당한 상황에 반격을 꽂아 넣고 치명타 스택을 폭발시킨다! 몬로소의 HP가 얼마나 되는지는 알 수 없었다. 지금 이렇게 공격을 쑤셔 박았는데도 멀쩡한 걸 보니 채 5%도 안 깎인 것 같았다. 그러나 태현은 흔들리지 않았다. 이런 건 원래 먼저 흔들리는 놈이 지는 거였다.

'안 죽으면 죽을 때까지 때리면 되겠지!'

-흥! 멍청한 놈. 카라그가 다른 오크 놈들을 찢어 죽이기까지가 네 목숨이다.

태현도, 몬로소도, 서로 시간은 자기의 편이라고 생각하고 있었다. 실제로 카라그는 오크 족장들을 압도하고 있었다. 오크 족장 중 한 명이 카라그한테 얻어맞고 하늘로 날아갔다.

-취이이이이이이익!

-칙, 대족장님! 정신을 차리십시오!

-크아! 크아아!

"아, 이것들아! 저게 말을 들을 것 같냐! 공격을 넣어! 공격을!"

케인은 답답해서 외쳤다. 지금 전력을 다해서 온갖 공격을 넣어도 모자랄 상황에 아직도 대족장을 부르고 있다니!

-크르르······.

"응?"

케인의 외침에, 대족장의 시선이 이상하게 케인을 향했다. 왠지 모르게 뚫어지게 노려보는 것 같은 시선!

"어, 아니, 그게, 내가 꼭 주목받고 싶어서 친 소리는 아니고…… 그냥 답답해서……."

-크아아아아아!

"으아악!"

카라그는 오크 족장들을 공격하는 걸 멈췄다. 대신 케인을 공격하기 시작했다. 주변에 잡히는 모든 걸 잡고 휘둘러 케인에게 때려 박는 무식한 스킬!

[오크 대족장 카라그가 <풍차 휘두르기>를……]
[오크 대족장 카라그가 <마구잡이 난타>를……]

"야! 구해줘! 구해달라고!"

-칙, 대족장님!

"니들 대족장보다 내가 위험하다고 이 멍청한 오크 놈들아!!"

케인은 울상이 되어 외쳤다.

'죽는다!'

케인은 순간 로그아웃을 직감했다. <아키서스의 노예> 패시브 스킬들은 이미 다 발동된 상황. 상황을 뒤집을 만한 카드가 아무것도 없었다. 태현도 몬로소를 상대하느라 정신이 없었고, 오크 족장들은 '대족장님 취임!' 이러느라 도울 생각이 없어 보였고……. 더 이상 방법이 없었다.

쾅, 쾅, 쾅-!

카라그의 공격은 점점 더 매서워졌다. 케인은 통째로 땅 깊

숙이 파묻히고 있었다. 방패로 제대로 막아내는데 HP가 10%
넘게 깎이는 괴력!

[악마의 피가 발동합니다. 죽음을 앞두고 HP가 전부 회복합니다.]

"헉!"

케인이 죽다 살아나자, 피에 미친 카라그는 더욱더 분노했다.

-크아악! 크아아악! 아들의 원수 놈!

-칙?

-취익, 방금 뭐라고 하셨지?

"아무 말도 아니야! 같이 공격하자고!"

케인은 다급하게 말했다. 오크 족장들이 고개를 갸웃거리
는 게 매우 불길했다.

쾅!

순간 뒤에서 거대한 폭발음이 들렸다. 기계공학 스킬을 몇
번이고 써온 태현은 소리만 듣고 알아차렸다. 이건 폭탄을 쓰
는 소리!

"사루온!"

악마 대장장이, 사루온이 뒤늦게 도착한 것이다.

-뭐냐, 너는?

"이 하찮은 인간 놈이 감히 에슬라 님을 모욕해? 더러운 오
크들에게 에슬라 님의 피를 마시게 했단 말이지!"

사루온은 분노해서 몬로소를 가리키며 외쳤다. 태현은 몬

로소를 상대하며 당황해했다.

"야, 야! 지금 오크들 있잖아!"

"그래서 좋게 말해줬을 텐데?"

"그게 좋게 말해준 거냐?"

몰려온 오크 족장들과 전사들이 왠지 모르게 사루온을 노려보는 것 같았다. 태현은 슬쩍 한 걸음 물러섰다.

'여차하면 모르는 사이인 척해야겠다.'

역시 악마란 놈들을 같이 해서 좋을 게 없는 놈들!

-어디서 듣도 보도 못한 악마 놈이 나타나서 깝죽대느냐. 죽고 싶지 않다면 썩 물러서라!

"이 악마도 아니었던 놈이 감히⋯⋯."

"야, 말싸움할 시간 있으면 빨리 저 대족장이나 뺏어와라."

태현은 짜증 난다는 듯이 사루온에게 말했다. 지금 몬로소가 불러낸 대족장만 해도 상대하기 버거웠다. 실제로 잠깐 상대하고 있던 케인은 오크 족장들이 안 도와줘서 벌써 너덜너덜한 상태 아닌가. 조금만 더 지나면 아주 박살이 날 것 같았다.

"알고 있다, 자! 악마의 피를 먹은 미천한 오크여! 그 피의 진정한 주인을 따를 시간이다! 에슬라 님의 심복인 내 명령을 들어라!"

-뭐라고?!

사루온의 말에 몬로소는 경악했다. 설마 그 봉인된 고대 악마의 직속 부하인 악마가 여기 있었다니! 설마, 설마⋯⋯!

-⋯⋯카아아아악!

"달라진 거 없잖아!!"

카라그는 잠깐 멈칫했다가, 다시 괴성을 지르고는 케인을 두들겨 패기 시작했다.

"어떻게 된 거냐?"

"그, 그러게? 원래 내 말을 들어야 정상인데…… 저 인간 놈이 생각보다 에슬라 님의 피를 많이 갖고 있었던 모양인데?"

태현은 세상에서 가장 차가운 눈빛으로 사루온을 쳐다보았다.

'이 도움 안 되는 놈 같으니.'

"사루온. 잠깐 이쪽으로 와봐. 내 손 좀 잡아볼래?"

"아, 아니. 섣불리 그러지 말자고."

태현이 살아 있는 것을 폭탄으로 만드는 스킬을 갖고 있다는 건 사루온도 알고 있었다. 악마 대장장이인 만큼, 이런 상황에서 잘못 내밀었다가는 그대로 죽을 수도 있다는 걸 잘 알고 있었다. 사루온은 다급히 설명을 시작했다.

"물론 그렇다고 해서 계획이 완전 실패한 건 아니다!"

"그래, 그래. 알겠어. 잠깐 이쪽으로 와보라고."

"놈이 생각보다 악마의 피를 많이 갖고 있었던 모양이지만, 나는 에슬라 님의 직속 부하. 내 명령을 완전히 무시할 수는 없다. 계속해서 명령하면 이 반인반마들의 지배권은 넘어올 수밖에 없어!"

사루온의 말에 태현보다 몬로소가 당황했다.

-그런 계획을 숨기고 있었다니!

콰콰쾅! 퍼퍼퍽!

그러는 동안 케인은 다시 카라그에게 정신없이 두들겨 맞고 있었다.

[칭호: 죽음에서 몇 번이고 살아난……]

'필요 없어 이딴 거!'

평소라면 좋아했을 칭호 보상도 지금은 전혀 기분 좋지 않았다.

"아, 뭐든 좋으니까 빨리 구해달라고 이 ××××들아!"

케인은 울컥해서 외쳤다. 여기 있는 놈 중에서 그를 도와주려는 놈이 하나도 없었다!

"어쩌다 악마의 피를 받은 노예야, 내 말을 들어라! 너의 진정한 주인은 다른 곳에 있다!"

-내 노예야, 저 적의 말에 현혹되지 마라! 네 주인은 여기에 있다!

누가 주인이냐의 싸움! 사루온과 몬로소 주변이 붉게 물들어 떨리기 시작했다. 악마의 피가 공명하며 울리는 파동이었다.

[악마의 피에 미친 오크 대족장, 카라그가 혼란스러워합니다.]

-크아아아아!

카라그가 멈추고 괴롭다는 듯이 머리를 움켜잡았다.

"잘한다, 사루온. 계속 밀어붙여!"

"헉, 헉헉……."

케인은 그사이 빠져나와서 거친 숨을 내쉬었다. 정말 죽는 줄 알았던 것이다.

"튀자! 튀는 거지?"

"아니, 잠깐만 보고 가자고."

"야! 저거 진짜 세! 내가 방어 스킬 성공시켰는데 그 위로 두 들겨 패서 때리는 놈은 처음 본다! 아무리 보스 몬스터라고 해도 그렇지 평타가 저러면 반칙 아니냐!?"

"널 특히 싫어해서 아닐까? 그보다 저놈이 우리 편으로 돌아서면 편하다고. 힘내라, 사루온!"

태현은 사루온을 응원했다. 대족장 카라그가 멈추고 괴로워하자, 다른 악마의 피를 마신 오크 족장들도 마찬가지로 멈췄다.

-취익, 대족장님께서 정신을 차리려는 건가?

-칙! 돌아와라! 족장들! 정신을 차려라! 악마의 속삭임에 넘어가지 마라!

오크들의 응원까지. 거기에 몬로소는 점점 당혹스러워하고, 사루온은 점점 의기양양해하고 있었다.

태현이 '어? 잘 풀리나 본데?'라고 생각하는 것도 무리가 아니었다.

-크윽, 크으윽!

"하하! 이 미천한 인간 놈! 너 같은 게 에슬라 님의 피를 다룰 수 있을 줄 알았더냐!"

"오. 사루온. 뺏은 거야?"

"아니."

"……?"

"뺏는 건 무리였다. 저놈의 지배력이 워낙 만만치 않아서."

"……그러면?"

"그렇지만 저놈도 조종하지 못하게 되었다."

"그 말인즉……."

[악마의 피에 미친 오크 대족장, 카라그가 폭주합니다.]

-이, 이 미친 악마 놈! 지금 무슨 짓을 한 건지 알고 있느냐!

몬로소는 경악해서 외쳤다. 사루온이 카라그의 지배권을 뺏지 못하자, 아예 아무도 조종하지 못하도록 폭주시켜 버린 것이다. 이제 카라그는 아무도 통제할 수 없는 상태로 변해 버렸다.

"하하하! 너 같은 인간 놈이 멋대로 다루게 할 바에는 그냥 미치게 만들어 버리겠다!"

"난 이 자식 모르는 사이입니다."

오크들의 싸늘한 시선이 쏟아지자, 태현은 재빨리 변명했다. 그러거나 말거나 상황은 빠르게 진행되어갔다. 카라그와 악마의 피를 마신 오크 족장들은 점점 눈의 색이 검어지더니, 아까보다 더 섬뜩한 소리를 흘려대기 시작했다.

우웅- 우우웅-

사방으로 퍼져 나가는 악마의 파동!

-이런 미친 악마 같으니! 네가 무슨 짓을 한 건지 봐라!

"으하하하! 죽어라, 미천한 인간 놈! 어디서 악마의 피를!"

퍽!

태현은 사루온의 뒤통수를 후려갈겼다.

"개소리하지 말고 어떻게 할지나 생각하자고! 저거 어떻게 못 해?"

"폭주한 악마의 피는 누구도 돌릴 수 없지. 저놈은 이제 아무도 통제할 수 없는 괴물이 된 거다."

"……너 진짜 잠깐만 이리 와봐라."

"폭, 폭탄으로 쓰는 건 안 된다고 했을 텐데!"

후우우웁- 콰아아아아아앙!

[대족장 카라그가 <지옥 악마의 숨결>을 사용합니다!]

-주인님! 저거 브레스입니다! 거의 드래곤 브레스 수준이에요!

-주인이여! 저건 아키서스의 가호가 있어도 위험하다! 피해야 한다!

위험하다고 판단했는지, 흑흑이와 용용이가 튀어나와 재빨리 태현을 붙잡았다.

"잠깐, 저 방향은! 안 돼!"

"저 방향에 뭐가 있길래?"

"오크 창고가 저기 있는데……! 젠장, 흑흑이! 케인을 챙겨!"

태현은 재빨리 용용이의 도움을 받아 카라그의 스킬 범위에서 벗어났다.

-취이익! 피해라! 피해!

다른 오크들도 상황이 이상하다는 걸 깨달았는지 거리를 벌렸다. 그리고 스킬이 작렬했다.

쫘르릉!

우르크 지역 오크들의 상징이었던, 최심부 요새.

그 최심부 요새는 거의 반파된 상태였다. 가운데에는 검붉은 악마 화염이 넘실거리면서 번지고 있었고, 그 사이 사이에는 악마처럼 변한 오크들이 눈을 부라리며 서 있었다.

카라그가 〈지옥 악마의 숨결〉 한 방으로 이렇게 만들어 버린 것이다.

"저 오크 놈, 어마어마하게 단련된 오크인가 보군. 아무리 악마의 피를 받아들였어도 이건 쉽지 않은데."

사루온은 그 와중에 감탄하고 있었다.

"저건 그냥 버리고 가자."

"그래! 저 도움 안 되는 놈!"

태현과 케인을 들은 사루온이 급히 대답했다.

"아, 아니. 에슬라 님이 이걸 보면 좋아할 것 같다고 생각했을 뿐이다!"

'……그런데 그냥 도망치는 게 나을지도 모르겠군.'

태현은 계산을 다시 세웠다. 원래 계획은 사루온의 힘을 빌려, 카라그나 족장들을 뺏어서 몬로소를 잡고 다른 오크들을 잡는 것이었다. 최심부 요새도 차지하고, 전리품도 차지하고, 경험치도 얻고…… 이렇게만 되면 일반적인 퀘스트로는 절대 얻을 수 없는 보상을 얻을 수 있었다.

'근데 지금 상황을 보니 글렀군.'

카라그의 지배권을 뺏는 것도 실패, 전리품을 보관해 두는 창고도 박살…… 게다가 카라그나 같이 타락한 오크들이 너무 강해 보였다. 그에 비해 멀쩡한 오크들은 '대족장님! 돌아오세요!'만 외치고 돕지는 않으니…….

'그냥 튈까?'

여기까지 1초.

'그냥 튀어야겠다.'

여기까지 2초.

태현은 이런 부분에서는 냉정했다. 다른 플레이어들과 달리 본전에 집착하지 않았다.

"좋아! 튀자!"

탁!

-……어디를 가려고, 이 마탑의 개자식아?

[<악마의 영원한 증오>가 주변에 퍼져 나갑니다. 몬로소를 쓰러뜨리기 전에는 나갈 수 없습니다.]

다른 놈은 보내도 너는 못 보낸다! 몬로소의 새파랗게 타오르는 증오가 태현에게 집중되었다.

"아, 자식. 더럽게 소심하기는. 원한은 잊어야 하는 걸 못 배웠냐?"

"……누가 악마인지 모르겠군."

사루온은 중얼거렸다. 그러거나 말거나 태현은 무기를 들었다. 이렇게 된 이상 싸울 수밖에 없었다.

-오늘 여기가 네 무덤이 될 거다, 배신자!

"몬로소. 상황파악을 잘했어야지. 다른 건 몰라도 그냥 떠나려는 우리를 붙잡다니. 아까처럼 유리한 상황 같냐?"

태현은 몬로소를 비웃었다. 아까야 카라그나 오크들이 몬로소의 수중에 있었지만, 이제 그들은 알아서 폭주하고 있었다. 즉 몬로소를 지켜줄 놈들은 없다는 것!

힘을 모아서 몬로소만 집중적으로 죽이면 여기서 빠져나갈 수 있었다.

-흥, 악마의 피를 받은 날 네깟 놈이…….

"저놈만 잡으면 된다! 잡아서 조져! 오크들! 저기 네 대족장과 족장들을 타락시킨 놈이 있다! 잡아서 죽여라! 저놈을 잡아서 죽이면 너희 대족장과 족장들이 돌아올 수 있을지도 모르고 없을지도 모르지! 가라!"

-……?!

사방팔방에 있는 놈들은 모두 다 끌어들이려고 하는 태현을 보며, 몬로소는 기겁했다. 하도 열 받게 해서 실수를 한 것이다. 지금 상황은 태현과 싸울 때가 아니었다.

-잠, 잠깐…….

"늦었어. 인마. 대족장 카라그! 네 아들을 죽인 계획을 짠 놈이 저기 있다!"

태현은 먹힐지 안 먹힐지는 모르겠지만 카라그에게도 화술 스킬을 시도했다. 아까 케인을 죽어라 후려친 거 보면 의외로 먹힐지도?

-내가 언제 그런 계획을……!

"몬로소 님, 왜 그러십니까! 저번에 그렇게 자랑하서 놓고!"

-빠드득!

몬로소의 반쯤 악마로 변한 육체가 파르르 떨렸다.

-내가 넌 진짜 죽이고 간다, 이 빌어먹을 놈!

쾅!

몬로소는 자리를 박차고 덤벼들었다. 악마로 변한 육체 때문에 민첩도 장난이 아니었다.

'빠르다!'

옆에 있던 케인은 덩달아 긴장했다. 저 공격이라면 제대로 한 대 맞으면 치명적인…….

퍽!

"어딜?"

그러나 태현은 능수능란하게 반응했다. 행운 스탯으로 인한 회피를 빌리지도 않았다.

'빨라 봤자 직선 동작. 먼저 읽고 카운터 치면 그만이다.'

[상대방이 스턴 상태에…….]

-컥!

스킬 연타로 몬로소를 스턴 상태에 빠뜨린 태현은 재빨리 뒤로 물러섰다.

파파파팍!

그러자 오크들의 공격이 몬로소에게 꽂히기 시작했다.

-칙! 원수 놈!

-취익, 널 갈아서 심장을 씹어 먹겠다!

"파이팅! 힘내라, 오크들!"

-아오, 저 개자식이!

두들겨 맞으면서, 몬로소는 울부짖었다.

[악마술사 몬로소가 악마의 피를 점점 더 받아들이기 시작합니다. 악마의 피를 사용해 악마들을 불러냅니다!]

"저놈, 악마의 피를 점점 능숙하게 사용하고 있다!"

사루온은 경고했다. 태현도 그 경고를 알아들었다. 빨리 잡지 않으면 위험하다!

태현은 〈에다오르의 뜨겁게 끓어오르는 진홍빛 대검〉을 들고, 〈갈그랄의 저주가 서린 칼날 장갑〉을 착용했다. 둘 다 착용할 때마다 원수진 악마들이 찾아올까 봐 신경이 쓰이는 장비였지만, 지금은 그걸 가릴 때가 아니었다.

위험하더라도 최대한 전력을 올려야 했다. 두 장비는 다 〈착용 시 악마들의 공격에 저항력 상승, 신성력에 취약해짐〉 옵션이 달려 있었다. 대(對) 악마 전투에 있어서 이만한 장비도 없는 것!

-하급 악마 소환! 끓어오르는 지옥!

태현은 에다오르의 대검에 내장된 스킬을 사용했다. 그걸 본 사루온이 놀라 외쳤다.

"에다오르의 무기인가? 그걸 뺏었군!"

"줄 생각 없다!"

"……그런 의미로 말한 게 아니라! 〈악마 강화〉와 〈승급〉을 쓰라고!"

태현은 고개를 갸웃거렸다. 둘 다 악마 자체를 강화시키는 스킬이었다. 데리고 있는 악마가 있으면 모를까, 지금 당장 소환한 하급 악마를 강화시키느라 MP를 낭비하는 건 손해였다.

"지금 그걸 왜 써? 어차피 일시 소환이라 좀 있으면 사라질 텐데?"

"그놈 말고. 저 옆의 네 노예한테 쓰란 거다!"

태현과 케인이 눈이 마주쳤다.

To Be Continued